붓신

1

도몬 후유지 지음

250여 년 전 파탄직전의 에도막부를 살려낸
한 지도자의 실화소설

굿인포메이션

번사 한 사람 한 사람이

불씨가 되어주기 바란다.

우선 자신의 가슴에 불을 붙여주기 바란다.

그리고 타인의 가슴에도 그 불을 옮겨주기 바란다.

그러기 위해서는 나도 자신을 불태우겠다.

– 본문 중에서

역자서문

이 소설은 지금으로부터 250여 년 전 일본 봉선사회에서 성공적으로 개혁을 추진했던 한 통치자의 이야기를 쓴 것이다. 암울했던 시대에 밝은 빛을 던져준 그는 이미 미국 케네디 대통령이 가장 존경하는 일본인이라고 칭송한 바 있으며, 변화와 혁신이 어느 때보다 절실하게 요구되는 오늘날의 우리에게도 그의 이야기는 매우 소중한 힘이 되어줄 것이라 믿어 이 소설을 번역 출판하게 되었다.

이 글은 1700년대 후반 약 2백60개의 번으로 구성된 막번체제의 에도 시대를 배경으로 한다. 당시의 일본사회는 각각의 번이 에도 막부의 지배와 간섭을 받으면서도 번주를 중심으로 자율적인 정부를 구성하여 관할 번민을 통치하는 일종의 봉건사회였다. 따라서 하나의 번은 그 자체로서 하나의 나라였고 번주도 그 안에서는 하나의 왕과 같은 존재였다.

이 소설은 극심한 구핍과 부채로 번이 재정이 파탄지경에 이르고 번민은 만성적인 무기력과 패배의식에 빠진 요네자와라는 번에 열일곱 살의 젊은 청년이 양자의 신분으로 번주가 되면서부터 이야기가 시작된다. 당시 일본의 대다수 번이 그러했듯이 소설의 배경인 요네자와 번도 관습과 절차, 형식에 사로잡혀 위기에 처한 현상을 극복하지 못하고 자신의 지위만을 지키려는 보신주의적인 중신들과 그러한 중신들을 원망하면서 체념에 빠진 번민들로 구성되어 있는 '죽어 있는 나라', 곧 '재의 나라'에 불과하였다. 그런데 이러한 재의 나라에 주인공인 청년 번주가 '불씨', 즉 과감히 현상을 타파하고 희망을 심어주는 개혁의 불을 붙이기 시작하면서 사람들의 마음 하나하나에 '불씨'가 옮겨지게 되고 온갖 난관을 극복하면서 마침내는 번 전체를 개혁의 뜨거운 용광로로 만들어간다는 이야기이다.

이 소설에서는 종래의 역사소설이나 기업소설이 갖는 비문학성을 탈피하고자 노력한 흔적이 엿보인다. 그럼에도 불구하고 작가의 뛰어난 문체나 적절한 비유를 충분히 살리지 못한 번역에 아쉬움을 금할 수가 없다. 부족하나마 다음을 참고하여 읽으면 이 글을 이해하는 데 도움이 되리라 생각한다.

첫째, 소설의 등장인물과 활동무대를 독자가 속한 환경의 그것과 비교하면서 읽었으면 한다. 요미자와 빈음 하나의 기업이나 단체, 나아가 국가 단위로, 번주를 최고경영자나 단체의 장으로, 개혁의 주체세력인 '찬밥파'나 수구세력인 중신들을 관리자층으로 간주하여 보면 이해가 쉽고 재미있을 것이다. 그래서 이 소설을 읽는 독자가 회사의 경영자나 관리자, 혹은 현실을 개선하려는 의욕을 가진 어떤 사람이건 간에 유용한 시사점을 찾게 되리라 믿어 의심치 않는다.

둘째, 주인공 우에스기 요잔의 개혁이 성공할 수 있었던 요인이 과연 무엇인가를 스스로 찾아보면서 읽어주었으면 한다. 무엇보다도 우에스기 요잔의 순수하면서도 철저한 개혁이념과 굽히지 않는 강인한 추진의지, 그리고 일선에서 개혁이념을 실체화시켰던 개혁 주체들의 고귀한 희생이 있었기에 가능했다는 사실을 눈여겨보아야 할 것이다.

번역작업을 마치면서 역자는 진정한 개혁의 성공적인 모델을 찾을 수 있었다. 진정한 개혁이란 부정부패의 환부를 도려내는 것뿐만 아니라 구태의연한 의식과 관습을 획기적으로 뜯

어고치는 것이며, 궁극적으로는 누구나 다 가지고 있는 '타인에 대한 헤아림'이 자연스럽게 교류하도록 하여 서로 믿고 사는 사회를 이룩하는 것이다. 그런데 이러한 개혁의 성공에는 그 개혁의 추진과정이 신진적으로 구성인들이 나름 믿으므로 하여 그들의 물적 욕구를 충족시키면서 경제재건을 이룩해야 한다는 필요조건이 있음을 간과해서는 안 된다. 그것은 구성원 하나하나의 물질적인 기대치가 충족되어야만 비로소 개혁의 성공을 인정하게 되고 또 자발적이고 능동적으로 참여하게 되기 때문이다.

오늘 우리가 함께하고 있는 변화와 혁신은 분명히 당시의 요네자와 번과 흡사하다. 무언가 해보자는 모두의 마음은 진정 역사를 바꿀 수 있는 것이다. 우리에게는 할 수 있는 능력이 있고 또 그런 경험도 있다. 지금 우리에게 필요한 것은 무엇인가에 대한 답이 이 소설 속에 있으며, 우리의 독자는 충분히 그것을 발견하리라고 믿는다. 요네자와 번의 출중한 인물들이 겪은 파란만장한 삶과 고뇌가, 거듭 태어나기를 바라는 오늘날 우리 독자들에게도 조금이나마 도움이 되기를 바랄 뿐이다.

■ 에도시대(1603~1867년)

소설 〈불씨〉의 시대적 배경이 되고 있는 에도시대는 도요토미 히데요시
豊臣秀吉의 뒤를 이어 천하를 통일한 도쿠가와 이에야스德川家康가 17세기 초
에도(도쿄)에 막부를 설치한 이후 약260년간의 통치시기를 일컫는다.
막부幕는 중앙행정기구로 장군들에 의해 장악되고, 번藩은 지방자치기구로
지방 영주가 통치하고 있었다. 막부는 다이묘가 지켜야 할 규식을 정하고
이를 어겼을 때는 영지를 몰수하는 등 엄하게 다스렸으나, 그 규칙 안에서는
영주 나름대로 영지를 지배할 수 있도록 독자적 권한을 부여하였다.
3대 쇼군인 이에미츠는 참근교대제를 만들어 영주의 처자식을 볼모로 잡고
강력한 중앙집권제를 실시하였다. 전체 인구의76.4%나 되는 농민들을
지배하기 위해 사농공상士農工商의 신분제도를 만들어 최상계급인 무사들이
강력한 권한을 행사하도록 했다.
18세기에 들어서면서 막번체제는 흔들리는 조짐을 보이기 시작한다.
각종 허례의식이 성행하고 관리들은 뇌물에 빠져 있었다. 전란기간에 주목받던
무사계급들이 말 그대로 토사구팽兎死狗烹되어 다량의 실업자군을 형성하고,
민중들은 지배계급의 수탈이 가중함에 따라 궁핍의 늪에 빠질 수밖에 없었던
것이다.

■ 주요 다이묘 배치도

아가타

야마가타　센다이

요네자와

아이즈

시라카와

우쓰노미아

가나자와

다카야마　마에바시　미토

후쿠이

에도

교토　나고야

순푸　오다와라

오사카

나라　야마다

와카야마

■ 용어해설

· 가로家老 : 각 번주에 딸린 가신家臣, 중신重臣들의 우두머리
· 고가高家 : 에도 막부를 섬겨 세습하며 의식, 예식을 맡았던 집안
· 근신近臣 : 근습近習. 번주를 가까이서 섬기는 신하
· 노중老中 : 에도 막부에서 장군에 직속되어 정무를 총괄하고 다이묘를 감독했던
　직책
· 다이묘大名 : 1만 석 이상의 넓은 영토를 가진 무가武家, 봉건영주를 지칭
· 막부幕府 : 도쿠가와 이에야스 이후 장군이 통치하던 곳 또는 그 정권
· 번藩 : 에도 시대에 각 영주가 다스리던 영지, 에도의 막부 아래 있는 각 지방의
　통치단위
· 번주藩主 : 번을 다스리던 영주, 제후
· 번사藩士 : 번의 영주에 소속된 무사, 상급무사와 하급무사가 있음
· 번저藩邸 : 번주가 기거하는 번의 대표부
· 봉행奉行 : 무가 시대에 행정사무를 담당한 각 부서의 책임자
· 성시城市, 城下町 : 성을 중심으로 발달한 거리
· 에도江戶 : 오늘의 도쿄東京
· 연공年貢 : 해마다 바치는 세금 성격의 공물
· 하타모토旗本 : 에도 시대에 장군가에 직속된 무사로서 직접 장군을 만날 자격
　이 있는 봉록 1만 석 미만, 5백 석 이상인 자

불씨
1

연못의 물고기들

우에스기 하루노리上杉治憲는 에도江戸 사쿠라다桜田에 있는 번저에서 정원의 연못을 줄곧 주시하고 있었다. 연못 속에는 많은 물고기들이 유유히 헤엄쳐 다니고 있었다. 금붕어가 있는가 하면 잉어도 있었다. 번사의 아이들이 마을 근처의 강이나 늪에서 낚아다 던져놓은 피라미나 송어뿐 아니라 붕어도 보였다.

태생이나 성장과정에 따라 물고기들이 살아가는 모습도 제각각인 듯했다. 그런 차이는 물고기들이 헤엄치는 모습에서도 나타났다. 그 모습은 연못을 향한 나름대로의 의지의 표현이며 이 세상을 향한 태도라고 해도 좋았다. 자신만만하게 유유히 헤엄치는 잉어, 헤엄치기보다는 가라앉아서 게으름을 피우는 금붕어, 좁은 연못 속을 옛날에 자랐던 강으로 착각하고 스윽쓱 헤엄쳐 다니는 피라미나 송어, 무엇을 생각하고 있는지도 모르게 꼬리를 흔들며 헤엄만 치고 있는 붕어 … 하찮욱 보고 있어도 전혀 싫증이 나지 않았다.

하루노리에게는 연못 속의 물고기들을 번저의 가신에 비유하는 남모르는 즐거움이 있었다. 하루노리만이 간직하고 있는 비밀이었다. 그러한 생각을 가지고 물고기들을 바라보고 있으면 실로 재미가 났다.

'이로베 데루나가色部照長나 다케마타 마사쓰나竹俣当綱 등은 필경 피라미에 속하겠지. 의사인 와라시나 데이유藁科貞祐나, 시동인 사토 분시로佐藤文四郎는 송어다. 기무라 다카히로木村高広는 비뚤어져 있으니까 밀어일까? 가만히 생각해 보니 의외로 금붕어가 많다. 본국 요네자와米沢에는 온통 금붕어 투성이다. 헤엄도 안 치고 모두 연못 밑에 가라앉아 있다. 그러고 보면 우에스기 가에는 잉어가 없는 것 같다. 번 전체를 둘러봐도 번정을 개혁할 잉어가 없다. 아니 내가 그렇게 되지 않으면 안 되는데 지금 나에게는 도저히 그럴 힘이 없다. 게다가 번사 대부분은 불속의 밤을 줍는 것이 싫어서 전부 도망치려 한다.

나를 도우려는 자는 거의 없다. 도대체 요네자와 번을 어쩌려고 하는 것인가, 모두 번을 잃어도 좋다고 생각하는 것인가?'

하루노리는 물고기들이 헤엄치는 모습을 보면서 줄곧 같은 생각에 잠겨 있었다.

며칠 전 하루노리는 요네자와 번의 번주 자리를 계승하였다. 조정에서 종4품 벼슬을 하사받고 단죠다이히쓰彈正大弼라는 관직도 맡아, 당대의 장군 이에하루家治로부터 그의 이름자 한 자를 받아 하루노리가 되었다. 하루노리는 아직 열일곱 살의 전도양양한 청년 번주였다. 그러나 이 청년 번주를 기다리고 있던 것은 당시 최악의 상황에 처해 있는 동북지방의 어느 번이었다.

뒤에서 부르는 소리가 들렸다. 돌아보니 시동인 사토 분시로다. 조금 전 바로 하루노리가 송어에 비유했던 젊은이로 에도 번저에서 몇 안 되는 협력자 중 한 사람이었다. 그는 시동이라고는 하지만 하찮은 말이나 비위 맞추는 말은 하지 않는 무골武骨청년이다.

"사토, 자네인가?"

이름을 부르는 하루노리의 얼굴이 빛났다. 그 얼굴을 사토는 반대로 가라앉은 눈으로 바라보았다. 문득 하루노리의 가슴에 불길한 예감이 스쳐갔다.

"가로家老가 돌아왔습니다."

"그래, 결과는?"

그러기 그는 다가앉는 하루노리에게 주서하는 듯한 기색을 보이면서 고개를 숙였다.

"가로한테 직접 물어봐주십시오."

사토는 정직한 인간이다. 원래 자신의 마음속에 있는 것을 얼버무리는 재주가 없다. 그의 축 처진 모습에서 듣지 않아도 가로의 대답을 읽을 수 있었다.

"곧 가지."

하루노리의 말에 살았다는 듯이 사토는 사라졌다.

'마지막 부탁마저 틀어져버렸구나. 그렇다면 요네자와 번은 결국 파산하는 것인가!'

갑자기 밀물 같은 상념이 가슴을 압박해 왔다. 거실로 돌아온 하루노리는 무거운 표정으로 팔짱을 끼고 있는 에도 가로인 이로베 앞에 앉았다. 이로베는 팔을 풀고 무릎을 꿇었다. 나이도 많고 중직을 맡고는 있지만 하루노리가 일단 피라미로 비유했던 인물이다.

"수고했다. 결과는?"

"말씀드리기 죄송스러우나 일이 잘 안 되었습니다."

"역시, 잘 안 됐구나."

"에도 가로인 제가 요네자와 번의 실정을 절실하게 호소해 보았습니다마는 미타니 사구로 우에다에는 귀도 기울이지 않았습니다. 뿐만 아니라 이렇게까지 말하였습니다."

"……?"

"지금 에도에서는 새로운 냄비나 가마에 우에스기 가라고 쓰인 종이를 붙이는 것이 유행이 되고 있다고 합니다."

"흐음, 무엇 때문에?"

하루노리는 호기심어린 눈을 빛내며 말했다.

"서민들의 일이기 때문에 번주님은 모르시겠지만, 새로운 냄비나 가마에 쇳내가 나서 서민들은 이걸 없애는 데 애를 먹지요. 그런데 우리 우에스기 가의 이름을 써서 붙이면 곧 쇳내가 제거된다는 겁니다."

"그렇구나. 우에스기 가에는 돈이 하나도 없다는 뜻에서 하는 농담이구나."

"그렇습니다. 정말 무례하기 짝이 없습니다."

이로베는 분을 참지 못해 몸을 떨었다. 가로가 직접 부탁을 하러 갔는데도 불구하고 에도의 일개 장사꾼에 불과한 미타니 상구로는 한 푼도 빌려주지 않았다. 게다가 종이 붙이는 풍습이 유행이라며 야유조로 덧붙인 얘기에 굉장한 굴욕감마저 느끼고 돌아온 것이다.

"화내지 마라, 이로베. 우에스기 가의 가난이 거기까지 유명해져 있으면 그것도 굉장한 것 아니냐."

"번주님은 다른 가문에서 오셨기 때문에 그렇게 말씀하시지만, 우리 우에스기 가는 선조 겐신謙信공 이래 학문과 무예로 이름이 높은 가문입니다. 다른 것도 아니고 가난으로 유명해진다는 것은 후세에까지 창피한 일입니다."

이로베는 그 점에만 집착해 있는 듯 하루노리에게 울분을 쏟아놓았다.

"내가 한 번 가볼까?"

"예?"

"미타니의 가게에 내가 돈 좀 부탁하러 가볼까 하는데."

"아니, 그건 좀."

고지식한 이로베는 하루노리의 말이 떨어지자 당황하는 듯하였다.

"그런 곳을 번주님이 직접 가시는 것은 당치도 않습니다."

"그러나 이런 상태로는 요네자와 번도 별 도리가 없어."

"그렇습니다. 상인들 누구도 돈을 빌려주지 않을 것이고 번사들의 봉록 감봉도 한계에 와 있습니다. 물론 농민으로부터 받아들이는 소작료도 더이상 짜낼 수가 없지요. 그렇지 않아두 높은 숫자료 때무에 생화이 어려워 다른 연투루 드망가는 농민들이 줄을 잇고 있습니다. 그들을 쫓아가 잡는 관리들도 먹지 못해서 몸이 말을 안 듣는다는 우스운 얘기까지 나돌고 있습니다."

"농민을 너무 괴롭히지 마라. 농민은 국가의 보물이야. 도망치는 자는 그대로 내버려둬."

"번주님."

이로베가 눈을 크게 뜨며 하루노리를 바라보았다.

"한 가지 궁핍한 요네자와 번을 구하는 길이 있습니다."

"어떤 방법이지?"

"막부에 번을 반납하는 겁니다."

"뭐라고?"

"우에스기 가가 다이묘大名임을 포기하는 것입니다."

"번사 전부를 소속도 없는 실업자로 만들자는 것인가?"

"그렇습니다. 문자 그대로 지금처럼 불차에 타고 살아가는 것보다 자유자재로 길을 찾는 편이 번사들에게도 행복할 겁니다. 이것은 저 혼자만의 생각입니다, 번주님."

이로베는 자신의 감정을 억누르는 듯한 음성으로 말했다.

"지금 중신들도 기진맥진한 상태입니다."

"음!"

기진맥진 상태라는 이로베의 말이 하루노리의 가슴을 파고
들었다. 그러면서 그의 말이 당연하다는 생각이 들었다.

*

이로베가 말했듯이 우에스기 가의 선조는 겐신이었다. 양자
가케가쓰景勝 때에 도요토미 히데요시豊臣秀吉로부터 아이즈会
津 1백20만 석에 봉해졌다. 그러나 세키가하라関ヶ原 대전투에
서 이시다 미즈나리石田三成에게 가세하였다고 하여 도쿠가와
이에야스德川家康로부터 요네자와 30만 석으로 감봉되었다.

요네자와는 원래 가케가쓰의 가신 나오에 야마시로노가미
直江山城守의 영지였다. 그곳은 데와出羽의 오키다마置賜, 오슈
奥州의 시노부信夫, 다테伊達의 상군三郡으로 구성되어 있었다.
따라서 가케가쓰는 부하의 나라에 기어들어온 셈이 된다. 그
러나 나오에는 그 시대에 보기드문 큰 인물로서 유연하게 주
인을 섬겨왔다. 오늘날 요네자와 시 도시계획의 기초나 농업

진흥의 틀은 나오에가 마련한 것으로 전해진다. 그의 농업지도책은 지금도 〈사계농계서四季農戒書〉에 담겨져 전해 내려오고 있다. 나오에는 장래에 대비하여 요네자와를 교묘하게 요새화해 나갔다. 유사시에 대비하여 무서든 충안銃眼으로 사용할 연구까지 해두었다. 그러나 우에스기 가는 감봉될 때 가신의 수를 정리하지 않았다. 1백20만 석 때의 가신을 그대로 요네자와에 데리고 왔던 것이다.

"감봉되었다 하더라도 한 명의 번사도 줄일 수 없다."

그것이 가케가쓰의 방침이었고, 의지이기도 하였다. 그러나 사분의 일로 줄어든 수입으로 과거와 같은 생활양식을 유지했으니 번 재정은 순식간에 파탄이 나고 말았다. 좁은 요네자와 땅에 인구는 급증하고, 새로운 수입원도 찾아내지 못한 채 우에스기 가는 눈깜짝할 사이에 커다란 불차가 되어 내리막길로 치닫기 시작하였다.

설상가상으로 나쁜 일은 또 일어났다. 간분寬文 4년(1664년) 제4대 번주가 급사하였다. 예상치 못했던 일이었기에 우에스기 가에서는 미처 후계자도 정하지 못했다. 원래는 가문을 폐가시키는 것이 상례였으나 문중의 어른인 호시나 마사유키保科正之가 발분하여 급하게 양자를 맞아들임으로써 간신히 가문이 단절되는 것만은 면하게 되었다. 그러나 사정이 사정인 만큼 영지는 반 정도인 15만 석으로 줄어들고 양자로 기라吉良 가문의 자손이 들어오게 되었다. 그리하여 그 양자 번주 쓰나 노리網憲이 생부 기라 요시나카吉良義央가 매번 번정에 간섭하 게 되었다.

당시 막부는 교묘하게 다이묘와 하타모토旗本에 대한 통제 관리를 '꽃과 열매는 같이 주지 않는다'라는 방침으로 일관해 왔다. 꽃은 명예이고 열매는 수입을 말한다. 명예를 수여하는 자에게는 수입을 적게, 수입이 많은 자에게는 명예를 빼앗았 다. 기라가는 고가高家라는 자부심은 대단했지만 수입은 기껏 해야 2천 석에 불과한 하타모토였을 뿐이다.

"수입이 적다고 하여 무시하는 놈들은 우리 가문의 예의지 도 권리를 사용하여 따끔한 맛을 보여주겠다."

기라 요시나카의 뇌리에서 떠나지 않는 집념이었다.

여기에 걸려든 것이 반슈播州 아코赤穗의 번주 아사노 다쿠 미노가미浅野内匠頭였다. 기라의 오만함에 대항한 아사노는 쥬 신구라忠臣蔵 사건(1701년 아코 번주가 에도성 내에서 자기를 모욕 한 기라 요시나카에게 칼부림을 하였다 하여 폐번이 되자, 이듬해 아 코 번주의 옛 신하 47명이 기라를 습격하여 망군의 원수를 갚은 사건)

의 도화선이 되었다. 그러나 기라 요시나카의 아들 가케다카 景降가 쓰나노리가 되어 우에스기 가의 번주가 되었던 것은 쥬신구라 사건보다도 38년이나 전인 간분 4년 때의 일이다. 이때 요시나카는 장녀였었고 쓰나노리는 이랬다. 우에스기 가의 번주가 된 자식에게 아버지가 주는 훈계는 단 하나였다.

"누구에게든 무시당해서는 절대 안 된다. 특히 가신들이 얕보지 못하게 하여라."

무시당하지 않기 위해서는 어떻게 하면 좋은가?

"가신에게 급여를 후하게 지불해 주어라."

가신들은 확실히 좋아하겠지만 그 수입은 어디에서 구해올 것인가?

"그런 문제는 중신들이 생각하게 하라. 그러기 위해서 비싼 급여를 받고 있지 않는가?"

그런 식이었다. 그렇지 않아도 가케가쓰 이래로 과잉인원을 감당해 오고 있던 터였다. 덕분에 15만 석 중 13만3천 석이 가신의 급여 총액이 되어버렸다. 수입의 9할 가까이가 직원의 인건비인 바보 같은 기업이 있을까? 그러나 어떤 상태가 되건 기라 요시나카는 기가 꺾이지 않았다.

"그걸로 족해, 그렇게 해야 네가 무시당하지 않는다."

도리어 아들을 더욱 부추겼다. 그뿐이 아니었다.

"다른 다이묘에게 무시당하지 않으려면 예전처럼 1백20만 석에 준하는 격식이나 외형을 갖출 필요가 있다."

기라 요시나가는 냉정한 생사야 교제, 성인의 생활 등 전부를 가케가쓰 시대의 관습대로 다시 돌려버렸다. 번의 재정수지를 맞추기 위해 상인에게 차용해 온 돈은 아찔할 정도로 이자가 늘어나 도대체 몇백 년이 걸려야 갚을 수 있을지 모를 정도로 막대하게 늘어났다.

그리고 힘들여 올려놓은 가신의 급여도 '당분간 반액으로 참아줄 수 없겠는가?'라는 개별적 교섭으로 깎아내리고, 그동안에 '중신급은 일률적으로 3할, 중간급은 2할, 일반번사는 1할씩 급여반납을 명한다'는 선언을 할 수밖에 없게 되었다. 그리고 그 급여반납률이 지금은 5할이나 되었다.

그런 상황에서도 기라 요시나카는 태연하게 '괜찮다. 그 덕분에 너는 무시당하지 않는 거야'라고 무시당하지 않는 것만을 변함없이 강조해 왔다.

그러나 무시당하지 않는 선에서 그치지 않았다. '이 번주는 도대체 우에스기 가를 어떻게 할 셈인가?'라는 가신들의 쓰나노리에 대한 불신의 벽은 높아가고 있었다. 하루하루가 불안해서 견딜 수 없을 정도였다.

　얼마 후 기라는 죽었지만 그때의 부채가 그 후 6대 요시노리吉憲, 7대 무네노리宗憲, 8대 무네후사宗房, 9대 시게타다重定에 이르는 4명 번주의 시대에도 해소되지 않았다. 시대가 넘어가면 갈수록 빚의 이자는 늘어만 갔다. 특히 시게타다 대에 와서는 문제가 더욱 심각해져서 우에스기 가는 누적된 적자에 완전히 짓눌려버렸다. 하루노리가 상속받은 때의 우에스기 가는 바로 이런 상태였다.

*

　상인 미타니 상구로에게 에도 가로인 이로베를 보낸 것도 기간이 끝난 빚을 연장하기 위해 최소한 이자에 충당할 돈이라도 빌려볼까 해서였는데, 그것마저 거절당했다. 마지막 희망조차 사라져버린 셈이었다.

　"이제는 차라리 번을 반환하십시오."

　이로베의 말도 나름대로 일리가 있었다. 이젠 지쳐버렸다는 신음소리가 더더욱 확산되는 분위기였다. 그때 하루노리의 눈앞에 아내 요시幸의 얼굴이 떠올랐다. 선녀와 같이 천진한 얼굴이었다.

'그 선녀를 불행하게 만들 수는 없어.'

하루노리는 그렇게 생각하고 또 다짐했다.

'선녀를 위해서라도 나는 번의 재정 재건을 이룩하지 않으면 안 돼.'

하루노리는 이로베에게 일렀다.

"번정은 반환하지 않는다."

순간 옆에 있던 사토의 얼굴이 번쩍 빛났다.

찬밥파 등용

'사람이 필요하다.'

하루노리는 새로운 생각이 들었다.

재정 재건을 위한 번정개혁을 혼자서는 할 수 없다. 협력자가 필요하다. 하루노리의 의도를 잘 소화하여 손발처럼 움직여줄 사람이 필요하다. 그러나 번을 통틀어서 그런 사람이 몇이나 있으며, 또 어디에 있단 말인가? 몇 명의 가신들을 정원 연못 속의 송어나 피라미에 비유해 본 것은 하루노리 혼자 생각이었다. 그리고 그런 물고기들과 친하게 접촉해 본 것도 아니었다. 때문에 그의 판단이 틀렸을 수도 있다.

하루노리 혼자 그렇게 생각한 건지도 모른다. 요네자와 번에서는 중신들의 힘이 절대적이기 때문에 에도에 있는 가신들은 무엇이든 멀리 있는 요네자와 중신들의 의향을 염려하였다. 아무리 작은 일이라도 우선 '본국의 중신들은 어떻게 생각할까?' 머리를 맞대고 회의를 하였다. 그리고 본국의 대답을 받고 나서야 일을 결정하였다.

에도 번저에서는 어느 하나 자주적으로 결정하지 못하였다. 말하자면 에도 번저는 요네자와 본국의 원격조종 아래 놓여 있었던 것이다. 에도 번저의 책임자인 이로베만 해도 그랬다. 이로베는 하루노리에게 개인적으로는 충직한 신하였으나 정책결정에서는 독자적으로 판단하지 못하였다. 언제나 "본국에 상담을 한 뒤 …"라며 결단을 망설였다.

'이래서는 안 되겠어.'

하루노리는 그렇게 생각했다. 요네자와 번은 번이 생긴 이래 형식주의와 사대주의에 물들어 지금까지 그 악습이 계속되고 있었다. 아무리 작은 일이라도 반드시 예법을 마련해 놓고 있었다. 사람들을 꼼짝달싹 못하게 만들었다. 더욱 나쁜 것은 그러한 예법을 지키기 위해서 돈이 지출되어야 한다는 것이었다. 그것이 요네자와 번의 재정악화를 더욱 가속시켰다. 만약 거역하거나 반항하면 곧 조직 내에서 따돌림을 당하여 살아갈 수가 없었다.

'그런 관습 속에서 살아가는 사람들에게 개혁 운운하며 도와달라고 해도 무리겠지.'

법정개혁을 실행하려면 우선 개혁하고자 하는 자가 솔선수범하여 자신부터 바꿔야 한다. 자신을 바꾸는 것은 생활방식을 바꾸는 것으로 상당한 용기가 필요한 일이다.

'그렇게 용기있는 사람은 없는 것일까?'

인물탐사에 열중하기 시작한 하루노리는 돌연 "그렇구나!" 하고 무릎을 쳤다.

'차라리 번 내에 소외되어 있는 사람에게 눈을 돌려보자.'

번 내의 다수파 즉 금붕어 무리가 아니라 좁은 연못 속을 협소하다고 느끼면서 헤엄치는 소수파의 물고기들을 찾아보자는 생각이 들었다.

하루노리는 시동 사토를 불렀다.

"부탁이 있다."

"예."

"이 에도 번저에서 소외되어 있는 자들의 이름을 써서 제출해 주게. 주위사람들과 사이가 나쁜 사람들의 이름 말이야. 그리고 그 사람들이 왜 따돌림을 당하고 있는지 그 이유를 알려주었으면 해."

"......?"

사토는 잠자코 하루노리의 얼굴을 쳐다보았다. 얼굴에 짙은 의혹의 빛이 떠올랐다.

"그런 명부를 어디에 쓰려고 그러십니까?"

상식적으로 생각하면 그런 명부는 번 내의 '요주인물 일람표'라 할 수 있다. 좌천이나 처벌 이외에 사용될 곳이 없다. 그렇게 동료를 파는 행동을 사토는 할 수 없었다.

하루노리는 미소 지었다.

"자네도 알다시피 요네자와 번은 번정을 반환할 것인가, 자멸할 것인가 하는 지경에까지 이르렀네. 그래서 나는 지금 번정개혁을 해보려고 생각하지만 혼자서는 할 수가 없어. 도와줄 사람이 필요하네. 그러나 그 협력자는 어떤 일에서도 요네자와 본국에 있는 중신들의 눈치를 살펴서도 안 되고 옛날 것을 고수하는 데 급급해서도 안 되지. 그래서 나는 이 에도 번저 내에서 인간관계가 원만하지 못한 사람에게 눈을 돌리려하네. 제각기 왜 대인관계가 나쁜지 알고 싶군. 의외로 내가 원하는 사람이 그 중에 있을지도 모르지."

"알겠습니다."

사토는 웃었다.

"말하자면 괴팍하면서 본국의 중신들이 싫어하는 자들을 적어보면 되겠군요?"

"그렇지."

"그런 사람이라면 많이 있습니다. 제가 대표적입니다."

"그럴 거라고 생각하네. 그러니까 자네 이름은 적지 않아도 되네, 이미 잘 알고 있으니."

"그렇습니까? 하하하."

호쾌한 이 청년은 크게 웃었다. 보통 다이묘의 시동이라고 하면 피부가 희고 여자 같은 미소년이 많지만 사토는 그렇지 않았다. 얼굴은 새까맣고 몸도 뼈대가 굵고 무술로 단련되어 근육 어디를 눌러도 딱딱하게 발달해 있었다. 주인이 말하는 것이라면 무엇이든지 "지당하신 말씀입니다"라고 끄덕이면서 가신들을 향하여 "번주님의 분부시다"라고 허세를 부리는 시동들이 많지만 사토는 달랐다.

도리어 가신들 사이에 팽배해 있는 상부에 대한 비판적인 의견을 적극적으로 하루노리에게 들려주었다. 측근자는 상부에 듣기 좋은 얘기만 하는 것이 보통인데 사토는 그 반대였다. 다른 사람이 잠자코 있으면 자신이 거침없이 말하곤 하였다.

한번은 이런 일이 있었다. 여름밤 하루노리가 책을 읽고 있을 때였다. 우에스기 가의 에도 번저는 사쿠라다에 있는데, 일대에 나무나 풀이 많기에 모기가 많았다. 그날 밤에도 하루노리는 몇 군데나 물렸다. 편안히 책을 읽을 수가 없어서 뒤에 있는 시동에게 "누군지 모르지만 미안하네. 부채로 모기를 좀 쫓아주게" 하였더니 곧 "당치 않으십니다"라는 시동의 화난 목소리가 되돌아왔다. 놀라서 돌아보니 어깨가 떡 벌어진 무골청년이 노려보고 있었다.

"저는 부채로 모기를 쫓으려고 번주님의 시동이 된 것이 아닙니다. 모기 정도는 스스로 처리해 주십시오."

"뭐라고?"

순간 하루노리는 화가 불끈 치솟았다. 이 무슨 건방진 태도인가. 지금까지 이런 무례한 가신이 몇 있었다. 그들은 규슈九州의 작은 번에서 우에스기 가라는 명가에 양자로 온 하루노리를 '기껏해야 시골뜨기 다이묘 애송이 주제에'라며 경시하는 듯한 표현을 쓰곤 하였다. 그때마다 하루노리는 마음에 상처를 입었지만 그렇다고 매번 정색할 수도 없었다. 그렇게 하면 역효과가 날 뿐이었다. 그러나 지금 시동의 태도는 사뭇 달랐다. 하루노리를 경시하는 것 같지는 않았다.

"왜 화를 내느냐? 하찮은 모기 같은 것 가지고."

하루노리가 물었다. 시동이 다시 말을 되받았다.

"매 같아야 하실 번주님이 모기 따위를 가지고 그러시기 때문입니다."

"뭐야!"

"잠깐 저와 납시어주십시오."

시동은 앞장서서 하루노리를 재촉해 정원으로 내려섰다.

"어디로 가려는 게냐?"

조금 언짢아진 하루노리가 물었다.

"아무 말씀 마시고 저를 따라와주십시오."

시동은 시큰둥한 음성으로 대답했다.

함께 간 곳은 하급무사들의 공동주택이었다. 밤이 제법 깊었는데도 어느 집이나 다 깨어 있었다. 무사인 남편뿐 아니라 그 아내나 아이들까지도 땀투성이가 되어 종이우산에 종이를 바르거나 종이봉투에 풀을 붙이는 일을 하고 있었다. 부업을 하고 있는 것이다. 번의 재정이 극도로 악화되어 있었기에 번은 정해진 급여를 지불하지 못하고 있었다. 감봉이라고 하여 절반밖에 지불하지 않고 있었던 것이다.

"음, 이런."

놀란 하루노리의 입에서 저절로 신음소리가 나왔다.

"이것은 번주님의 책임입니다."

시동은 노려보고 있었다. 그가 바로 사토 분시로였다.

"가신들은 잠도 자지 않고 부업을 하고 있는데 번주님이 책을 읽으시다가 모기를 부채로 쫓으라 하시는 것은 사치스럽다고 생각합니다. 그래서 ….."

무사들의 공동주택에서 정원을 거쳐 거처로 돌아오는 길에 사토는 하루노리에게 이렇게 말했다. 무사들의 모습에 심한 충격을 받은 하루노리를 보며 사토는 사토대로 '이 번주님은 순수하신 분인데 너무 심했나?' 반성하였다. 때문에 사토의 음성은 매우 부드러워졌다.

"사토라고 했나?"

"예. 사토 분시로라고 합니다."

"몇 살인가?"

"열아홉 살입니다."

하루노리는 깊이 숨을 쉬었다. 그리고 '좋은 가신이 옆에 있구나' 생각했다. 고독하지 않다는 생각이 드니 마음이 한결 밝아졌다.

"내가 나빴다. 용서해라."

"무슨 말씀이십니까? 성격이 급해서 불끈 화를 내고 말았습니다. 저야말로 무례를 범했습니다. 용서해 주십시오. … 그런데 번주님."

"무어냐?"

"가신에게 그처럼 가볍게 용서를 비시면 안 됩니다. 번주님이시면 가령 잘못한 일이 있더라도 더욱 으스대지 않으면 안 됩니다."

"난 그런 짓은 안 해. 잘못하면 곧 인정을 하고 양해를 구하지."

"……!"

사토는 하루노리의 의외의 대답에 놀라 멈추어섰다. 그 기미를 느낀 하루노리가 뒤돌아보니 그는 이쪽을 오랫동안 쳐다보고 있었다.

"매우 다르십니다."

"뭐가?"

"번주님께서 말입니다."

"자네도 매우 특이한 시동이지 않는가?"

"그럴지도 모릅니다. 아니 그렇습니다. 하하하."

사토는 호쾌하게 웃었다. 뱃속의 오장이 하나도 더럽혀지지 않았다는 것을 나타내는 청결한 웃음이었다.

"사토, 지금부터는 나에게 주저말고 생각하고 있는 바를 말해주게."

"그러려고 합니다. 하지만 주변에서는 저와 같은 인간을 그리 좋아하지 않으니 그런 점을 참작하셔서 ….'

"잘 알고 있네. 그러나 이 어려운 요네자와 번에 단지 인간성만 좋다는 것은 있으나마나 한 인간이지."

"아아 …."

사토는 놀라 말문이 막혔다. 그리고 이내 호탕하게 웃었다.

"냉엄하신 번주님이시군요."

그리고는 전부터 궁금했다는 듯 물었다.

"번주님은 자주 연못을 관조하시던데 연못에 무엇이 있습니까?"

"음."

돌아보는 하루노리의 얼굴이 환한 웃음을 머금고 있었다.

"헤엄치는 물고기들의 모습은 참으로 재미있지. 활기찬 물고기나 게을러서 밑에서 쉬는 물고기를 보고 있노라면 싫증이 나지 않는다네. 각양각색이지."

사토는 하루노리의 비유를 짐작할 수 있었다.

"그렇다면 저는 무슨 물고기에 해당합니까? 금붕어입니까?"

사토의 질문에 하루노리가 고개를 저었다.

"아니지. 자네는 피라미나 송어야. 맑은 물에 사는 물고기라고 할 수 있네. 연못이나 늪에 있는 물고기가 절대 아니지."

"하하하."

사토는 다시 한번 크게 웃었다.

'이 번주는 비록 젊지만 사람을 보는 눈이 있구나.'

생각이 여기까지 미치자 비로소 신뢰감이 우러났다.

하루노리가 말을 이었다.

"사토, 나와 같이 요네자와라는 늪에서 자고 있는 금붕어들을 깨우러 가지 않겠나? 금붕어를 연못 가운데로 밀어낼 막대기를 가지고 말이야. 그러나 둘만 가지고는 부족하네. 당장 사람이 필요해. 그런 사람들의 이름을 적어보게."

"알겠습니다."

사토도 하루노리의 간곡한 말에 충분히 수긍이 갔다. 다음날 날이 밝자마자 사토는 명단을 하루노리 앞으로 가져왔다. 그 일람표에는 네 사람의 이름이 뚜렷하게 적혀 있었다.

다케마타 마사쓰나, 노조키 요시마사佐戶善政, 기무라 다카히로, 와라시나 쇼하쿠藁科松柏. 예상대로 하루노리가 주목하고 있던 인물들과 거의 일치하였다.

하루노리는 사토가 적어넣은 '소외된 이유'를 천천히 살펴보았다.

"다케마타 마사쓰나는 정의감이 강한 인물입니다. 선대 시게타다님 때에 모리 헤이에몬森平右衛門이라는 자가 있었습니다. 원래는 겨우 3석을 받는 신분이 지극히 낮은 자였는데 시게타다님께 중용되어 곧 3백50석을 받게 되고 번정의 권력을 한손에 쥐게 되었습니다. 모리가 실행한 정책 중에 아직까지도 참고가 될 만한 것이 있을지 모르겠습니다. 전부 나빴다고는 할 수 없습니다. 그러나 모리는 인사를 제멋대로 하고 자신의 인척으로 요직을 독점했습니다. 게다가 사치를 일삼다 보니 공금을 유흥에 유용하기까지 했습니다. 그래서 그를 더이상 내버려둘 수가 없게 되었습니다. 다케마타는 어느날 돌연 모리를 찔러 죽였습니다. 그러자 시게타다님이 격노하여 다케마타를 할복자살시키라고 몇 번이나 분부를 내리셨습니다.

그때 그를 구한 사람이 와라시나 쇼하쿠입니다. 와라시나는 의사인데, 학문도 깊고 고명한 호소이 헤이슈細井平洲 선생의 친구입니다. 와라시나는 호소이에게 사정을 얘기하고 호소이는 시게타다님의 처남인 오와리 추나공尾張中納言님을 움직여서 간신히 다케마타의 생명을 구했습니다. 그러나 왠지 모르게 번 내에서는 자리잡지 못하고 요네자와 본국에서 쫓겨나 에두의 번저에서 차밥을 먹고 있는 신경입니다.

다케마타는 기골은 무사이지만 동시에 대단한 농정전문가이기도 합니다. 와라시나는 의사입니다만 오히려 학자에 가깝습니다. 다케마타, 노조키, 기무라 등은 모두 와라시나의 제자로, 이 학파를 '세이가샤菁莪社'라 부르고 있습니다.

와라시나는 직언하는 버릇이 있어 저 이상으로 아무에게나 주저없이 말합니다. 그가 미움을 받는 까닭이 바로 여기에 있습니다. 조금 몸이 약한 것이 걱정이오나 제가 마음속 깊이 존경하는 사람입니다.

기무라 다카히로는 자기주장이 뚜렷한 무사로서 다케마타와 뜻을 같이하는 사람입니다. 요네자와 본국의 중신 쪽에서 나온 평판은 좋지 않습니다. 이유는 그를 거북하게 여기는 까닭입니다. 무엇보다도 그는 민정의 대가입니다."

"그렇구나!"

하루노리는 무언가 깨닫는 바가 있었다. 번 내에서 밀려난 사람들은 와라시나를 핵으로 하는 정의파들이었다. 그들의 특

징을 정리해 본다면,

- 그들은 번을 좀먹는 사회악에 분노를 품고 있다.
  ~~그런 것을 깨닫는 즉시 상대방에게 직업을 하다~~
- 그런 태도가 주변에, 특히 중신들에게 반감을 사서 한직으로 밀려났다.
- 제각기 학문, 민정, 농정 방면에 훌륭한 지식과 기술을 가지고 있다.

하루노리는 다케마타, 노조키, 와라시나, 기무라, 그리고 사토를 불렀다. 물론 이로베도 참석하게 하였다. 시간이 흐르면 이로베는 아마도 이들과 확연히 갈라설 것이다. 그렇다고 부르지 않는다면 후에 문제가 생겼을 때 "나는 동석하지 않았으므로 아무것도 모른다"라고 빠져나갈 것이 분명했다. 증인으로라도 동석시켜 놓는 것이 좋을 듯했다.

하루노리는 모두에게 일렀다.

"새삼스럽게 말할 필요도 없지만 우리 요네자와 번의 실태는 상상할 수 없을 정도로 최악이다. 이대로는 자멸하고 만다. 원로 중에는 번정을 막부에 반환시키는 것이 좋겠다는 의견도 있다. 이것도 하나의 방안이라고 생각한다."

하루노리는 번정반환론자인 이로베를 부드럽게 올려주는 일을 결코 잊지 않았다.

"무두득 악구 인두이 나느 다르 가무에서 들어와 우에스기가를 바로 상속받았다. 이대로 번을 파산하게 내버려두었다가는 겐신 이래 선조님을 뵐 면목이 없다. 이왕 망할 거라면 다시 한번 필사의 노력을 기울여보고 싶다. 그러나 이를 요네자와 본국에 가서 시도하고 싶지는 않다."

여기서 말을 끊고 일동의 얼굴을 바라보았다. 찬밥파들은 제각기 처음에는 '왜 불렀을까? 좀더 기특하게 보여서 중신들에게 점수도 따고 귀여움도 받으라고 양자 번주가 잔소리라도 하려는 것인가? 열일곱 살 남짓한 나이에 건방지구만'이라 생각하며 매우 삐딱하게 앉아 있었는데, 차츰 상황이 달라져 묘한 기분이 들게 되었다.

하루노리는 찬밥파의 심경변화를 읽어가며 말을 계속했다.

"나는 과감하게 번정개혁을 실행하려 한다. 그리고 그 실험을 우선 에도 번저에서 행할 것이다. 그것이 성공하면 그 안을 가지고 요네자와에 갈 것이다."

하루노리는 강한 집념을 품고 다케마타 등을 보았다.

"그 개혁에 동참해 줄 것을 명한다. 다케마타를 중심으로 노조키, 기무라는 계획안을 작성하라. 와라시나는 조언을 하고, 이로베는 전체를 감독하라."

농정전문가인 다케마타를 주축으로 제각기 역학을 담당하게끔 특별작업반을 발족하려는 것이다. 찬밥파는 자신들도 모르게 서로의 얼굴을 쳐다보았다. 새 번주로부터 "마음을 바로 잡아라"라고 한마디 들을 줄만 알았기 때문에 지금의 상황은 정말 의외였다. 예상치 못한 명령을 받아 그저 놀라울 지경이었다.

하루노리의 방에서 나오자 찬밥파들은 서로의 얼굴을 쳐다보았다.

"도대체 어떻게 된 건가?"

가장 신분이 높은 다케마타가 노조키에게 물었다

"모르겠습니다."

도무지 마음에 짚히는 것이 없기에 노조키는 정직하게 대답했다. 그리고 의사인 와라시나의 얼굴을 보았다. 모두 끌리듯이 와라시나를 쳐다보았다. 와라시나는 싱글싱글 웃고만 있었다. 다케마타가 물었다.

"선생님, 무언가 일을 꾸미셨습니까?"

"아니 ···."

"그런데요?"

"이번 일은 번주님께서 혼자 결정하신 걸 거야. 나는 아무 조언도 하지 않았어."

"개혁을 하지 않으면 안 되는 것은 잘 알고 있습니다만, 하필 저희같이 번 내에서 미움받는 찬밥파만을 선택하신 것을 보니 번주님도 상당히 유별나십니다."

"나도 그렇게 생각하네."

와라시나는 수긍하면서 이렇게 중얼거렸다.

"··· 그러니까 성공할지도 모르지."

"예?"

와라시나의 중얼거리는 소리를 들은 다케마타는 반문하지 않을 수 없었다. 와라시나가 답하며 미소지었다.

"재미있는 인선이라고 하였네."

"사토 분시로를 불러 물어볼까요?"

기무라가 말했지만 와라시나는 가만히 고개를 저었다.

"우리의 이름을 올린 사람이 아마도 그 자일 것이네."

"사토가?"

"그럴 거야."

"……."

전부 잠자코 있을 수밖에 없었다.

*

4월 중순이었다. 양력으로 환산하면 5월말이 된다. 바람에 실린 습기가 그대로 느껴지는 계절이었다. 그 바람에 몸이 약한 와라시나는 숨막힐 듯한 기침을 토해냈다.

"안 되겠어. 미닫이 문을 닫자."

다케마타는 너무 흥분해 있어서 방문을 열어둔 채라는 사실을 미처 깨닫지 못하였다. 모두 와라시나의 건강이 나쁘다는 건 알고 있었다. 와라시나는 저녁이 되면 미열이 나고 몸 전체가 나른해지면서 눈물을 글썽이며 좋지 않은 기침을 했는데 무슨 병인지도 이미 알고 있었다. 불치의 폐병이었다. 기무라가 서서 정중하게 문을 닫았다.

"고맙네."

인사를 하면서도 기침을 해대는 와라시나는 벌겋게 상기된 얼굴을 들어 애써 미소 지으며 말하였다.

"본국에서 번주님에 대한 반발이 상당히 강하겠군."

충분히 납득이 되는 듯 다케마타가 매우 침통한 표정으로

답했다.

"본국뿐 아니라 이 에도 번저에서도 그렇지요."

그러한 분위기를 감지했는지 기무라도 의미있는 웃음을 지으며 말을 받았다.

"그러니까 번주님이 말씀하지 않으셨습니까?"

"뭐라고?"

노조키가 되물었다.

"당신들도 조금씩은 자신을 바꾸어야 할 거야."

누군가 흉내를 내자 자리에 앉아 있던 모두가 낮은 소리로 일제히 웃기 시작했다.

*

하루노리는 찬밥파에게 한번 더 당부의 말을 잊지 않았다.

"나는 자네들 마음속에 번의 현 상황에 대한 노여움이나 서글픔이 있다는 걸 잘 알고 있네. 그런 노여움이나 서글픔이 결코 사욕에서 나오는 것이 아니라는 것도 잘 알고 있지. 그래서 자네들에게 명하네만 자네들 힘만으로 재정 재건을 위한 번정 개혁안을 만들어보게. 그대들의 노여움이나 서글픔을 개혁안에 쏟아넣고 하나하나 철저하게 검토하게나. 그 목적은 단 하나뿐이네. 번 내의 신체장애인, 병자, 노인, 임산부, 어린아이들과 같이 사회적으로 약한 입장에 놓인 많은 사람들을 돌보아줄 수 있는 정치의 실현이야.

즉 요네사와 번의 번정개혁은 백성을 풍요롭게 해주는 것이 목적이지 번 정부가 풍요롭게 되고자 함은 결코 아니네. 그대들이 그러한 번정개혁안을 꼭 만들어주게. 그래서 그 개혁안을 2년 동안 에도 번저에서 우선 실험해 볼 작정일세. 실험과정에서 결함이 있는 내용은 고치고 좋은 안은 살려 개혁안을 갈고 다듬어서 본국에서 실시하려고 하네. 그런데, 다만 조건이 하나 있네."

하루노리는 앞에 있는 이들을 단호한 눈빛으로 둘러보았다.

"사실대로 말하자면 요네자와 본국의 사람들은 전부 색안경을 끼고 자네들을 보고 있어. 그대들에 대한 본국사람들의 견해에는 편견이 있다고 할 수 있지. 그렇지만 어떤 면에서는 그들의 의견이 맞을 수도 있지. 물론 세상은 무엇을 얘기하는가가 중요하지, 누가 얘기하느냐는 문제가 되지 않아. 그러나 인간은 서글픈 존재들이야. 반드시 이론대로만 되지 않기 때문이지. 더구나 누가 얘기하는가에 따라 일의 성패가 많이 좌우된다는 것도 사실이고.

그래서 부탁하는데 자네들도 조금은 자신을 고쳐주길 바라네. 붙여놓은 종이의 색깔을 한꺼풀이라도 좋으니 벗겨볼 수 있도록 노력하세. 지금까지의 그대들의 행동들을 고쳐주길 바라는 거네. 그렇게 된다면 왜구한 본구이 무리들도 기네든에 대한 인식을 달리하겠지. 인식을 달리하면 자네들이 지금부터 만들려는 개혁안이 빛을 발할 수 있을거야. '아! 저 정도로 그네들이 변했구나'라는 생각만 갖게 한다면 변한 그네들이 만든 안이라고 다들 읽어보려 할 테지. '대체 뭔데'로 출발해서 점차 자네들이 만든 개혁안에 눈을 돌릴 것은 명약관화하네.

그러나 지금 상태로는 자네들이 아무리 훌륭한 안을 만들더라도 요네자와 본국의 사람들은 외면하고 말 걸세. 한 번도 쳐다보지 않을 거야. 바로 그 점이 나를 안타깝게 하네. 물론 자네들에게만 변해달라고 말하는 것은 절대 아니야. 나도 이제까지의 내 자신을 바꾸어갈 걸세. 현재의 자기변혁은 번의 개혁을 위해 우선적으로 성취하지 않으면 안 되는 모두의 의무인 것이야. 이 점 충분히 이해해 주길 바라네."

하루노리의 말을 듣던 기무라는 슬며시 이런 생각을 하고 있었다.

'무슨 말씀입니까? 나쁜 건 우리가 아니라 본국사람들입니

다. 본국사람들이 자신을 바꾸지 않으면 우리가 아무리 변한다 해도 아무것도 되지 않습니다.'

하루노리가 기무라의 심정을 이미 민감하게 느끼고 있었는 것이기 때문이었다.

"나쁜 사람은 전부 본국사람이며 자신들은 조금도 나쁘지 않으니 우선 개혁해야 할 사람들은 본국사람이다, 그렇지 않으면 아무리 에도에 있는 무리들이 자신을 바꾸더라도 아무 의미가 없다고 생각할 수 있다. 그러나 그 생각만은 제발 말아주기 바란다. 그런 것들에 집착하게 되면 아무것도 추진할 수 없게 되네. 그리고 그런 문제에 연연하다가는 우리 주위의 소중한 사람들을 잊게 되는 결과를 낳지. 소중한 사람들의 존재를 잊고 우리가 사소한 감정싸움에만 매달리는 것은 이제 아무런 의미가 없다. 그러기에 개혁의 필요성을 절실하게 바라는 우리들이 먼저 자신부터 변화시켜서 본국까지 여세를 몰고 가자는 거지."

의표를 찔린 기무라는 순간 찔끔했다.

'이 번주님은 가볍게 볼 분이 아니다. 비록 젊지만 사람의 마음을 꿰뚫어보는 걸 보면 의외로 큰 인물일지도 모른다.'

이때 생각이 나서 기무라는 지금 다시 하루노리가 했던 말을 모두에게 알렸던 것이다.

*

"다시 재고해 주십시오."

이로베는 심각한 표정으로 말했다.

"개혁을 하시고자 하는 생각은 찬성입니다. 불초 이 이로베도 개혁을 위해서 분골쇄신하겠습니다. 그러나 그 개혁은 우리 번저의 중신들과 요네자와 본국의 중신들이 잘 상의하여 중지를 모아 추진시키지 않으면 성공하기 어렵다고 사료됩니다. 그것도 여기에 있는 와라시나와 마음을 같이하는 다케마타 등의 세이가샤 일파에게 그 개혁을 담당시키셨다가는 그들은 물론이고 번주님에 대한 비판이 높아져 개혁은 일보도 추진되지 못할 것입니다."

이로베는 하루노리를 비난하는 것은 아니었다. 요네자와 번의 실태에 근거하여 이번 하루노리의 방침이 얼마나 무모한 것인가를 차근차근 설명하려는 것이다.

"번주님을 위해서입니다."

이로베의 말도 틀린 건 아니었다. 에도 가로로서 진정으로 하루노리를 걱정하고 있는 것이 분명했다.

"자네의 마음은 잘 알고 있네."

하루노리는 미소만 지을 따름이었다.

"나를 위해 걱정해 주는 말은 정말 고맙지만 ….

히루노리는 좀 구체적으로 설명해야 할 필요성을 느꼈다.

"자네가 한 말은 여태까지의 낡은 방식이었어. 에도와 요네자와의 중신들이 잘 상의하여 일을 움직여가는 방법은 아무일 없는 평상시라면 족하지만 지금은 요네자와 번이 죽느냐 사느냐 하는 운명의 갈림길에 서 있지. 요네자와 번은 오늘 죽을지도 모르는 중병에 걸려 있어. 수술이 필요하네, 그것도 과감한 대수술이! 그러기 위해서는 지금까지처럼 절차를 밟는 데 오랜 시간이 걸리는 방법은 비효율적이라고 생각하네."

절차를 밟는 데 오랜 시간이 걸렸다는 표현은 종래의 중신 정치에 대한 하루노리의 완곡한 비판이었다. 내친 김에 "중신들은 자신들의 면목이나 상대방의 체면을 세워주는 데만 시간을 낭비해 결국 아무 성과도 없지 않았는가?"라고 말하고 싶었으나, 그러면 이 법도있고 의리있는 에도 가로를 너무 상심시키는 것 같아 차마 입 밖에 내지는 못하였다. 이로베는 이러한 이상하고 미묘한 공기를 민감하게 체감할 수 있었다. 지금까지 그는 고지식한 중신에 속해 있었기 때문이다. 이로베는 말이 없었다.

*

정원에서는 밤새의 울음소리가 들려왔다. 나무가 많은 이 주변 일대는 새들에게 매우 편안한 보금자리였다. 정원에 있노라면 하루노리는 그 새소리에 귀와 마음이 맑아지는 것을 느낄 수 있었다. 밤의 정적이 무언의 소리를 만들어내는 것처럼 조용하게 느껴졌다.

"아내를 보고 오자."

혼잣말을 중얼거리며 일어선 하루노리는 방을 나서며 손으로 만든 종이학을 집어들었다.

아내의 인형

방에 들어서는 남편을 보자마자 아내의 얼굴이 환하게 피어올랐다. 남편을 맞는다기보다는 아버지를 맞는 듯한 얼굴이었다. 아내의 이런 표정을 대할 때마다 하루노리의 마음 한구석은 아프기 그지없었다. 아내의 이름은 요시辛다. 그러나 이름과 달리 이 세상에 태어난 이래 행복이란 것과는 인연이 없는 여자였다. 요시는 태어날 때부터 장애인이었다. 몸의 움직임이 부자유스러운데다가 뇌의 발육도 어린아이 상태로 멈춰 있었다. 3만 석에 불과했던 규슈 휴가日向의 다카나베高鍋 가문에서 양자로 들어와 명문인 우에스기 15만 석을 물려받은 하루노리는 양부 우에스기 시게타다의 장녀인 요시와 결혼하였다. 그러나 요시는 결혼생활을 유지할 수 있는 몸이 아니었다.

"첩을 두십시오."

우에스기 가의 가신들은 결혼 직후 이런 권고를 거듭하였다. 요시와는 외과상 부부로 지내고 실제 부부생활은 첩과 하라는 가신들의 배려이리라. 하지만 하루노리는 고개를 저었다.

"그럴 필요 없다."

"그래도 ….."

불안한 표정을 짓는 가신에게 하루노리는 미소를 지으며 이렇게 말하였다.

"나는 아직 열일곱 살이다. 자제할 수 있다. 그럴 필요가 있을 때에는 솔직하게 부탁하겠다. 무엇보다 요시는 이세상 사람이 아니야."

"예?"

"요시는 선녀다. 선녀를 배신해서는 안 되네."

"……."

가신은 잠자코 있었다. 그래도 착잡한 듯 고개를 숙였다. 하루노리가 말한 의미를 잘 알아들을 수 있었기 때문이다. 하루노리에게 있어서 아내 요시는 틀림없는 선녀였다. 인간세상의

더러움을 전혀 모르고 자란 여인이다. 의심이라는 것 자체를 알지 못했다. 자신에게 호의를 보이는 사람은 무조건 믿고 따랐다. 첫 대면을 하면서 조금은 이상했는지도 모른다. 그러나 하루노리는 조금도 마음의 동요를 느끼지 않았다, 하루노리는 일생을 이 아가씨와 함께 보내리라 굳게 결심했다. 어디까지나 청년다운 순수한 결의에서 굳어진 결심이었다.

하루노리는 요시를 즐겁게 해주는 일이라면 종이로 학을 접는다거나 천으로 인형을 만드는 것들을 기꺼이 배웠다.

"그런 것은 저희가 하겠습니다."

하녀들이 말려도 하루노리는 고개를 저을 따름이었다.

"요시의 인형은 전부 내가 직접 만든 수제품이어야 한다."

하루노리가 가지고 온 종이학을 요시는 잠시 쳐다보았지만 그녀의 관심은 학에 있지 않았다.

"아으 … 아으."

요시는 즐거워하며 하루노리의 손을 잡아 내실로 이끌었다. 아버지 시게타다는 이런 불행한 딸을 가엾이 여겨 어려운 재정형편에도 불구하고 요시에게 될 수 있는 한 잘해주기 위해 세간이나 완구에 제법 많은 돈을 들였다. 없는 것이 없다고 해도 좋을 만큼 갖추어져 있었지만 요시가 하루노리에게 원하는 것은 그런 사치품이 아니었다. 요시는 작고 허술한 천 인형을 집었다. 어제 하루노리가 손수 만들어준 인형이었다. 요시는 인형의 얼굴을 손가락으로 가리키며 '요시, 요시'라고 하루노리에게 무언가를 열심히 전하려고 하였다.

"음! 왜 그러시오?"

미소를 보내며 하루노리는 인형의 얼굴을 보았다. 그리고 무심코 '오오!' 소리를 높였다.

어제 요시에게 주었을 때 하루노리는 인형의 얼굴에 아무것도 그리지 않았었다. 그런데 요시가 그 얼굴에 검정색과 빨강색으로 눈썹과 입, 귀를 그려넣은 것이다. 입은 빨갛게 그려져 있었다. 손의 움직임이 부자유스럽기 때문에 결코 잘 그리지는 않았지만 요시의 노력은 확연히 느껴졌다.

"요시, 잘 그렸소 …."

하루노리는 진심으로 감탄했다. 사실 얼굴을 그대로 둔 것은 그 하얀 공백에 요시가 무엇인가 그려넣을 것이라는 생각에서였다. 몸이 자유롭지 못한 요시가 그림을 그린다는 것은 감추어져 있는 잠재된 능력을 필사적으로 나타내고자 노력한다는 것을 의미했다. 그것을 요시는 훌륭하게 해냈다. 다소 부족하긴 하지만 직접 인형의 얼굴을 그려넣은 것이다.

더욱이 그 얼굴을 가리키며 "요시, 요시 …" 하는 것은 아무 래도 "이 얼굴이 제 얼굴이에요"라고 말하는 것 같았다. 그 노력을 하루노리에게 인정받고 싶은 것이리라. 분명히 거울에 비친 자기 얼굴을 열심히 인형에 그려넣었으리라. 그 노력을 생각하자 하루노리의 가슴이 뜨거워졌다.

"음, 똑같구려. 요시하고 똑같소."

하루노리는 고개를 끄덕여주었다.

"아아 …. 우우 …."

갑자기 요시가 아까보다 더 즐거운 소리를 지르며 하녀들에게 "요시, 요시"라고 자신있게 자신의 얼굴과 인형의 얼굴을 교대로 가리켰다.

"예, 예. 번주님께서 말씀하셨듯이 이 인형은 정말 마님이십니다."

요시의 바로 옆에 있던 늙은 하녀가 진심으로 수긍하였다. 뒤쪽에 있던 젊은 하녀들은 감격한 나머지 눈물을 흘리기도 하고, 애써 참으려는 듯 눈가를 어루만지며 돌아서는 모습도 보였다. 아직 열일곱 살에 불과한 하루노리가 이렇게 분별있고 사랑이 넘치는 것을 보고 마음이 흔들린 것이다. 하녀들은 일제히 '요시 마님은 행복하신 분이야'라고 생각하게 되었다.

"요시, 나는 아직 밖에 볼 일이 있소. 다시 오겠소. 오늘 인형 얼굴은 정말 잘 그렸소. 요시와 아주 꼭 닮았소."

하루노리는 살며시 요시의 뺨에 손을 갖다 대었다. 요시는 하루노리의 손에 몇번이나 자신의 뺨을 부비며 가슴 깊은 곳에서 나오는 즐거움을 "아으, 아으" 표현해 냈다. 그것이 하루노리와 요시 부부의 유일한 신체접촉이었다. 옆에 있는 늙은 하녀도 눈에 손을 갖다 대었다. 하녀들에게 부탁의 말을 하면서 하루노리는 일어섰다. 눈에 감사의 빛을 가득 담고서 손을 잡고 배웅하는 하녀들에게 "음, 부탁해" 다시 한번 말하며 하루노리는 요시의 방을 나섰다. 복도를 지나면서 '저 선녀 때문이라도 절대로 요네자와 번을 없앨 수는 없다'고 새삼 다짐해 보는 것이었다.

*

하루노리가 예상한 대로였다. 다케마타 등 찬밥파는 잘 움직여주었다. 조직에서 밀려나고 따돌림을 당한 인간은 대부분 마음속에 자기를 소외시킨 자에 대해 개인적인 원한을 품게 마련이다. 보통사람이라면 그 권력을 우선 보복에 사용한다. 자신을 쫓아낸 자를 그 자리에서 쫓아낸다든지 하는 식으로 원수를 갚지만 다케마타를 위시한 세이가샤파들은 결코 그런 짓은 하지 않았다. 그들은 조직내의 인사는 번주인 하루노리가 할 일이라고 생각하고 '번정개혁이 무엇을 실행해 나가야 하는가?'에 대해서만 전념하였다.

"저 중신은 파면시켜야 합니다."

"요네자와 본국의 그 자는 좌천되어야만 합니다."

이런 인사이동의 의견 등은 절대로 입 밖에 내지 않았다. 현명하게 절도를 지켰다. 무엇보다 다케마타 등 찬밥파들은 신중했다. 졸속하게 개혁안을 세우지 않았다. 에도 번저 내의 상황을 파악하여 아무리 사소한 일이라도 논제로 삼아 토의하여 결정하였다.

벌써 9월에 접어들었다. 하루노리가 명령을 내린 지 5개월이 경과한 시간이었다. 사쿠라다 번저 내의 나뭇잎들도 죽어가는 모습을 보이고 일부는 시들기 직전의 붉은색을 띠기 시작했다. 잎은 시들기 바로 직전에 혼신의 힘으로 몸을 붉게 물들인다. 말 못하는 잎들이 이 세상에 내보이는 생명의 마지막 증거였다. 에도 앞바다에 불어오는 바람도 차갑게 변하여 가을이 깊었음을 알리고 있었다. 하루노리는 결코 서두르지 않았다. 마음은 급했지만 그렇다고 속마음을 겉으로 드러낼 수도 없었다. 다케마타 등이 소신껏 일할 수 있게 간섭하지 않았다. 재촉한다고 해서 더 좋은 안이 나올 리도 없었다. 그동안 하루노리는 아내 요시와 단란한 시간을 보내며 지냈다. 어린 아이 같은 요시와 함께 있을 수 있는 시간도 앞으로 그리 많이 남지 않았기 때문이다.

도쿠가와 막부의 방침을 보면 일본의 다이묘는 아무도 신용하지 않는다는 '불신의 논리'로 성립되어 있었다. 때문에 다이묘의 아내는 항상 에도에 사는 것이 의무였다. 말하자면 인질인 셈이다. 장애인인 요시도 그 규정에서 예외일 수 없었다. 하루노리가 요네자와에 입국할 때 요시는 에도에 남겨두고 갈수밖에 없다. 그날이 곧 오게 될 것이다.

*

문서들이 발디딜 자리도 없이 어지럽게 흩어져 있었다. 붓에서 튄 먹이 다다미 여기저기에 스며들어 있었다. 식사 때 흘린 국물자국도 얼룩져 있었다. 말라붙은 생선가시도 남아 있었다.

청소를 일절 못하게 하고 본인들도 하지 않았기에 더러움은 말할 수도 없었다. 더군다나 방안은 심한 악취까지 배어 있어

들어오는 사람마다 코를 틀어쥘 정도였다. 그 악취는 방 자체에서도 났지만 그 방에 있는 네 명의 남자들에게서 난다고 해야 옳았다.

그들은 이 방에서 살다시피 하면서 여름부터 가을까지 보냈다. 옆방에 만년침상을 깔고 교대로 잤으며 밤새우는 일도 많았다. 밥먹는 시간도 아끼며 목욕도 마다했다. 결국에는 이상한 냄새가 방 밖까지 퍼져서 좀 떨어진 거리에서도 맡을 수 있었다. 때문에 복도를 걸어다니는 하녀들은 양미간을 찌푸린채 코를 쥐었다. 때로는 소매를 걷어부치고 머리에 수건을 동여맨 하녀들이 청소를 하겠다며 빗자루와 걸레를 들고 들어오는 경우가 있었는데, 다케마타가 그때마다 눈을 부릅뜨고 소리를 버럭 질러댔다.

"들어오지 마라!"

하녀들은 너무 놀라 그때부터 아무도 근처에 가지 않게 되었다.

방은 하루노리의 서원에 있었다. 번저에서도 깊숙이 위치한 조용하고 좋은 방이었다. 그런 방이 지금은 길거리에 버려진 거지집합소처럼 되고 말았다.

그리고 그곳에 사는 네 명의 남자들도 수염이 길게 자라서 눈만 부라리는 귀신 같은 모습이 되어 있었다. 특히 와라시나가 점점 말라가는 모습은 보기에도 민망했다. 같이 있는 다른 세 사람도 와라시나의 건강을 걱정하는 눈치였지만 지나치게 구심하는 빛을 보이며 두리어 와라시나에게 좋기 않기는 민간에 보통때처럼 대하고 있었다.

"이 방도 아무 쓸모가 없어졌구나."

생각에 지쳐서 멍하게 연못을 쳐다보던 기무라가 방 여기저기로 시선을 돌리며 처음 깨달았다는 듯 불쑥 말을 던졌다. 손에 잡은 문서를 뚫어지게 들여다보며 빨간 연필로 문장을 수정하고 있던 노조키가 슬쩍 방을 둘러보며 슬그머니 웃을 뿐 아무 말 없이 작업을 계속할 따름이었다. 방에 신경쓸 정신이 어디 있겠느냐는 표정이었다.

"바로 이 방에서 요네자와 번이 살아남을 수 있느냐 없느냐 하는 중요한 정책이 태어난다. 아마도 후에 요네자와 번藩 개혁의 기념실이 될 테지."

다케마타의 말에 모두가 공감하듯 소리내어 웃었다. 이때 사토가 문을 열고 방 안으로 들어왔다. 손에는 쟁반을 들고 있었는데, 그 위에 감이 여남은 개 올려 있었다.

"번주님께서 특별히 내리시는 겁니다."

사토가 말하자 그들이 고맙다는 인사를 잊지 않았다. 와라
시나는 목이 말랐던지 허겁지겁 껍질을 벗기기 시작했다.

　"맛있군. 어디 감인가?"

　"이이스의 감이라고 합니다. 아이즈 빈○쿠부터 받은 것입
니다."

　"아이즈의 '몸버리는 감'이로구나."

　와라시나가 끄덕였다. 말이 오가자 모두가 감을 주시했다.
겉으로 보기에는 아무 특징도 없는 감이 갑자기 각광을 받기
시작한 셈이다.

　"이것이 그 유명한 '몸버리는 감'인가?"

　"보기에는 떫을 것 같은데 …."

　"왜 '몸버리는 감'이라고 합니까?"

　사토가 호기심 어린 눈으로 물었다.

　"너무 맛있어서 몸이 상할 때까지 먹어버린다는 뜻 같지."

　다케마타가 대답했다. 어느덧 전부 감에 손이 가 있었다.

　"사토, 자네도 먹지 그래."

　어린아이같이 입 주위에 감을 묻힌 채로 기무라가 말했다.
노조키는 감을 먹으면서도 왼손에 잡고 있는 문서에 묻지 않
도록 주의하고 있었다. 사토는 고개를 저었다.

"저는 여러분과 다릅니다. 이 감은 번주님께서 여러분께 내리신 겁니다."

"그렇게 꽉 막힌 소리 말고 하나만 먹어봐."

"그럴 수는 없습니다."

"이 완고함이 사토의 장점이지. 무리하게 강요하지 않기로 하지."

와라시나가 흐뭇해했다.

"어이, 사토."

노조키가 문서에서 눈을 떼며 불렀다.

"네 의견을 듣고 싶다."

"무엇입니까?"

매일 연락만 하고 개혁안 입안의 실무에는 관여하지 않는 사토가 얼굴을 빛내며 노조키를 보았다.

"개혁은 번사와 번민에게만 국한시킬 수는 없다."

"……."

"당연히 개혁의 책임자인 번주님께서도 밑바닥부터 철저하게 해주시지 않으면 안 된다."

"번주님은 충분히 이해하실 분입니다. 이미 그런 마음가짐도 가지고 계십니다."

사토는 담담하게 답했다. 그의 얼굴은 이미 알고 있었다는 듯한 표정이었다.

"고맙네, 번주님께서 그러한 분이시라니 ….."

노조키가 마음에서 우러나온 인사를 했다.

"그러나 마님의 하녀들도 상당수 줄여야 한다."

"어쩔 수 없는 일이겠지요."

간단하게 답한 사토는 갑자기 생각 난 듯 눈을 올려떴다.

"그렇다면 어느 정도로 줄이실 예정입니까?"

"아홉 명 정도."

노조키의 대답에는 냉혹하다 할 만큼 단호한 의지가 서려 있었다.

"아홉 명이요?"

사토는 숨을 삼켰다.

"어이, 이봐!"

다케마타가 감이 묻은 손을 수건으로 닦으며 소리쳤다.

"그건 좀 너무 하잖나. 지금 마님의 하녀는 쉰 명 정도야. 아홉 명으로 줄이는 건 아무리 그래도 지나치지."

"제가 염려하는 것은 마님입니다."

사토는 똑바로 눈을 떴다.

"거동이 불편하신 마님의 시중을 드는 하녀까지 줄인다면 어떻게 되겠습니까?"

"바로 그 점이야."

노조키가 말을 받았다.

"그래서 자네에게 의견을 묻고 싶은 거야."

"반대합니다."

사토가 말했다.

"하녀 대신에 차라리 저를 해고시켜 주십시오."

"……."

노조키가 가볍게 웃음 지었다. 방 안의 나머지 세 명도 엷게 웃고 있었다. 금방 정색을 하는 사토에게 호감이 가면서도 우스웠다.

"자네는 번주님이 놓지 않으시지. 앞으로의 요네자와 번에서도 자네는 중요한 사람이야. 그런 바보 같은 소리는 하지 말게."

다케마타가 사토의 감정을 풀어주려는 듯 말했다.

"그럼 마님의 하녀를 그렇게까지 줄이지는 말아주십시오."

사토는 아직 흥분이 가라앉지 않은 듯 강한 어조로 말했다.

"이보게, 사토."

노조키는 말을 이었다.

"모두들 개혁에는 찬성이라고 하네. 과감하게 해주길 바란다고들 하지. 그러나 그것이 자신의 직책을 없앤다든가 인원을 감축시키는 결과를 가져오면 이번에는 얼굴색을 바꾸면서까지 결사코 반대하지. 그 점을 어떻게 돌파하느냐가 언제나 어려운 문제야."

노조키의 말을 현대식으로 하면 '총론찬성 각론반대'라는 것이다. 개혁이 구체화되면 속속 반대의 목소리가 들려오게 마련이다.

"개혁은 대찬성. 그러나 다른 곳을 정리해 달라. 내가 있는 곳의 일을 없애거나 인원을 감축시키는 일은 절대 반대다."

그런 생각은 요즘 시대에만 있는 것이 아니다. 옛날에도 마찬가지였다.

"제 경우는 다릅니다. 거동이 불편한 마님에게 하녀까지 줄이면 무리한 개혁이 된다는 사실을 말씀드리는 것입니다."

사토는 다시 격해져서 말했다.

"자네 의견은 잘 알았네."

조금은 감정을 주체하기 힘든 듯 노조키가 말했다. 그런 노조키를 사토는 예리한 눈으로 계속 노려보고 있었다.

찬밥파가 개혁안을 작성하는 동안 하루노리도 마냥 두손을 놓고 있었던 것은 아니다. 하루노리는 그 나름대고 필사적으로 곤경타개책을 모색하고 있었다. 다케마타 등에게 부탁한 개혁안은 간단히 말하면 방법론상의 문제였다. 하지만 하루노리가 고심하는 것은 그런 방법론상의 문제보다 연못의 금붕어 같은 번사들에게 어떻게 활기와 의욕을 불어넣는가 하는 점이었다.

우에스기 가는 총 15만 석이었다. 그러나 가신의 봉록 합계는 13만5천 석이나 된다. 그 부담을 전부 농민들이 지고 있었다. '해도 해도 너무한다'며 지쳐버린 농민들은 법을 어기면서까지 이웃나라로 도망가 버리는 실정이었다. 그런데도 번사들은 태연하게 그 농민들 위에 얹혀 있었다. 자신들의 보금자리에서 편한 생활을 영위하고 있었다. 특히 중신들은 나이먹은 금붕어처럼 헤엄치는 방법을 바꾸지 않았다.

'헤엄치는 방식을 바꾸는 것은 사는 방법을 바꾸는 것이다. 이 개혁이 지금에 와서 가능할 것인가.'

이같은 비관론이 요네자와라는 연못에 사는 늙은 금붕어들의 사상이었다.

'막대기를 가지고 이 오래된 연못을 휘저으러 가자.'

그렇지만 결의를 굳힌 하루노리는 급하게 연못을 휘저어서는 결코 뜻을 이루지 못한 것이라고 판단했다. 그것은 예상 외로 자신을 둘러싸고 있는 조건이 나쁘기 때문이었다.

'신중하게 행하지 않으면 안 된다.'

너무 조급해 하면 모든 일이 다 틀어지게 될 것이다. 하루노리는 번정개혁을 결심한 날 밤 거실에서 밤을 지새우며 골똘히 생각에 잠겼다. 그리고 머릿속으로 다음과 같이 정리해 보았다.

- 번정의 궁핍한 실태를 정확하게 파악할 것
- 그 실태를 모든 번사에게 알릴 것
- 실태극복을 위하여 목표를 확실히 세울 것
- 목표실현을 위해 번주로서 하루노리의 능력과 현재 번의 능력에 한계가 있으므로 번사 전원의 협력을 받을 것

이것들을 현대의 경영행동 패턴에 맞추어보면 다음과 같이 요약할 수 있을 것이다.

- 기업목표 설정
- 필요한 정보의 공개와 분석
- 해결책 연구와 저해요소의 입시
- 장애극복을 위한 사기진작, 전 직원의 참가

개혁의 골격을 이렇게 정하자 하루노리는 그것을 구체화시키기 위해 당면한 두 가지 일의 중요성을 인식하게 되었다. 그하나는 요네자와에 가기 전에 우선 에도 번저에서 개혁을 실행하는 것이었다. 즉, 개혁을 주장하는 자가 먼저 실행에 옮기는 것이다. 또 하나는 인재를 필요로 하는 일이었는데 이것은우선 사토의 진언으로 세이가샤파의 협력을 얻는 것이다.

단행

- 이세伊勢신궁 참배에 요네자와 본국이나 에도에서 일일이 사자를 파견하지 않는다. 가까이 있는 교토京都의 집사가 이를 대신한다.
- 연중 축하행사는 전부 연기한다.
- 번이 행해온 종교행사는 전부 연기 또는 중지한다.
- 의류는 목면으로 한다.
- 식사는 국 한 그릇, 반찬 한 가지로 한다. 단, 섣달그믐에는 국 한 그릇, 반찬 두 가지를 인정한다.
- 선물을 주고받는 관습은 일절 금한다.
- 건물 등의 수리는 공무로 자주 사용하는 곳 외에는 허락하

지 않는다.

· 요시 마님도 평상시에는 목면의류를 입는다.

· 마님의 하녀는 9명으로 줄인다.

찬밥파가 정리한 개혁안의 개요를 숙독한 하루노리가 단호히 말했다.

"이대로 실행하자."

거친 수염에 때투성이가 된 다케마타 등은 서로의 얼굴을 바라보았다.

개혁안의 골자는 우에스기 가가 지금까지 지켜온 형식주의를 타파하자는 내용이었다. 지금 이 안을 보고 '뭐야? 당연한 거잖아. 고작 이걸 하는 데 지혜로운 사람들 몇 명이 몇 달 동안 작업했단 말야?'라고 생각할지 모르지만 당시로서는 획기적인 개혁안이라 할 수 있었다. 당시 대부분의 사람들은 개성적인 자신만의 생활방식을 갖지 못하고 형식 위주의 현실에서 살았기 때문이다. 특히 무사계급은 말할 것도 없었다.

"한바탕 소동이 일어날 겁니다."

수염이 덥수룩한 다케마타는 이렇게 말하며 상좌에 앉아 있는 에도 가로인 이로베와 하루노리의 뒤에 있는 시동 사토를 슬쩍 처다보았다. 둘 다 대단히 언짢은 표정이었다.

이로베는 감독이라는 직책을 맡는 것까지는 좋았지만 실질적으로 개혁세력에서 소외당해 중신으로서의 체면이 손상된 데 대한 불만이었다. '찬밥은 먹고 있던 자들이 제멋대로 안을 만들어가지고선 …' 하면서 무시당한 중신으로서의 굴욕감을 주체하지 못하고 노여운 감정을 불태우고 있었다.

사토의 분노는 이로베와는 달랐다. 그는 개혁안 마지막에 적힌 '마님의 하녀는 9명으로 줄인다'라는 항목에 심사가 틀어져 있었다. '그렇게 부탁을 했는데' 하는 불만을 강하게 나타냈다. 결국 노조키는 들어주지 않았다. 처음 입안한 대로 관철시킨 것이다.

'그렇다면 내 의견을 물어볼 필요조차 없지 않았던가?'

사토는 화가 날 수밖에 없었다. 그런 사토의 기분에 상관없이 하루노리가 말했다.

"이 안에 서사誓詞를 준비하여 즉시 요네자와 시라코白子 신사에 보관하지. 나는 신에게 서약하고 이 개혁을 시작하겠다. 이로베, 자네도 나와 같이 서사를 쓰지."

갑자기 이렇게 말하자 이로베는 아무 말도 못하고 당혹한 표정을 지었다.

메이와明和 4년(1767년) 9월 3일 우에스기 하루노리가 봉납했던 이 서사는 125년 후 메이지明治 24년(1892년) 8월 처음으로 그 존재가 알려졌다. 그때까지 시라코 신사의 상자 속에 깊숙이 보관되어 있던 하루노리의 서사에는 '… 국가가 십자하여 국민이 지쳐버린 때에 즈음하여 대절약을 실행하고 싶습니다. 이것은 이로베 데루나가도 동의하고 …'라고 쓰여 있다.

하루노리의 서사에까지 이름이 나온 이로베는 자의인지 타의인지는 모르지만 자신도 서사를 시라코 신사에 보관하고 있었다. 단지 그 내용 중에 '… 사람들 중에는 이런저런 얘기를 하는 자가 있으리라 생각하지만 저는 마음을 변치 않고 …'라는 문장으로 이로베의 그때 심정을 솔직하게 나타내고 있다. 그러나 얼마 안 있어 이로베는 그 서사를 거역하게 된다. 이로베는 하루노리에게 불만은 없었지만 그 나름대로의 사정으로 하루노리의 뜻에 반대되는 행동을 보이게 된 것이다.

본국의 신사에 서사를 보냄과 동시에 하루노리는 그 개혁을 왜 시행하는지 에도 번저 사람들을 모아 설명했다. 메이와 4년 9월 8일이었다. 하루노리가 번주가 되고 약 5개월이 흐른 때였다. 1만 석 번주인 일족 우에스기 가쓰쓰구上杉勝承에게도 동석을 요청하고 자신의 생각을 솔직히 털어놓았다.

"너희도 알다시피 우리 우에스기 가는 과거 큰 다이묘였으나 지금은 작은 다이묘에 불과하다. 그러나 옛날 생각만 한 나머지 생활방식을 조금도 바꾸지 않았다. 이래서는 번의 재정이 점점 악화되어 끝내 파멸에 이를 깃이 붐 보듯 자명하다, 너희들은 웃을지 모르지만 이젠 우에스기 가에 돈을 꾸어줄 상인은 한 명도 없다. 상인에게 우에스기 가는 재앙의 귀신이기 때문이지.

요네자와에서는 영지를 반환하고 다이묘를 그만두는 게 유일한 해결책이라는 의견조차 있다. 그렇게 할 수만 있다면 나도 그렇게 하고 싶다. 그편이 나도 편하겠지. 그러나 나는 지난 가을 3만 석의 작은 가문에서 양자로 왔다. 지금 우에스기 가를 없애버리면 짐작하고 있었다는 듯 웃음거리가 되고 말 것이다. 그래도 좋다. 그러나 어차피 없앨 거라면 그 전에 한번쯤 나와 힘을 합쳐 노력해 보지 않겠나? 번의 재건이 물론 쉬운 일은 아니다. 요네자와의 겨울처럼 춥고 어려운 절약생활이 너희들을 덮칠 것이다. 그러나 가문을 없애고 죽을 마음이라면 무엇이든 가능하리라 생각한다. 나는 너희들과 함께 극복해 나가고 싶다. 부탁한다."

번사들은 당황했다. 이런 번주는 처음이었다. 번의 실태에 대해서 이렇게 솔직하게 말했던 사람도 없었고, 무엇보다 자신의 약점을 이렇게까지 드러내면서 번사들에게 부탁하는 번주는 전무했기 때문이다. 지금까지 역대 번주들은 사치에 빠진 채 주변에서 돈이 없어 쩔쩔매어도 '나에게 맡겨라' 호언장담만 해대었다.

모두 걱정은 했지만 그들도 어쩔 수 없었다. 번주의 말은 역시 호언장담일 뿐이었다. 오히려 번의 재정은 걱정보다 훨씬 심각했다. 이미 파멸 직전이었다. 아니 파멸하고 있다는 것이 옳았다. 파멸은 번의 재정에 그치지 않았다. 번사의 마음부터 무너져내리고 있었다.

"이렇게 되면 자포자기뿐이다."

모두가 내일을 걱정하기는커녕 앞다투어 현재의 사치스런 생활을 누리기에 여념이 없었다. 고질화된 재정악화로 재정난 극복의 의지는 마비된 상태였다.

'그렇다 해도 이 젊은 번주는 대단한 사람이다. 이렇게 정직할 수 있다니 ….'

'하지만 이렇게 모든 것을 얘기해도 좋은 건가?'

하루노리는 일단 말을 끊고 주위를 둘러보았다. 가신들의 표정에서 자신이 한 말에 대한 반응을 살폈다. 반응은 제각각이었다. 그가 바라보고 있는 가신들의 표정이 그렇게 말하는 것처럼 느껴졌다.

'잘 말씀해 주셨습니다. 저희들은 이날을 기다리고 있었습니다.'라고 감격하는 부류가 있는가 하면, '정말입니까? 이렇게 말하면서 또 우리의 급여를 줄이시려는 게 아닙니까?' '지금까지도 번의 재정은 위기라고 몇 번이나 들었습니다. 그래도 번은 멀쩡히 지속되고 있지 않습니까? 과장해서 얘기하면 또 늑대가 온다는 식으로 겁을 주려는 것이지요?'라고 의심스러운 표정을 짓는 자들도 있었다.

'무슨 바보 같은 소리를 하고 있는 겁니까? 번주라는 지위는 최고 책임자의 직책입니다. 아무리 번이 곤란에 처해 있더라도 그것을 다시 일으켜 세우는 것이 바로 번주의 책임이지요. 우리에게 부탁한다며 우는소리를 하는 번주가 도대체 세상에 어디 있습니까? 대장부답게 잠자코 따라오라고나 하실 일이지. 칠칠맞은 번주님 같으니 …'라고 조소와 낙담의 빛을 역력히 보이는 자들도 있었다.

각양각색의 얼굴표정을 보면서 하루노리는 감지했다.

'어려운 것은 본국뿐만이 아니구나. 에도 사람들을 설득해 협력을 구하는 것도 쉽지가 않겠어.'

그러나 도화선에 불은 이미 당겨졌다. 반응이 냉담하더라도 '역시 안 되는 건가? 그럼 번을 포기하자'라고 할 수는 없었다.

'번정의 개혁은 정치를 개혁하는 것보다도 사람의 개혁이 먼저다. 그 점이 어려운 것이다.'

하루노리는 확실히 그렇다고 생각했다. 그리고 위축되는 감정을 채찍질하며 단숨에 구체적인 개혁내용을 발표했다. 듣고 있던 번사들은 항목 하나하나마다 술렁이며 소란을 피웠다.

- 이세 참배는 지리적으로 가까운 교토의 집사에게 대행하게 할 것
- 종교행사는 당분간 전부 중지할 것
- 연중 축하행사는 전부 연기할 것
- 행렬은 좀더 감원할 것
- 번저 내에서는 목면의류를 입을 것
- 식사는 국 한 그릇, 반찬 한 가지로 할 것. 단, 연말에는 국 한 그릇, 반찬 두 가지를 인정함
- 선물을 주고받는 것을 일절 금할 것
- 주거, 부엌, 마굿간 또는 보통 사용하지 않는 곳의 보수는 지극히 간단하게 할 것

- 요시 마님도 목면의류를 입을 것
- 마님의 하녀는 9명으로 줄일 것

산마마가 만드 안을 하루누리느 한 일곡씩 읽어나갔다. 개혁정책의 저변에 깔려 있는 기본내용은 '허례 폐지'다. 하지만 당시는 그 허례로 성립되어 있는 사회였다. 허례로 구축된 형식주의가 무엇보다도 사회적인 가치를 지니고 있었다. 특히 무사사회는 형식주의만으로 뭉쳐진 사회라고 해도 과언은 아니었다.

그것을 과감하게 폐지하려는 것이 개혁의 주요 골자인 만큼 하루노리의 안은 무사사회에 대한 심각한 도전으로 받아들여졌다. 그것도 지금까지의 재정악화가 허례, 형식을 지향하는 고가 기라가에서 맞아들인 양자 쓰나노리 때부터 시작된 것이기 때문에, 하루노리는 선조의 방침에도 반역하는 것이 되었다. 이중의 도전이 된 셈이다.

떠들썩한 가신들을 가라앉히기 위하여 하루노리는 목청을 높여 자작한 노래를 읊었다.

"이어받아 나라의 우두머리가 되면

잊어서는 안 되리
내가 백성의 어버이라는 것을.”

번주 취임과 동시에 읊었던 노래였다. 그리고 그 노래가 그의 번주로서의 자세임과 동시에 개혁의 목표였다. 즉 하루노리는 ‘번정개혁은 번민을 위해서 실행하는 것이다’라는 민생을 위한 일관된 지침을 확실히 정해놓고 있었다.

지금까지 하루노리가 보아온 막부나 다른 번의 개혁은 백성을 위해서라는 점을 망각하고 자신들의 부와 권리를 위한 수작에 지나지 않았으며, 부하들은 무용지물로서 문책의 대상으로만 여겨졌다. 하루노리는 그것이 잘못된 개혁이라고 생각했다. 그렇기 때문에 자신의 개혁은 그 바탕에 번민과 번사에 대한 끝없는 애정이 있어야 한다고 생각했다. 그는 ‘덕德’을 정치의 기본으로 삼고 그것을 경제와 결합시키려고 하였다.

또한 그는 단순한 절약 일변론자는 아니다. ‘살아있는 돈’은 그 반대로 아낌없이 쓰는 것이라고 생각했다. 어디에 쓰느냐가 문제였다.

요약하면 하루노리는 번정개혁의 목적을 ‘번민을 풍요롭게 하기 위함’이라고 명확하게 밝히고, 그 방법전개를 ‘사랑과 신되'로 실행하려 한 것이었다.

하루노리는 다른 번의 개혁을 보면서 그것이 성공하지 못한 이유는 이 두 가지가 결여되어 있기 때문이라고 생각했다. 자신의 번정개혁은 견고 번 정부를 부유하게 만들기 위해서가 아니라, 번민을 부유하게 하기 위해서 실행해야만 한다고 결심하였다. 그렇게 생각하니 마음이 부풀어올랐다.

"번정개혁은 근검절약만을 주 목표로 한 음침하고 어두운 것이 아니라, 모든 번민이 번주와 한마음이 되어 어렵지만 희망을 가지고 실행에 옮기는 즐거운 사업이다."

하루노리는 확신하게 되었다. 그리고 그러기 위해서는 번주인 자신이 등불을 높이 치켜들지 않으면 안 되겠다는 강한 책임감을 느꼈다. 하지만 이것은 겉으로만 아름답고 즐거운 이상에 불과하다. 무엇보다 번사 자신이 개혁을 이해하고 전면적으로 납득해야 하는데 번에는 넘기 힘든 벽이 있었다.

하루노리는 그 벽을 세 가지로 요약했다.

첫째, 제도의 벽

둘째, 물리적인 벽

셋째, 마음의 벽

하루노리는 이 세 개의 벽을 깨뜨려야만 비로소 개혁이 성공할 수 있다고 확신했다. 그 중에서도 특히 중요한 것은 '마음의 벽'이며, 이 '마음의 벽'을 무너뜨리기 위해서는 다음과 같은 방법이 필요하다고 느꼈다.

첫째, 정보는 모두가 공유한다.

둘째, 구성원간의 토론을 활발하게 한다.

셋째, 그 합의를 존중한다.

넷째, 현장을 중시한다.

다섯째, 번청에 사랑과 신뢰의 개념을 회복한다.

그 제1탄으로 지금 번의 실태를 파악해 숨김없이 보고한다는 전대미문의 계획을 착수시킨 것이다. 그 위에 개혁의 구체안을 밝히고 또 그 개혁의 이유와 목표를 명확하게 밝힌 것이다. 장내는 소란스러웠으나 곧 진정되었다. 조용해진 자리에서는 아무도 소리를 내지 않았다. 충격이 너무 컸기 때문이다.

"이로베님."

좌중의 무거운 침묵을 깨고 어느 에도 중신이 이로베에게 말을 건넸다.

"……."

이로베는 말없이 그를 보았다. 험상궂은 빛이 중신의 눈 속에 넘쳤다. 무어라고 대꾸라도 하면 금방이라도 험한 말이 튀어나올 것 같은 눈매였다. 중신이 물었다.

"에도 가로로서 이로베님은 이 개혁안에 찬성하셨습니까?"

'역시 올 것이 왔구나.'

이로베는 그렇게 생각했다. 두려워하고 있던 질문이었다. 솔직하게 말하면 이로베는 이 대회의에서 태도를 모호한 채로 남겨두고 싶었다. 무엇이든 요네자와 번의 동료들에게 먼저 상담하고 싶었다.

이로베는 결코 개혁에 반대하는 입장은 아니었다. 그리고 하루노리가 싫은 것도 아니었다. 다른 가문에서 들어와 불과 열일곱살에 다이묘가 되고, 게다가 지금 이렇게 과감한 일을 하려는 용기있는 대단한 인물이라 여겼다.

'인물이다!' 이로베는 그렇게 평가하고 있었다. 우에스기 가가 훌륭한 후계자를 얻었다고 말이다. 그러나 이 사람은 너무 성급하고, 관례를 무시한다. 특히 중신들과의 절차를 너무 생략해 버린다. 중신뿐만 아니다. 대부분의 번사에 대해서도 마찬가지였다.

'번의 중신이나 번사가 결속하여 개혁에 반대하면 어떻게 할 것인가?'

아무리 좋은 안도 절차가 결여되면 전부 수포로 돌아가게 되므로 그 점이 애석했다.

'이 개혁은 서두르지 않고, 조금씩 천천히 실행하지 않으면 성공하지 못한다.'

사람을 오래 다루어보고 번정에 많은 경험을 가진 이로베는 그런 처세의 지혜를 가지고 있었다. 누구에게 배우거나 책에서 얻은 것이 아니라 경험으로부터 얻어진 일종의 감각화된 지혜였다. 이로베는 하루노리를 위해 생각하기보다 오히려 자신을 걱정하는 것이었다.

그러나 이 질문은 어렵다. 양자택일을 요구하고 있어 도망갈 여지가 없다. 대답 여부에 따라 이로베의 입장이 확실해지는 것이다.

'곤란한 걸 묻는군.'

이로베는 떫은 얼굴을 하였다. 그러나 하루노리를 위시한 모두가 예의주시하고 있어서 낮은 목소리로 대답했다.

"… 찬성하였다."

장내가 가볍게 술렁였다. 의외라 생각한 사람도 있으리라.

"안이 만들어지는 과정에 가로님도 참가하셨습니까?"

화가 치밀어오를 것 같은 질문을, 이 바보 같은 무신경한 중신이 또 해대었다.

'그런 질문이 나오면 나올수록 내 입장은 난처해진다.'

이로베는 더욱 절망스러워졌다. 하루노리가 자신에게 '자네는 전체를 잘 감수해 주길 바라네'라며 감독 역할을 맡겼기 때문에 자신이 직접 개혁안 작성에는 손대지 않았더라도 전혀 모른다고는 할 수 없었다.

'참으로 잘 엮였군.'

새삼스럽게 이로베는 자신의 역할에 대해 생각했다. 교묘하게 말려들어간 것이다.

'나에게 감독 역할을 맡긴 건 번주님의 생각이 아닐 거다. 다케마타나 와라시나 등의 찬밥파가 생각해 낸 것이리라.'

이로베는 그렇게 생각했다.

'그렇더라도 지금 질문을 계속하는 중신은 아무 눈치도 없는 자로구나. 나를 이렇게 적나라하게 벗겨놓으면 도대체 나중에 수습을 어떻게 하려고 ….'

"내가 대답하지."

뜻밖에 하루노리가 입을 열었다.

"이로베는 찬성해 준 정도가 아니다. 나와 같이 요네자와의 시라코 신사에 서사까지 보관하였다. 요네자와 본국의 신에게 개혁실행을 서약한 것이다."

이번에는 수리가 여기저기서 틔어나왔다. 감탄이 소리만은 아니었다.

"가로님이 그렇게까지 하셨단 말인가?"

원망의 목소리였다. 그러나 이로베에게 있어서 이것은 치명타였다. 유야무야 넘겨버리려던 대답도 이렇게 되면 통용되지 않는다. 하루노리는 결정적인 일격을 가하여 이로베의 퇴로를 막아버렸다. 도망갈 길의 다리를 끊어버린 셈이다. 그것이 하루노리의 의도인지 아닌지는 모른다. 개혁을 향한 열성에서 무의식적으로 한 말인지도 모른다.

그러나 요네자와 본국의 시라코 신사에 서사를 보관했다는 것은 지금부터의 개혁에 관해 번주 우에스기 하루노리와 에도 가로 이로베 데루나가는 요네자와 번에서 어떻게 생각하건 일심동체로서 개혁을 추진해 나갈 것이라는 자세의 표명이었다. 어떤 변명을 해도 지금 에도 번저 넓은 방에 있는 번사들 모두가 그렇게 이해하고 있었다. 그리고 실망하였다.

이 이상한 공기를 열일곱 살의 하루노리는 어떻게 보고 있었을까? 시치미를 뚝 떼고 이로베를 궁지에 몰아넣었다는 말인가? 아니면 전혀 모른 채 서사에 대한 맹세를 말한 것인가? 또는 이로베를 더 믿고 있었는지도 모른다. 어찌되었건 하루노리의 개혁 변혁은 고요한 수면과도 같은 ○네지와 번에 커다란 돌을 던진 셈이었다. 갑자기 일어난 진동과 파문에 번사들은 소란스러워졌다.

"우선 이 개혁안을 에도에서 실험한다. 그리고 잘못된 점은 고친다. 그렇게 하면서 안을 가다듬어 요네자와 번에서 실행할 예정이다. 요네자와에서의 성공 여부는 에도에서의 실험에 달려 있다. 아무튼 협력해 주길 바란다."

이렇게까지 강력하게 결행을 선언하는데 느닷없이 언성을 높일 대담한 자는 없었다. 서로의 얼굴을 쳐다볼 뿐이었다. 아닌 밤중에 홍두깨였다. 넓은 방에 살벌한 공포가 엄습해 왔다.

'아! 그 찬밥파 일당이 서원에 처박혀 목욕도 안하면서 남몰래 해오던 것이 이것이었구나.'

불쾌한 표정들이었다. 인지상정이다. 인간은 '무엇을 할까'에는 그리 개의치 않는다. '누가 하는 것인가'에만 비상한 관심을 갖는다. 이 경우도 마찬가지이다. 개혁은 해야만 한다. 그러나 그 핵심이 찬밥파라는 사실이 참을 수 없다는 것이었다.

"내가 이야기할 것은 여기까지다. 의견이 있으면 주저없이 말해 주길 바라네."

하루노리는 자리를 둘러보며 말했다. 번사들은 하루노리와 시선이 마주치며 대부분 눈을 내리깔았는데 개중에는 저어린 노골적으로 표현하는 자도 있었다. 그러나 어느 쪽이건 충격이 너무 커서 불평불만의 감정이 터져나오기에는 일렀다.

"죄송스럽습니다만 ⋯."

이로베가 발언하였다.

"무언가?"

"가신 일동에게 지금 이상의 절약을 요구하실 때 번주님께서 스스로 검약하시지 않는다면 밑에서는 따르지 않을 것으로 사료됩니다. 만약 번주님 자신의 검약 방안이 있으면 알려주십시오."

"알겠다. 맞는 말이다."

하루노리는 고개를 끄덕였다.

"나의 생활비는 천오백 냥 정도인데 그것을 이백 냥으로 줄이겠다."

모두가 술렁였다. 팔분의 일로 줄인다고 했기 때문이다. 이로베는 곧바로 수긍하며 무례했다는 듯이 고개를 숙였다. 와라시나가 히죽히죽 웃으며 다소 놀리듯 말했다.

"번주님께서는 자신이 말씀하셨듯이 규슈의 작은 번 다카나베 가家에서 우리 우에스기 가家로 양자로 오신 분입니다. 그것도 열일곱 신이 야관이십니다. 이러한 과감한 개혁을 추진시키시려면 그렇지 않아도 불평많은 요네자와의 중신들이 번주님의 생활비를 아예 없애버릴지도 모릅니다."

하루노리는 납득하며 이렇게 대답했다.

"그것도 각오하고 있다. 그러나 지금 이 기회에 확실히 말해 두지. 요네자와 번의 가신들은 이 하루노리를 번주의 자리에서 축출시킬 자격이 없다. 내가 번주로서 적당한지 아닌지 판단할 수 있는 사람은 오로지 요네자와 번의 번민들뿐이다. 연공을 바치는 사람만이 그 자격을 가진다."

모두가 아연실색했다. 현대의 '주권재민', 납세자야말로 나라의 왕이라는 사고를 1700년대에 공언하는 다이묘가 일본에서는 그때까지 없었다.

"나를 그만두게 할 자격이 있는 사람은 납세자뿐이다. 가신들이 아무리 나를 쫓아내려 해도 번민이 지지하는 한 나는 그만두지 않는다."

하루노리의 선언을 뒤집어 말하면 이렇게 정색한 꼴이었다.

와라시나는 또 싱글거렸다.

"번주님의 의욕이 참으로 대단하십니다."

이번에는 다케마타가 발언했다.

"만약 에도 번저에 그런 취지가 관철된다면 요네자와 번에 대해서는 어떤 대책을 세우고 계십니까?"

"우선 요네자와 번의 가로인 치사카 다카아쓰千坂高敦를 에도로 호출한다. 그리고 지금 너희들에게 말한 것을 그대로 편지에 써서 요네자와의 모든 번사에게 미리 알리게 해야지. 그리고 나서 내가 요네자와에 들어가겠다."

'모든 번사와 함께 정보를 공유하는 것이 선결문제'라는 것이 하루노리의 굳은 방침이었다.

지금까지의 이로베, 와라시나, 다케마타와의 문답은 순전히 계획적인 것이었다. 사전에 짜놓고 네가 그렇게 물으면 내가 이렇게 말하겠다는 대본이 미리 짜여져 있었다. 번사들의 의문을 미리 생각해 모범문답식으로 전개해 나가자는 계획이 이미 하루노리와 심복들 사이에 세워져 있었던 것이다.

"이것도 개혁의 취지를 모든 번사들에게 침투시키고자 하는 수단이다."

하루노리는 그렇게 말했다. 그러기 위해서는 미리 짜둔 그럴듯한 문답이 필요했다.

'젊지만 이 사람은 대단한 그릇이다.'

심복들은 입 밖으로 내지는 않았지만 모두 같은 심정이었다. 이렇게 해서 에도 번저에서는 아무도 이의를 제기하지 못하였다. 요네자와에 번의 가로를 호출하는 급사가 보내졌다. 요네자와 개혁의 불은 에도에서 붙여졌다.

"개혁이란 번정을 바꾸는 것만이 아니다. 자신을 바꾸는 것이다."

*

그날 밤 방에 돌아온 하루노리는 사토에게 일렀다.

"자신을 바꾼다는 것은 사는 방식을 바꾸는 것이다. 쉬운 일이 아니지."

사토는 잠자코 있었다. 하루노리는 아무 말이 없는 사토에게 신경이 쓰였다.

"왜 잠자코 있느냐?"

"……."

"말할 것이 있는 모양이구나?"

"있습니다."

사토는 확실하게 말했다.

"말해 봐라."

"개혁은 실패합니다."

"뭐라고?"

하루노리의 얼굴색이 약간 바뀌었다. 가장 가까이에 있는 사토가 설마 그런 말을 할 줄은 꿈에도 몰랐다.

"무슨 말이냐?"

"번주님!"

사토가 다가섰다.

"왜 개혁이 실패한다고 하느냐?"

하루노리의 말은 약간 서글프게 들렸다.

"말씀드리겠습니다."

목까지 가득찬 의견을 어디서부터 어떻게 조리있게 말할까 사토는 머릿속으로 정리했다.

"오늘 회의를 보면서 저는 아직도 우에스기 가가 틀에 박혀 있다고 느꼈습니다. 번주님은 물론 그 점을 잘 알고 계시기 때문에 우선 개혁을 에도 번저에서 실험해 개혁안을 가다듬은 후에야 요네자와 번에 들어가겠다고 하셨습니다만 대부분의 번사들은 몸은 에도에 있으면서 마음은 항상 요네자와에 있습니다. 언제나 요네자와 중신들에게 신경을 쓰고 있다는 것입니다. 요네자와 중신들에게 미움을 받게 되면 반역이라도 하는 것처럼 마음을 졸이고 있습니다. 에도에서 일어나는 일은 전부 요네자와에 누설됩니다."

사토는 한층 목소리에 힘을 주었다.

"에도에서 개혁을 추진한다 하더라도 실제는 처음부터 요네자와에서 시작하는 것과 똑같습니다."

"......"

하루노리는 말이 없었다. 사토의 말이 옳았다. 과장은 없었다. 번의 실태가 바로 그랬다. 그러나 그렇다 해서 개혁을 포기할 수는 없었다. 이미 다리를 불태우고 퇴로를 끊어버렸다. 앞으로 전진하는 것 외에 살 길이 없었다.

"사토."

한참 후에 하루노리가 말했다.

"그러기에 전에 말한 것처럼 에도에서 개혁을 시작하는 것에 대해 중신 치사카 다카아쓰를 요네자와에서 불러 잘 설명하려는 것이다. 그리고 같은 취지를 치사카가 요네자와 번민들에게 이야기하도록 하는 것이지."

"지당하신 말씀입니다만 그걸로는 부족합니다."

사토는 단호하게 말했다. 사토의 눈이 반짝반짝 빛났다. 과묵한 그가 이렇게 말이 많은 적은 없었다. 매우 골똘히 생각했던 것이다.

번저는 조용했다. 멀리서 번저를 순회하는 야경이 북주심을 외치고 있었다. 그 소리가 하루노리의 가슴에 저며왔다.

'건강을 해치지 않기를 ….'

계절은 만추로 접어들었다. 낙엽을 밟으며 순회하는 야경에게 하루노리는 닿지 않는 우려의 마음을 던져보았다.

"분시로, 확실하게 말해라."

중요한 이야기이기에 하루노리는 재촉했다. 그 하루노리의 눈 깊숙한 곳까지 닿을 듯한 얼굴을 하고 사토는 말했다.

"희생양이 필요합니다."

"뭐라고 …?"

"에도에서 희생양을 요네자와에 보내는 겁니다. 요네자와의 중신들이 삶아먹든지 구워먹든지 마음대로 하게 할 사람, 저를 요네자와로 보내주십시오."

"……?"

"그렇지 않으면 요네자와의 중신들은 번주님에게 절대로 협력을 하지 않든가, 오히려 요네자와에서 에도로 지시를 내려서 개혁을 방해하려고 할 겁니다. 번주님, 저를 희생양으로 요네자와에 보내주십시오. 저는 어떻게 돼도 상관없습니다 ….."

필사적인 노메력 히고 시투는 그렇게 말하였다 마유은 결정한 것이다.

하루노리의 머릿속에는 요네자와의 중신들에게 두들겨맞으며 매도당하는 사토의 모습이 떠올랐다.

"우리 번의 중신들에게는 아무 상의도 없이 개혁이라는 터무니없는 짓을 번주님께 권유하다니, 이런 번을 망칠 놈 같으니."

사토가 말하는 희생양이란 바로 그런 것이었다. 사토는 형식과 권위만을 보람으로 느끼며 사는 번의 중신들이 자신들을 바보로 만든 에도의 찬밥파 중에서 누군가를 죄인으로 만들지 않으면 분이 풀리지 않을 거라고 생각한 것이다. 그런 사토의 예측은 틀림없었다. 그러나 그런 희생양 역할을 제일 먼저 자진해서 나설 줄은 몰랐다.

'순수한 사나이다.'

하루노리는 갑자기 눈물이 떨어질 것 같았다.

"네 말은 잘 알겠다. 그러나 개혁이란 정치만을 바꾸는 것이 아니라 정치를 하는 사람이 자기 스스로를 바꾸어가는 것이다. 바꾸고 변하는 것은 자신속에 있는 적과 싸우는 것이지. 사토! 이번 개혁의 최대의 적은 요네자와 번의 중신들이다. 요네자와 번의 재정적자보다도 더 오히려 시급한 것이 비고 그리면 중신들인지도 모르겠다."

사토는 지금까지 한번도 본 적이 없는 날카로운 기운을 하루노리에게 느꼈다. 그때 밖에서 이로베의 목소리가 들렸다.

"급히 상담드려야 할 일이 있습니다."

이로베의 상담이라는 것은 마님의 하녀 건이었다.

"마님의 하녀?"

하루노리는 이야기하러 온 사람이 이로베라서 조금은 묘한 얼굴을 했다.

"예, 마님에게 기이紀伊라고 하는 나이든 하녀가 있습니다."

"잘 알지. 요시의 뒤를 어머니처럼 보살펴주는 사람이지."

"그렇습니다."

"그 기이가 어쨌느냐?"

"기이는 선대 시게타다님의 마님께서 기슈紀州에서 꽃가마를 타고 오실 때 같이 데려온 하녀입니다. 그 기이에게는 미스즈라는 열여섯 살의 시녀가 딸려 있습니다."

하루노리는 무심코 듣고 있었으나 왠지 사토의 얼굴색이 붉어졌다. 얼굴색이 검은 사토이기에 눈에 잘 띄지는 않았지만 하루노리나 이로베가 확실히 알 수 있는 변화였다. 그래도 하루노리는 모른 척했으나 이로베는 힐끗 사토를 쳐다보았다 그 시선을 뿌리치듯이 사토는 어깨를 쭉 폈다.

"기이는 이번 개혁에서 마님의 하녀가 아홉 명으로 주는 것은 어쩔 도리가 없는 일이니 줄어든 인원으로라도 지금까지와 같이 마님을 섬기겠다고 합니다."

"그것 참 고마운 일이구나. 하녀를 총괄하고 있는 기이가 그렇게 말해 주다니 정말 고맙구나."

"그런데 기이가 새로운 부탁을 했습니다."

하루노리의 때묻지 않고 즐거워하는 모습에 찬물을 끼얹듯이 이로베가 말했다.

"무언가?"

"기이에게는 친척도 없고 기슈에 돌아갈 생각도 없답니다. 지금 부탁드리는 건 미스즈라는 소녀 때문입니다. 기이는 이 아이를 자신의 친자식처럼 여겨서 양녀로 삼아 빈약한 재산이라도 물려주려고 했는데, 이번 개혁에 미스즈도 해고당하게 되었다고 합니다. 그래서 미스즈를 해고하더라도 다시 기이가 개인적으로 고용하는 것을 허락해 달라는 것입니다."

"그런가 …?"

하루노리는 이로베의 말을 한참 생각해 보았다. 사토는 상기된 채로 머무머무하고 있었다.

"사토, 뭐 말하고 싶은 게 있나?"

"아닙니다. 특별히 …."

사토는 더 빨갛게 상기되었다. 묘한 놈이라는 생각을 하면서 하루노리는 이로베에게 다시 물었다.

"그렇다면 기이는 그 미스즈라는 소녀를 자비로 고용하겠다는 말인가?"

"그렇습니다."

"음."

비로소 이로베의 말을 알아들은 하루노리가 싱긋 웃으며 답했다.

"묘안이군. 기이의 부탁을 허락하겠다."

그리고 덧붙였다.

"이로베, 이번에는 내 쪽에서 부탁이 있네."

"예?"

이로베는 갑자기 불안한 표정을 지었다.

"아니, 큰 부탁은 아닐세. 내 대답을 기이에게 전할 때 여기 있는 사토에게 맡겨주지 않겠나?"

"옛?"

이로베가 놀리기도 건에 사토가 묘한 소리를 냈다. 이제는 얼굴이 시뻘개져 당황하는 빛이 극에 달했다. 이로베는 그런 사토를 줄곧 쳐다보았으나 정말로 모르겠다는 표정이었다.

"무슨 뜻인지 잘 모르겠습니다만 …."

"몰라도 되네. 그럼 됐지?"

하루노리는 미소를 띤 채 말했다.

"저는 나이먹은 여자에게 이런저런 얘기를 하는 게 거북스럽고 서툴러서 다른 사람으로 바꾸어주신 것은 좋습니다만, 아무리 그래도 왜 사토를 …?"

이로베는 아직도 이상하다는 표정을 지우지 않았다.

"아이구! 개혁도 앞으로가 더 걱정입니다."

그러나 곧 중얼거리며 자리를 떴다. 하루노리는 사토에게 말했다.

"들은 대로다. 곧 기이에게 가도록 해라."

"그렇지만 …."

"그렇지만 뭔가?"

"저는 아무래도 그곳에 가는 것이 거북합니다."

"무슨 말을 하는거지? 잠자코 기이에게 가서 내 답변을 전하게."

"예."

당황하여 복도로 나가는 사토에게 하루노리는 흐뭇한 미소를 보냈다.

기이는 자기 방에서 바느질을 하고 있었다. 요시 마님 옆에서는 절대로 그러지 않지만 자신의 방에서는 안경을 썼다. 노안이 된 것이다. 옆에는 미스즈가 있었다. 바느질은 제법 손이 많이 가는 일이어서 벌써부터 미스즈에게 바느질을 가르치고 있었다. 미스즈는 눈이 아침이슬처럼 맑고 아름다운 소녀였다. 기이가 딸로 여기듯이 미스즈도 기이를 어머니처럼 생각하고 있었다. 미스즈도 부모는 물론 일가친척이라곤 하나도 없는 외로운 소녀였다.

"미스즈."

기이가 돌연 힘없이 소녀를 부르며 어깨를 툭 떨어뜨렸다.

"예."

"이 실을 바늘에 꿰어줘. 눈이 나빠져서 보이지가 않아. 나이드는 게 여러모로 좋지 않구나."

바늘과 실을 미스즈에게 건네주고 허전한 웃음을 지으며 안경을 벗고 하는 말이었다. 그러면서도 계속해서 어깨를 주물렀다.

"어깨도 결려서 효흠이 멋는 것 같구나. 미스즈는 어깨가 결린 적은 없지?"

"예, 아직은."

차분히 대답하는 미스즈의 그 맑은 눈은 똑바로 기이에게 향했다.

"안경을 새로운 걸로 바꾸셔야겠어요."

기이는 손가락으로 어깨를 누르면서 말했다.

"지금 형편으로는 이대로 견디는 수밖에 없지."

"어깨를 주물러드릴게요."

미스즈는 얼른 바늘에 실을 꿴 뒤 기이의 등 뒤로 돌아갔다.

"어머, 어깨가 돌처럼 딱딱해요 …. 저 때문에 죄송해요."

미스즈는 진심으로 미안해 했다. 기이는 고개를 저었다.

"그렇지 않아. 나는 언제 죽을지 몰라. 알고 있는 모든 걸 너에게 주고 가고 싶구나. 돈도 물건도 별로 없지만."

"아주머님!"

미스즈는 강한 어조로 불렀다.

"언제 돌아가실지 모른다는 말씀은 하지 마세요. 아주머님께서는 오래오래 사실 거예요. 그렇지 않으면 미스즈가 슬퍼할 거예요."

미스즈의 목소리가 젖어 있었다. 눈에는 어느 간에 눈물이 맺혀 있었다. 기이는 어깨 위에 있는 미스즈의 손을 정답게 두드리며 바느질하던 비단 옷감을 보았다. 빨간 산백합이 염색되어 있는 아름다운 옷감이었다.

"시게타다님께서 마님께 하사하신 거란다. 빨리 옷을 지어 드리고 싶은데 …. 빨간색이 참 예쁘지? 아주 좋은 염료를 썼을 거야. 요네자와에서도 이런 옷감이나 염료를 만들 수 있으면 얼마나 좋을까?"

"하지만 …."

미스즈는 조금 망설이며 말했다.

"이 아름다운 비단옷도 이번 개혁 때문에 언제 입게 되실지 모르겠어요."

"그러게 말이다. 번주님은 다른 가문에서 오셔서 이제 열일곱 살인데도 아주 대담하신 분이셔."

그렇게 말하는 기이의 말투에는 다소 비난이 섞여 있었다.

"실례하겠습니다."

갑자기 복도에서 소리가 났다. 돌아보니 사토가 딱딱하게 긴장한 채 무릎을 꿇었다.

"아니, 누구십니까?"

안경을 쓰기 않아 기이는 뚫어질 듯이 사토를 보았다. 그 앞에서 미스즈가 얼굴이 빨갛게 상기되어 바느질하던 옷을 만지작거리고 있었다.

"사토 분시로라고 합니다. 번주님 심부름으로 왔습니다."

"번주님의 심부름? 무슨 일입니까?"

하루노리가 보낸 사람이라기에 기이는 얼굴을 잘 보려고 안경을 썼다.

"아, 당신이군요."

사토를 알아본 기이가 방긋 웃으며 다시 미스즈를 보았다. 미스즈는 얼굴도 들지 못하고 있었다. 말을 걸기도 뭣해서 기이는 입을 다물었다.

"무슨 일인지요?"

사토는 딱딱한 어조로 말을 전했다.

"전에 가로 이로베님을 통해서 부탁하신 일을 번주님께서 허락하신다고 합니다."

"오!"

기이는 나이가 무색하게 어린아이처럼 기쁜 반응을 보였다.

"미스즈!"

두 손을 마주치며 기쁨의 소리를 지르던 기이는 미스즈를 돌아보았다. 미스즈도 빨갛게 상기된 얼굴로 눈을 빈짝이며 기이를 바라보았다.

"잘됐구나."

"예."

서로 손을 잡는 기이와 미스즈의 모습을 보며 사토는 아름답다고 느꼈다. 특히 미스즈는 더욱 아름답게 보였다. 사토는 심부름 온 것이 즐거워졌다. 그러나 마음 한편으론 불안했다.

'혹시 번주님도 알고 계신 게 아닐까?'

기이는 미스즈와 기쁨을 나눈 뒤에 사토를 향하여 다시 고쳐앉으며 손끝을 바닥에 세웠다.

"너무 기쁜 나머지 소란을 피워 죄송합니다. 번주님의 인자하신 배려에 몸둘 바를 모르겠습니다. 늙은 기이가 번주님의 깊은 배려에 감사드린다고 전해주십시오."

"예, 알겠습니다."

일어서던 사토는 다다미에 널려 있는 비단 옷감을 보고 보통의 그로서는 좀체 하지 않던 말을 꺼냈다.

"아름다운 옷감이군요. 빨간 산백합이 매우 예쁩니다."

그렇게 말하면서도 시선은 계속 미스즈를 향하고 있었다. 미스즈는 사토의 시선에 몸이 확 달아올라 대답했다.

"요시 미님의 새옷입니다. 선대님께서 내려주신 것이에요."

그런 둘의 대화를 기이는 빙그레 웃으며 보고 있었다.

"그럼, 실례하겠습니다."

돌아서는 사토를 보고 기이는 미스즈에게 말했다.

"미스즈, 배웅해 드려야지."

복도는 길지 않았다. 아주 짧은 거리였다. 그러나 배웅하는 미스즈에게는 길게만 느껴졌다. 미스즈는 사토를 사모하고 있었다. 사토는 피부가 검고 무골武骨이어서 여느 시동과는 사뭇 달라 젊은 하녀들 사이에서는 평판이 좋지 않았다.

"어떻게 저런 사람이 시동이 되었을까?"

"저 사람이 걸을 때마다 먼지가 일어요."

다른 하녀들은 그런 험담들을 하곤 했다. 그러나 미스즈는 다른 시동처럼 빈말도 하지 않고 가식없이 솔직하게 번주에게 진언을 드리는 사토에게 깊은 경의의 마음을 품고 있었다. 그리고 그 마음은 곧 사모하는 마음으로 발전했다. 다른 하녀들이 알면 '어머나, 어떻게 저런 사람을 좋아할 수 있지?'라고 할지도 몰라서 가슴에 감춰두고 있었다. 하지만 젊음이란 사랑을 감출 수 없는 법, 마음속 깊이 간직한 미스즈의 사모의 마음이 사토에게 전해졌다.

사토 역시 미스즈를 사랑하고 있었다. 그러나 사토는 자신의 용모가 젊은 아가씨들에게 호감을 줄 리 없다고 생각했다. 더구나 빼어나게 아름다운 미스즈였기에 사모의 감정을 가진다 하더라도 이번 생애에 맺어질 수 없는 사랑이라 여겼다. 그러나 오늘은 행복했다. 미스즈가 기뻐하는 대답을 가지고 온 것이었다.

길지 않은 복도를 한 걸음 한 걸음 안타까이 걸으며 둘은 심장 박동이 빨라지고 있음을 느꼈다.

"사토님."

"예?"

"심부름 오시느라 수고하셨어요."

"아니요. 하지만 잘됐습니다, 번주님께서 허락해 주셔서."

"예. 저는 사실 번주님께 그리 좋은 감정을 가지고 있지는 않았어요."

"예?"

사토는 깜짝 놀랐다. 제법 대담한 말을 하는 처녀라고 생각했다.

"그렇지 않나요? 절약, 절약 하시면서 요시 마님의 옷까지 목면으로 하셨으니까요. 지금 사토님께서 아름답다고 하시던 비단 옷감으로 기이님이 온갖 정성을 다해 옷을 지어드려도 언제나 입으시게 될런지 …. 그렇게 생각하면 마음이 안 좋아요. 요시 마님은 몸이 불편하니 옷이라도 아름답게 입으시면 얼마나 좋을까요. 그런데 아무런 배려없이 똑같이 취급하시는 걸 보면 번주님은 잔인한 분인 것 같아요."

그렇게 말하고 미스즈는 말을 돌리며 미소 지었다.

"이제 더이상 말하지 않으려고요. 저를 남겨주셨으니까요. 저는 지금보다 더 요시 마님을 정성껏 모시겠어요."

사토는 줄곧 미스즈를 바라보고 있었다. 미스즈도 그걸 느꼈다.

"무슨 하실 말씀이라도 …?"

"… 감격했습니다. 당신은 정말 생각이 깊으시군요. 저는 거기까지 생각이 미치지 못해 창피할 따름입니다."

"예?"

깜짝 놀라며 미스즈는 얼굴을 붉혔다.

"별 말씀을 다하시네요. 저는 항상 사토님을 먼 데서나마 배우려고 ….”

“예?”

이번에는 사토가 놀랐다.

“지금 뭐라고 하셨습니까?”

“저 … 사토님을 존경한다고 ….”

미스즈는 떨리는 가슴을 달래며 자신의 마음을 전하려고 애썼다.

“아!”

사토는 신음소리를 냈다. 그는 기겁을 하며 놀랐다. 이런 행복이 나에게 찾아와도 좋은 것인가.

“미스즈님.”

사토는 감격해서 말했다.

“또 만날 수 있습니까?”

“예.”

“둘이서만 말입니다.”

“예.”

“그럼 됐습니다.”

사토는 오른손 주먹을 쥐고 왼손바닥을 치며 알 수 없는 소리를 질렀다.

"지금 뭐라고 하시는 거예요?"

"좋다는 뜻의 에도 유행어입니다. 미스즈님, 고맙습니다."

사토는 미스즈의 손을 불쑥 잡았다. 미스즈는 깜짝 놀라면서도 사토의 손을 뿌리치지 않았다.

'솜처럼 부드러운 손이다.'

가슴이 터질 것 같은 행복감에 넘쳐 사토가 돌아왔을 때 하루노리는 방안을 이리저리 불안하게 걸어다니고 있었다.

"기이에게 번주님의 말씀을 틀림없이 전했습니다. 인자하심에 눈물을 흘리며 감사하고 있었습니다."

하루노리도 기뻐할 것이라 확신하며 사토는 복도에 무릎을 꿇고 있었다. 그러나 하루노리는 갑자기 걸음을 멈추고 사토를 보며 이렇게 말했다. 침통한 표정이었다.

"분시로, 기이에게 허가한 것을 취소한다. 곧 이것을 기이에게 전하라."

"예?"

"미안하다. 예외는 역시 인정할 수가 없구나."

"번주님!"

사토는 험악한 눈으로 하루노리를 바라보았다.

"한번 허락하셔 놓고 곧 취소하시는 것은 조령모개도 이만

110

저만이 아닙니다."

"알고 있다. 그러나 잘못된 것을 고치는 데 주저해서는 안 된다. 내가 잘못 판단했어. 그래서 바로잡는 것이다."

사토는 번주를 떠받치기고 싶었다. 물론 기이에게 가거는 것은 아니었다. 번주의 무책임함에 화가 났기 때문이다.

"그런 심부름은 사양하겠습니다. 번주님께서 직접 해주십시오!"

참을 수가 없어 사토는 소리내어 울었다. 우는 사토의 뇌리에 요시 마님이 새 비단옷을 입을 수 없다는 미스즈의 말이 스쳐갔다. 순간 사토는 자기도 모르게 소리를 질렀다.

"번주님은 잔인하십니다."

"……."

사토를 보는 하루노리의 눈 깊은 곳에 형용할 수 없는 슬픔이 비쳤다. 두 사람의 얼굴이 마주치자 사토가 뛰쳐나갔다.

"분시로!"

하루노리의 침통한 목소리가 뒤쫓았다. 그러나 사토는 서지 않았다. 그는 서원까지 내쳐 달렸다. 그곳은 변함없이 개혁안을 가다듬어내는 본거지였다. 다케마타가 노조키, 기무라, 와라시나와 함께 있었다. 무언가 심각한 논의를 하고 있던 네 사람은 얼굴빛이 변해 달려든 사토를 보고 깜짝 놀랐다.

"웬일이냐?"

다케마타가 물었다.

"저 ….'

덤벼들 듯 조금 전의 일을 말하려던 사토는 그들 사이에 떠도는 이상한 공기를 감지하고 말을 삼켰다. 자신의 얘기를 먼저 꺼내기에는 망설여지는 무언가가 실내에 깔려 있었다.

"죄송합니다만 방 한켠에서 조금만 쉬게 해주십시오. 말씀하시는 데 방해가 되지는 않겠습니다."

사토는 그렇게 말하고 구석으로 갔다.

"… 그렇게 하게나."

불안한 표정을 지우지 못한 채 사토를 보고 있던 다케마타가 말했다.

"그럼 자네 얘기는 후에 듣지. 실은 여기도 중대한 논의가 있어서 ….'

"저 때문에 곤란하시면 딴 곳으로 가 있겠습니다."

"괜찮네. 자네는 동지야. 오히려 들어두는 것이 좋겠네."

다케마타는 하던 얘기를 계속했다. 한 통의 편지가 다다미 위에 펼쳐져 있었다.

"구라하시 세이고倉橋淸吳가 요네자와에서 가져온 이 편지에는 역시 희생양이 필요하다고 말하고 있다. 요네자와 번에서는 중신뿐만 아니라 일반번사들도 모두 우리에게 적의를 가지고 있으니."

"그러나 ….."

노조키가 고개를 들었다.

"아무리 그래도 요네자와에서 이번 개혁건을 빨리도 알았는데요."

"당연하지. 이로베님이 알린 거야. 이로베님에게는 나름대로의 입장이 있어."

다케마타는 쓸쓸하게 웃었다.

"제가 희생양이 되겠습니다."

갑자기 기무라가 말했다.

"희생양?"

구석에서 듣고 있던 사토는 그들의 얘기에 번뜩 생각났다. 우연히도 자신이 하루노리에게 진언한 바로 그 말이었다.

'이들도 요네자와에 희생양을 보내려는구나.'

구라하시는 번의 위험한 분위기를 자세히 밝히며, 누군가 희생양이 되지 않으면 번의 소요가 가라앉지 않을 것이라 했다. 누가 그 희생양이 될 것인가? 네 사람은 그것을 정하는 중이었다.

"말씀 도중 죄송합니다만."

시노가 말을 끼었다. 네 사람은 그를 보았다.

"무엇인가?"

와라시나가 부드럽게 말했다.

"요네자와에 희생양을 보내는 것이라면 제가 갈 수 있도록 해주십시오."

"뭐?"

네 사람은 깜짝 놀랐다.

"자네, 어떻게 이 사실을 알고 있나?"

"이로베님의 모습을 보았을 때 그런 기분이 들었습니다. 거기 놓인 편지건은 모릅니다. 하지만 저는 여러분께서 나눈 말씀과 같은 내용으로 번주님께 부탁을 드렸습니다. 바로 전에요. 그리고 때맞춰 잘된 일이 있었습니다."

"무언가? 마침 잘됐다는 일이."

"지금 번주님과 큰 싸움을 했습니다. 번주님도 이젠 저 같은 놈이 필요없으실 겁니다."

"뭐라고?"

네 사람은 놀라서 서로 얼굴을 쳐다보았다.

"도대체 무슨 일이 있었는가?"

사토는 기이와 미스즈에 관한 이야기를 했다. 그리고 허가한 것을 곧 취수하였다는 얘기까지 솔직하게 말했다.

"흠."

다 듣고 난 뒤 다케마타가 한숨지었다.

"이해하지, 번주님의 심정을."

"제 심정은 이해 못하겠습니까?"

사토는 대들었다.

"아니, 그것도 잘 알지. 양쪽 다 이해하네."

"그건 이해하신 것이 아닙니다."

사토는 수긍할 수 없다는 듯한 목소리로 말했다.

"사토!"

다케마타는 싱글싱글 웃고 있었다.

"번주님은 지금쯤 필시 후회하고 계실 걸세."

"그러면 기이의 일은 재고해 주신다는 겁니까?"

"그건 아니야. 번주님은 예외를 인정하지 않으시지. 그리고 자네를 놓지 않으실 거야. 나는 번주님의 심정을 잘 알고 있네. 그래서 자네를 희생양으로 보낼 수 없다는 말이야."

그렇게 말하며 다케마타는 몸을 돌려 세 사람에게 말했다.

"차라리 제비뽑기로 할까?"

그러나 희생양 선출을 제비뽑기로 할 수는 없었다. 또한 노조기와 기무비 두 사람이 완강하게 자신들이 사퇴하고 요네자와로 가겠다며 말을 듣지 않았기 때문이다. 그러나 다케마타도 물러서지 않았다.

"그것은 용납할 수 없다. 모든 책임은 내게 있다."

결국 와라시나가 끼어들었다.

"세 사람 다 번주님에게는 없어선 안 될 인재들이네. 요네자와 번에서의 개혁실행은 자네들이 중심이 된다. 특히 다케마타는 집정을 맡아야만 할 것이네. 그런데 지금 다케마타가 요네자와에 간다면 개혁실행에 큰 차질이 생기지 않겠나."

"제가 있습니다."

구석에서 다시 한번 사토가 소리를 높였다. 사토를 힐끗 보면서 와라시나가 웃었다.

"자네는 번주님이 놓지 않지."

"번주님께서 놓지 않아도 제 쪽에서 거절하겠습니다."

사토는 말을 되받았다.

"번주님께 그런 말을 하는 게 아닐세. 자네도 번주님을 미워하는 게 아니고. 좋아하고 있을 걸."

와라시나는 사토의 본심을 꿰뚫어보듯이 말하며 일동에게 생각을 밝혔다.

"나와 여러분으 함으으 가이해네. 위장산 네기 끄그친 기도 있었고. 어떤가? 이쯤해서 노조키, 기무라 두 사람으로 하는 게."

와라시나는 다케마타를 계속 쳐다보았다. 조심스럽기는 했지만 자신의 말을 스승의 말로 들어달라는 의미가 내포되어 있었다.

다케마타는 어깨에서 힘을 뺐다. 다케마타로서는 자신이 주도해 온 일의 책임을 다른 사람에게 미루는 것 같아 싫었다. 하물며 요네자와에 돌아가면 두 사람이 어떤 일을 당할지 잘 알기에 더욱 자신이 책임져야 한다고 생각했다. 그러나 학문의 스승인 와라시나의 말을 거역할 수는 없었다. 강경했던 다케마타도 꺾이고 말았다. 조금 전 와라시나의 미심쩍은 말에 다케마타가 물었다.

"선생님께서는 아까 세 사람이라고 하셨는데 어떤 의미입니까?"

"아!"

생각이 났는지 와라시나는 엷게 미소지었다. 그리고 깊은 숨을 내쉬었다.

"나는 이젠 안 되네 ⋯."

세 사람 이니 시도를 포함한 네 사람은 와라시나의 병이 심각하게 악화되었음을 알게 되었다. 와라시나는 지금까지 무척 무리를 해온 것이다. 자신이 의사이면서도 ⋯.

"선생님!"

네 사람은 말을 잇지 못했다.

*

요네자와에서 가로인 치사카가 왔다. 하루노리로부터 이야기를 들은 치사카는 고개를 저었다.

"도저히 그런 이야기를 들고 갈 수는 없습니다."

얼굴에 하루노리를 무시하는 빛이 역력했다. 젊은 양자 번주가 버릇없이 군다는 태도였다. 화가 울컥 치밀었으나 하루노리는 여기서 화를 내면 지금까지의 노력이 전부 수포로 돌아갈 것 같아 참았다. 치사카는 하루노리가 화를 내지 않자 더욱 우쭐하여 말했다.

"실례지만 이 개혁은 번주님의 발상이 아니지 않습니까?"

118

"무슨 말인가?"

"번주님께서는 아직 약관의 나이이고, 또 양자로 오지 않으셨습니까? 나쁜 친구들의 농간으로 번정을 한꺼번에 들어먹으려는 수세이 늘에 보입니다. 에도에는 특히 속이 검은 자가 많습니다. 속지 마십시오."

'속이 검은 것은 바로 너다.'

하루노리는 그렇게 말하고 싶었으나 참았다.

"모르는 소리. 이 계획은 전부 나의 생각이다. 누구의 의견도 듣지 않았다."

"숨기시는군요. 이 치사카는 잘 알고 있습니다. 요네자와의 번정에 관해서는 염려마시고 저희에게 맡겨주십시오."

치사카는 그렇게 말하면서 하루노리의 서면을 돌려주려 하였다. 이런 것은 아예 문제도 삼지 않겠다는 태도였다.

"그렇게는 안 되겠네."

"예?"

"너희들에게 정치를 맡겨두어서 요네자와는 지금 망해가고 있다. 이 책임을 어떻게 지겠느냐?"

생각지도 않던 역습에 치사카는 약간 놀랐으나 곧 뻔뻔스럽게 시치미를 떼었다.

"우리들 손으로 재건시키겠습니다."

"어떻게?"

하루노리는 집요하게 추궁하였다.

"그것은   . 요네자이에 있는 중신들과 여러모로 상담을 해서."

"늦었네."

"…….."

"이 서면을 가지고 돌아가 전 번사들에게 알리도록 하라. 이 것은 명령이다. 따르지 않으면 처벌을 생각하겠다."

"뭐라구요?"

치사카는 하루노리를 노려보았다. 그 눈은 가신의 눈이 아니었다. 거만한 인간으로서 하루노리를 증오하고 있는 적의의 눈이었다. 그러나 질 수는 없었다. 하루노리도 치사카를 노려보았다. 불꽃이 튀었다.

치사카는 요네자와로 돌아갔다. 그리고 하루노리는 요네자와로 들어갈 것을 결심했다. 그러나 치사카를 필두로 한 개혁의 적이 도대체 얼마나 있을지. 틀림없이 많을 것이다. 그러나 하루노리는 물러서지 않았다. 그 후 2년간 하루노리는 서두르지 않고 꾸준히 끈기있게 에도에서 실험을 계속했다. 개혁안을 수정하기도 하였다.

*

바야흐로 요네자와에서 개혁안은 신행할 때가 있다. 얼마흡 살의 청년 번주는 이윽고 잉어와 같이 폭포를 타는 것이다. 하루노리는 출발하기 전 심복들을 불렀다. 이로베, 다케마타, 와라시나 그리고 사토 등이었다.

"이제 요네자와로 간다. 앞으로 요네자와의 개혁은 자네들을 주축으로 실행에 옮길 것이니 각오를 단단히 해주기 바란다. 자네들도 믿을 수 있는 사람들을 많이 모으도록. 정치는 곧 사람이다. 그것도 많으면 많을수록 좋다. 개혁을 추진하는 마음가짐은 전에도 말한 그대로이다. 전 가신이 적으로 변해도 무서워하지 마라. 그러나 번민은 반드시 우리편으로 만들어야 한다. 백성을 사랑하라. 백성을 위하여 번정을 실행하라. 그렇게 하면 나라의 중신들이 반대해도 번민이 반드시 우리를 지지해 줄 것이다. 모두 알겠나?"

심복들에게가 아니라 마치 자신에게 말하고 있는 듯했다. 하루노리의 마음 깊은 곳에는 이러한 사고방식이 확실히 자리잡고 있었다.

메이와 6년(1769년) 10월 28일 우에스기 하루노리 행렬은 후쿠시마福島와 요네자와의 국경에 도착했다. 에도를 출발하고 열흘째되는 날이었다. 첫 번째 입번이라 하루노리의 가슴은 기대와 불안으로 한껏 고조되어 있었다. 번주라고는 하지만 아직 열아홉 살의 청년이었기에 당연한 일이었다.

국경은 산악지대에 있었다. 이곳에 닿을 때까지 보았던 나스那須나 반다이磐梯의 산들은 온통 눈으로 뒤덮여 백색의 물결을 이루고 있었다. 음력 10월말은 양력으로 12월 중순이나 하순이 되기 때문에 동북지방은 눈이 내리는 곳이 많았다. 국경 근처의 아즈마吾妻 산에도 이미 눈이 수북이 쌓여 있었다.

이타야 고개

요네자와로 들어가기 위해서는 4개의 길이 있다. 후쿠시마福島에서 이타야 고개를 넘어서 들어가는 길(현 13번 국도)과 시라이시白石에서 후다이야도二井宿 고개를 넘어 다카하타高畠를 경유하는 길, 그리고 아이즈 쪽에서 히바라松原 고개를 넘어 들어가는 길(현 121번 국도)과 에치고越後 방면에서 우쓰宇津 고개를 넘는 길(현 113번 국도)이 그것이다. 물론 지금의 국도가 당시의 길과 똑같지는 않지만 대체로 비슷한 형상을 이루고 있다.

요네자와 번은 에도를 왕복할 때 주로 이타야 고개를 경유하는 길을 이용했다. 이 길은 북쪽으로 구리고야마栗子山

(1,217m), 서남쪽으로는 아즈마야마吾妻山(2,024m), 이이모리야마飯森山(1,595m), 미쿠니다케三国岳(1,631m), 이이데잔飯豊山(2,105m), 치가미야마地神山(1,850m) 등의 높은 산이 이와키磐城, 이와시로岩代, 에치고와의 국경에 봉우리를 나란히 하고 있었다.

요네자와가 있는 데와出羽에서는 눈 밑의 요네자와 분지 저편으로 갓산月山, 유도노산湯殿山, 아사히다케朝日岳, 하야마葉山 등의 높은 봉우리와 약간 낮은 시라다카야마白鷹山 등이 보인다.

눈덮인 산을 멀리서 바라보면 아름답지만 그곳을 걸으려면 결코 쉬운 일이 아니다. 보통 에도에서 요네자와까지는 12~13일이 걸린다. 하루노리가 에도를 나선 날이 10월 19일이기에 상당한 강행군이 요구되었다. 그것도 눈길이었다. 그만큼 마음의 각오가 대단했다.

하루노리에게는 첫 입번이다. 기대와 불안의 심정이 가슴속에 소용돌이쳤다. 아직 열아홉 살의 다감한 청년이기에 어쩔 수 없었다.

지금까지 우에스기 가문이 에도에 왕래할 때에는 천 명 정도의 수행원이 따랐다. 선두에 대포대열을 앞세우고 지축을 흔들며 행진해 갈 때는 가도 일대에서도 '우에스기 가의 행진'으로 유명했다. 다른 다이묘 행렬과는 달리 마치 전국시대의 출전모습과 같았다. 겐신 이래의 풍습이 아직까지 지켜져온 까닭이다. 그러나 이번 입번에서 하루노리는 그런 풍습을 저혀 따르지 않았다.

"나는 전투에 나가는 것이 아니다."

하루노리는 쓴웃음을 지으며 수행원의 수도 대폭 줄여 수십 명으로 제한하였다. 지금까지 번사의 수가 부족할 때는 중개인(현재의 직업소개소)에게 부탁해 임시로 고용한 사람들로 숫자가 많아 보이게끔 했었다. 그러나 하루노리는 그러지 않았다. 심지어 복장까지도 "갑옷은 필요없다. 목면옷을 입고 가자"고 하였다. 물론 하루노리 자신도 그리했다. 그렇기에 대행렬이라고 해도 사람수는 아주 적었고 입고 있는 것도 하루노리를 위시하여 전부 목면옷이었다.

"첫 입번인데도 마치 걸인들의 행렬 같다."

에도의 번저를 나올 때 전송하는 가신 중의 일부는 하루노리의 초라한 모습에 눈물을 흘렸다. 일부는 "저렇게 비참한 행렬로 에도 시내를 지나가는 건 창피한 일이야. 대열에 끼지 않아 다행이다"며 냉소적인 생각을 하고, 또 일부에서는 "번주님은 정말 개혁이란 걸 하실 모양이구나. 그래도 본국에서 만반의 준비를 하고 기다리고 있는 중신들에 의해 금방 쫓겨 돌아올 거야"라며 여전히 차가운 눈으로 보고 있었다.

*

이처럼 장대한 눈덮인 산악의 경관을 우에스기 하루노리는 처음 접했다. 규슈의 남단에서 태어나 소년기의 대부분을 에도에서 보낸 그로서는 그처럼 눈부신 은백 일색의 산하는 태어나서 처음 보았다. 그러나 여기까지 오는 동안 눈의 비정함과 겨울의 냉혹함이 서늘할 정도로 피부에 저며들었다.

후쿠시마로 가는 도중에 이미 맛본 냉혹함. 온 산을 덮을 만큼 진홍색과 황색으로 채색된 단풍들이 하룻밤 부는 바람으로 눈 깜짝할 새 떨어져 흩어지고, 황량히 남은 나목들을 휘감고 불어오는 한기가 가슴속으로 파고들었었다. 차가운 비는 곧 눈으로 바뀌었다. 그리고 산은 순식간에 백설로 덮여버렸다. 계절의 급격한 변화가 눈앞에서 전개되는 것을 보니 하루노리는 엄숙한 자연의 섭리를 깨닫게 되었다.

"이것이 자연이다. 인간과는 다르다. 얼마나 냉엄한가?"

엄숙한 자연의 변화를 느끼며, 수십 명으로 줄어든 수행인들과 함께 하루노리는 산길을 걸었다. 가마가 준비되어 있었으나 극구 타지 않았다. 요네자와까지의 길을 자신의 몸으로 직접 익혀야 한다는 생각 때문이다.

아무리 그래도 산의 기후는 어찌 이리 쉽게 변해버린단 말인가. 조금 맑았다 싶으면 곧 비가 내리고 눈이 온다. 음산한 흐린 날도 있다. 햇빛에 반짝반짝 빛나는 설산은 그 자체로 백옥처럼 아름다운 여인의 웃는 얼굴이었다. 그러나 순식간에 하늘에는 구름이 나타나고 그 얼굴에 그림자를 드리운다. 그러면 웃는 얼굴은 곧 성을 내며 흐느낀다. 그때마다 산에는 비가 내리고 눈이 온다.

그런 변화를 하루노리는 이미 여러 날째 경험하고 있었다. 눈길에서 몇 번이나 미끄러졌다. 얼룩조릿대풀에 손을 벤 적도 있다.

"기후와 지형이 이처럼 변덕스러우니 요네자와 사람들이 이렇게 되는 것도 무리가 아니군."

전형적인 요네자와 사람인 이로베를 떠올리고 하루노리는 혼자 웃었다.

관례상으로 보아 이번 요네자와 입번에 당연히 있어야 할 한 사람이 빠져 있었다. 와라시나 쇼하쿠였다. 에도에서 하루노리에게 협력하는 개혁자들을 육성하고 개혁안을 실질적으로 지도한 쇼하쿠는 하루노리가 에도를 출발하기 직전 깊어진 폐렴으로 운명하고 말았다. 서른세 살의 젊은 나이였다. 죽기 전 쇼하쿠는 문아온 하루노리에게 유언을 남겼다.

"어려운 일이 생기시면 저의 스승 호소이 헤이슈 선생에게 지도를 받으시도록 ⋯."

호소이 헤이슈는 하루노리에게도 유년시절 학문의 스승이었다. 쇼하쿠는 죽기 전에 화가和歌를 한 수 지었다.

"아침의 이슬처럼 짧고 덧없는 생명,
　나도 조용히 수풀 속으로 사라지련다."

쇼하쿠가 죽자 하루노리는 식음을 전폐하고 슬퍼했다. 그러나 곧 불가사의한 일이 일어났다. 하루노리의 뇌리에 항상 쇼하쿠의 모습이 떠오르고 그의 목소리가 들렸다. 살아있을 때와 마찬가지로 '번주님, 그런 일을 하시면 안 됩니다'라든가 '번주님, 마음을 좀더 굳게 가지십시오' 하며 여러가지 조언을 해주었다. 하루노리는 생각했다.

'쇼하쿠가 살아있을 때도 하루 온종일 그와 같이 있지는 않왔다. 그러나 얼굴을 대하지 않아도 마음이 통했다. 쇼하쿠의 목소리도 들렸다. 마찬가지가 아닌가? 쇼하쿠는 죽었다. 그러나 그는 살아있다. 바로 내 마음속에. 내 마음속에 살아있는 한 쇼하쿠는 죽었다고 할 수 없다.'

눈덮인 산길을 걸으면서도 하루노리는 줄곧 쇼하쿠와 대화하였다. 그리고 앞으로도 계속 그러리라 생각했다.

"국경입니다."

전망이 일거에 펼쳐진 지점에 섰을 때 사토가 말했다. 하루노리는 오른편에 펼쳐진 유달리 아름다운 산악지대를 손으로 가리키며 물었다.

"저 산들은?"

"자오蔵王입니다. 왼편의 산기슭이 가미노야마上山, 그 앞이 야마가타山形, 그리고 더 나아가 텐도天童로 이어집니다. 왼편의 산 저쪽은 에치고 번입니다."

사토가 상세히 설명하였다. 번은 그를 고집센 촌뜨기라 하여 에도로 쫓아버렸으나 역시 태어난 고향이었다.

"하! 가미노야마, 야마가타, 텐도라 ….”

하루노리는 분지로 이어지는 데와에 있는 각 번의 이름을 흥미깊게 들었다. 그리곤 곧 물었다.

"텐도는 아마도 오다織田님의?"

"예, 오다님의 영지입니다."

후세 장기말의 명산지가 되는 그 작은 번은 오다 노부나가織田信長의 자손이 번주였다. 우에스기 가의 성주 겐신과 때로는 싸우고 때로는 동맹하여 곧 천하를 장악한 전국시대의 영웅 자손이 눈에 쌓인 조그만 나라에 계속 살고 있다는 사실에 하루노리는 깊은 감동을 받았다.

특히 왼편에 있는 이이데잔 봉우리가 향한 쪽이 우에스기 겐신의 거점이었던 에치고 번이라는 말을 듣자 한층 생각이 깊어졌다. 하루노리는 그런 은세계를 확실히 눈에 담아두려 애썼다.

"자, 우리나라로 들어가보자."

눈으로 덮인 국경에는 예정대로라면 낮에 도착할 수 있었다. 그러나 이미 날은 저물었고, 숙박예정지인 이타야는 아직 멀었다.

"저곳이 이타야입니다."

시동에서 근신이 된 사토가 손으로 가리켰다. 그 방향을 쳐다보며 하루노리는 눈썹을 찡그렸다.

"새까맣구나."

"……."

사토는 말이 없었다. 그 침묵을 깨듯이 다케마타가 말했다.

"사토, 검문소에 먼저 가서 번주님의 도착을 알려라."

"예."

사토는 달려갔다. 그 모습을 보며 하루노리는 다케마타에게 말했다.

"다케마타, 저 역참에는 사람이 없는가 보네."

"……."

"세금부담이 너무 커져서 살고 있던 사람이 사라졌구만."

"예."

다케마타는 난처했다.

"그런 곳에 머무를 수 있는가?"

"죄송합니다. 번주님께는 실로 면목이 없습니다."

"그렇지 않다. 폐를 끼치는 것은 이타야 주민들에게다."

다케마타는 말을 잃었다. 폐를 끼친다는 사고방식에서 하루노리와는 발상부터가 다름을 느꼈기 때문이다.

멀리서 보아도 가난이 느껴지던 이타야 마을은 가까워질수록 더욱더 처참했다. 도망가지 않고 남은 마을사람들은 밤에도 등불조차 켜지 못한 채 엄동설한에 겨우 홑겹 여름옷만을 입고 있었다. 그래도 새로운 번주의 입번이라고 역참 입구에 나와 열심히 환영의 표정을 보여주긴 했다. 그 표정들이 전부 마지못한 웃음으로 채워져 있어 주민들의 마음엔 아무런 희망도 없다는 기심을 하루노리는 금방 간파하였다.

새 번주에게 아무런 기대도 갖지 않았다. 심지어 이렇게 젊은 사람이 무엇을 할 수 있단 말인가 하는 본심을 엿볼 수 있었다. 하루노리가 말했다.

"숙사에는 들어가지 않겠네."

"예?"

호위하던 사람들이 깜짝 놀랐다.

"노상에서 밤을 새운다. 다만 수행자들의 몸이 얼어 있으니, 역참에서 술을 조달하여 나누어주게."

"… 예."

국경지역이므로 이타야 고개에도 당연히 검문소가 있어서 요네자와에 들어가는 사람과 나오는 사람을 검사하는 전문관리도 있었다. 하지만 그 관리들의 임무에는 여행자 검사만 있는 건 아니었다. 번의 높은 사람들이 출입할 때에는 접대를 맡아야 했다. 아니 오히려 그 접대가 관리에게 있어서 더욱 중요한 일이었다. 왜냐하면, 그 접대방식이 훌륭해 높은 사람들 마음에 들면 "자네, 꽤 눈치가 빠르구먼. 이름이 무언가? 옳지, 다음 인사이동 때에는 좋은 자리로 옮겨주지" 하며 출세의 길로 연결되는 경우가 많았기 때문이다. 그러나 반대로 접대방식이 마음에 안 들어 시사가 뒤틀리며 "이 놈은 전혀 눈치가 없구먼. 좌천이다!" 하고 채일 위험도 충분히 있었다. 그러기에 검문소 관리들에게 그 접대역은 출세 아니면 좌천을 택하는 일종의 도박과도 같았다.

새 번주 하루노리의 입번을 환영하기 위하여 오늘 접대를 지휘한 사람은 기타자와 고로베이北沢五郎兵衛라는 중년의 무사였다. 지배인 격의 역할을 맡고 있는 성실한 인물이었다. 그는 중신들에 의해 억지로 이 역할을 맡았다. 기타자와는 젊었을 때 와라시나에게 배운 적이 있어 번 내에서는 세이가샤파에 가까운 인물로 간주되고 있었다.

지금 이타야 고개의 역참에서 기타자와는 고민에 빠져 있었다. 새 번주가 와도 여기서는 접대할 수 있는 여건이 전혀 안되었기 때문이다. 역참이 폐허 상태나 마찬가지였다. 원래 아즈마 산 중턱에 위치한 이 역참은 고지대에 있었기 때문에 벼농사도 제대로 되지 않았다. 필요한 물품은 전부 산기슭인 요네자와에서 가져왔다. 오늘도 일단 쌀, 된장, 술 등을 준비해 왔지만 기타자와는 역참에 들어서자 깜짝 놀라지 않을 수 없었다.

사람들이 거의 없었다. 국경을 넘어 도망가 버린 것이다. 몇몇 남은 사람에게 꾼어보니 연공이 많아져 살아갈 수가 없어서 도망간 것이라고 했다. 더구나 도망가는 백성들이 역참에 들어와 돈이나 가재도구를 전부 훔쳐갔다는 것이다. 그것도 한두 명이 아니고 열 명 스무 명이 무리를 지어 쳐들어왔기에 당해낼 도리가 없었다고 했다. 이제 이 역참에는 훔쳐갈 물건조차 남은 것이 없게 되었다. 그리고 갈 곳이 없어 남아 있는 주민들도 단지 타성에 의해 살고 있을 뿐 미래에 대하여 아무런 희망도 없는 것 같았다.

'이런 상태를 지금까지 번의 누구도 문제삼지 않았다 ….'

기타자와의 생각이 여기까지 미치자 아연해졌다.

'번주님이 머무르실 곳이 없다.'

역참이 방치되어 있었으므로 어떻게 할 수도 없었다. 남아 있는 집도 엉망이었다. 다다미는 찢어져 있었고 벽도 허물어졌으며 미닫이문은 볼 수조차 없었다. 그마저도 도망가는 농민들이 흙발로 밟고 다녀서 진흙투성이었다.

'조금 빨리 왔어야 했는데.'

기타자와는 후회했다. 그러나 따지고 보면 이 접대역에 임명된 것은 어제 일이다. 기타자와는 일에 태만한 편은 아니었지만 번청 관리의 한 사람으로서 역참이 이렇게 황폐해질 때까지 방과했던 책임을 통감하지 않을 수 없었다. 어디까지 비어 있던 이유로 번민의 도망이 자유로웠다는 점도 들 수 있었다. 주민통제를 위한 군사의 국경투입도 제대로 수행되지 않았다. 통제도 변변히 하지 않았음이 틀림없다.

생각해 보면 기타자와의 이번 국경출영 담당의 임명은 확실히 의도적인 인사였다. 폐허가 된 채 머무를 수도 없는 역참에 번주를 맞이하게 하여 불쾌감을 조성시키려는 술책이었다. 와라시나의 제자였던 기타자와를 좌천시키려는 음모가 밑에 깔린 것이 분명했다.

"그렇구나. 바로 나를 함정에 빠뜨리려는 계책이었구나."

기타자와는 지금에서야 자신의 어리석음을 깨달았다.

번의 공기는 험악하여 하루노리를 환영하는 분위기는 전혀 없었다. 오히려 휴가 다카나베의 3만 석에 불과한 작은 번에서 일약 우에스기 가라는 명문 다이묘 가에 양자로 온 열아홉 살의 젊은 번주를 한번 놀려주려고 중신들은 만반의 준비를 하고 있었다. 일반 번사들도 동조하고 있었다.

번민들은 사전에 "이번 번주님은 엄격한 개혁을 하실 것 같다"는 말을 들어온지라 "지금보다도 더 무거운 연공을 뺏길 거야"라며 전전긍긍하고 있던 참이었다.

지금 요네가와에서는 어느 쪽이나 하루노리에 대한 악의가 팽배해 있었다. 기타자와만 해도 결코 하루노리에게 호의를 가지고 있지 않았다. 에도에서의 언행을 중신들 사이의 소문으로 상세히 들었던 터다.

'틀렸어, 조금 성급한 방법이다.'

기타자와도 그렇게 생각하고 있었다.

'새 번주님이 요네자와에 도착한 순간부터 커다란 파문이 일겠지. 뭐가 좋아서 그 파문을 일으키러 오시는가? 양자 번주답게 잠자코 있으시면 좋을 텐데.'

기타자와는 진정 하루노리를 위해 애석해 하고 있었다.

"사용할 수 있는 집이 한 칸도 없습니다."

역참의 집 한 채 한 채를 둘러보던 부하들이 잇달아 돌아오면서 보고하였다.

"아! 이게 어찌된 일입니까?"

이타야 역참에 들어서는 순간 사토는 소리를 질렀다. 역참의 입구에 한쪽 무릎을 짚고 송구스러워하는 기타자와의 얼굴이 움찔 경련을 일으켰다.

"예?"

"예라고만 할 게 아니라 어찌된 영문입니까?"

사주에는 저녁이 따로 없다. 밤이 오고 있었다. 그런 옅은 어두움 속에서 역참에는 몇 개의 횃불과 화톳불이 준비되어 있을 뿐이었다. 역참 전체가 완전한 암흑 속이었다. 역참에서 이어지는 마을에도 등이라고는 찾아볼 수 없었다. 사람이 전혀 살지 않는 것은 아닐 텐데. 사실 각 집에는 불을 켤 등화유가 없었다. 도망가지 못해 몇 남지 않은 주민들은 깜깜한 집속에서 숨을 죽이고 있었다.

사토는 이해할 수 없었다. 새 번주가 아무리 다른 가문에서 왔다 해도 이런 푸대접이 있을 수 있을까? "한발 앞서 번주님의 도착을 알리겠습니다"라고 단번에 내리막길을 달려왔는데 아연해졌다. 폐허가 된 마을에는 안면이 있는 기타자와 이하 몇 명의 무사가 속수무책으로 기다리고 있을 뿐이었다.

"기타자와님, 번주님이 곧 내려오실 겁니다."

"정말 진심으로 면목이 없습니다."

기타자와는 그 이상 할말이 없었다. 기타자와는 이미 각오하고 있었다.

'번주님을 요네자와 성까지 안내해 드리고 할복하자.'

할복으로 결례에 대한 책임을 지겠다고 결심했다. 그러나 일을 마칠 때까지 그런 의사를 조금도 보여서는 안 될 것이다.

하루노리 일행이 들이닥쳤다. 시부는 극도로 당황하였다.

"······!"

역참에 들어선 하루노리 역시 아연해졌다. 어둠속이나마 그 실태를 똑바로 볼 수 있었다.

"이것은 …. 폐촌 그 자체가 아닌가?"

솔직히 그렇게 생각했다.

동시에 기타자와도 놀랐다. 1천 명 정도로 예상하고 있던 하루노리 일행이 겨우 수십 명에 지나지 않음에 놀라움을 떨칠 수가 없었다. 그것도 신경써서 보지 않으면 누가 번주인지 모를 정도의 소박한 차림에 흙투성이가 되어 들어온 주종단은 마치 걸인 무리와도 같았다. 뒤를 보아도 더이상 따라오는 사람이 없었다. 선발대로 오인하기 쉬우나 이것이 본대였다.

기타자와는 하루노리 앞에 가서 무거운 마음으로 말했다.

"도착을 환영하는 바입니다. 기타자와 고로베이입니다. 성까지 안내해 드리겠습니다."

피곤한 모습도 보이지 않은 채 하루노리는 말했다.

138

"추운 곳에서 많이 기다리게 했구나. 폐가 많다."

사토는 험악한 목소리로 물었다.

"기타자와님, 번주님 숙소는 어딥니까?"

"번주님 숙소는 없습니다."

"뭐요?"

외치는 소리는 사토뿐이 아니었다. 하루노리 주위에 있던 모든 사람이 동시에 놀라 외쳐댄 소리였다.

"기타자와, 대체 어떻게 된 것이냐?"

지금까지 조용히 있던 다케마타가 앞으로 나왔다. 엄숙한 표정이었다.

"번주님은 눈길을 우리와 같이 걸어서 오셨다. 더구나 번주님께서는 초행길이다. 아무리 젊으셔도 당연히 피곤하실 게다. 그런데 숙소가 없다니 도대체 무슨 소리냐?"

뒷말은 격해져서 가늘게 떨리고 있었다. 기타자와는 다케마타를 똑바로 쳐다보며 절실하게 말했다.

"지당하신 말씀입니다. 그러나 보시는 바와 같이 이타야 역참은 폐촌처럼 되고 주민도 거의 없습니다. 번주님께서 머무실 집이 한 채도 없습니다."

"그건 이유가 되지 않네."

다케마타는 피식 웃었다.

"여기가 폐촌이 된 것은 이곳에 들어서는 순간 우리도 곧 느꼈다. 그러나 자네들은 줄곧 요네자와에 있지 않았는가? 마을이 이럴 지경이 될 때까지 아무도 몰랐단 말인가?"

"면목없습니다."

"번주님의 입국통보는 한 달이나 전에 파발꾼까지 보내서 알려놓았다. 한 달 동안 아무 준비도 안 했단 말이냐?"

"정말 죄송합니다."

"성의 중신들은 무얼 했단 말입니까? 이것은 번주님에 대한 짓궂은 장난이 아닙니까?"

옆에서 사토가 노성을 질렀다. 그러나 기타자와는 뭐라고 해도 '죄송합니다'라고 용서만 빌 뿐이었다.

죽음을 결심한 그로서는 중신 누구에게도 책임을 전가할 마음이 없었다. 전부 혼자 책임질 작정이었다. 때문에 불필요한 변명은 빼고 사과할 수밖에 도리가 없었다. 그것이 하루노리와 같이 온 사람들에게는 답답하게 느껴졌다.

"이젠 됐네. 더이상 기타자와를 문책하지 말게."

아까부터 대화를 듣고 있던 하루노리가 갑자기 대화에 끼어들었다. 가신들은 하루노리를 보았다. 하루노리는 똑바로 기타자와를 보며 이렇게 명령하였다.

"기타자와, 전부 노숙하세."

"예?"

"역참의 어려운 상황을 잘 안았다. 무게 되며 주민들은 더욱 곤궁해지겠지. 오늘밤은 나도 노숙하겠다. 모닥불을 피워라. 그리고 모닥불 주위에서 얘기하며 밤을 새우자. 대신 술은 있는가?"

"있습니다. 술만은 충분합니다."

자기도 모르게 신이 나서 대답하는 기타자와에게 하루노리는 잘됐다는 듯이 고개를 끄덕이며 말했다.

"불이 지펴지면 모두에게 술을 나누어주게. 조금은 몸이 풀리겠지."

탁탁 소리를 내며 타는 모닥불이 눈에 덮인 이타야 역참을 비추고 다소 기운이 돈 무사들의 말소리가 산중에 울려퍼졌다. 모닥불에서 나는 열과 술로 인해 발산되는 체내의 열로 무사들은 추위를 다소 잊었다. 일단은 요네자와에 도착했다. 내일은 입성한다. 그러면 가족도 만날 수 있다. 번주 입번 즈음하여 전례없던 국경 역참에서의 노숙일 망정 지금은 그 피로도 잊고 있었다. 성에 들어간 후에 벌어질 얘기로 꽃을 피웠다.

그러나 그런 무리에서 떨어져 잠자코 입을 다물고 있는 사람들이 있었다. 기타자와와 그의 부하들이었다. 그들은 하루노리와 수행원 전부를 노숙시키는 데 깊은 책임감을 통감하고 있었다. 하루노리가 관대한 태도로 대할수록 마음은 더욱 무겁게 느껴졌다.

'나쁜 것은 내가 아니라 번의 중신들이다'라고 생각했던 부하들도 모닥불 곁에서 찻잔에 따른 술을 마시며 즐겁게 담소하는 하루노리를 보고 '아아! 잘못했다. 집 한 채만이라도 번주님이 머무실 수 있도록 마련해 놓는 것이었는데'라며 아쉬움을 떨칠 수 없었다.

이미 할복을 결심한 기타자와는 지금은 오히려 투명한 기분이었다. 인간이란 언제 어디서 어떤 일이 일어날지 모르는 존재라고 생각했다. 그러나 일이 발생했을 때 바둥거리지 않는 자가 진정한 무사라고 마음을 가다듬었다. 기타자와는 처음 본 번주 하루노리에게 여태까지 겪은 번주와는 분명 다른 느낌을 받았다. 지금까지 이런 유형의 번주를 만난 적이 없었다. 하루노리에 대한 느낌을 어떻게 얘기하면 좋을지 모른다. 그러나 지금 기타자와가 느낀 점은 '번주님을 위해서라면 내일 할복하더라도 추호도 후회는 없다'는 것이었다. 진정 자신이 잘못했다고 생각하기 때문이다.

"기타자와님."

갑자기 뒤에서 소리가 났다. 돌아보니 사토였다. 그리고 그 뒤에 하루노리가 있었다.

"아니!"

기타자와는 놀라 부하들에게도 일러 황망히 길 위에 무릎을 꿇으려 했다.

"그만두게, 발이 차가워지네."

하루노리가 손을 젓고는 손에 쥔 술병을 들어올렸다.

"출영하느라 수고했네. 내가 술을 따르게 해주게."

하루노리는 그렇게 말하고 기타자와를 위시한 무사들 한 명한 명에게 술을 따라주기 시작했다. 놀라는 무사들은 과분해서 어쩔 줄 몰랐다. 기타자와는 고개를 숙인 채 서 있었다.

"황송하게도 …."

"자, 내일은 힘차게 안내해 주게."

밝게 말하며 하루노리는 기타자와를 불렀다. 기타자와는 긴장해서 하루노리 앞으로 갔다. 몇 개로 갈라진 모닥불 사이로 크게 말하지 않으면 상대방의 소리를 알아들을 수 없는 상황이었다.

하루노리의 옆에 선 사토가 심각한 표정을 지었다.

"기타자와님, 번주님의 명령입니다."

'아! 처벌이구나.'

기타자와는 미련없이 깨끗하게 고개를 수었다.

"혹시 이런 걸 생각하고 있는지 모르겠습니다만, 이 역참에서의 출영 건으로 할복하면 절대로 용서할 수 없다는 번주님의 말씀이 계셨습니다."

"예?"

기타자와가 고개를 들었을 때 하루노리는 이미 등을 뒤로하고 걷기 시작했다. 잠시 옆얼굴로 부드러운 미소를 본 것 같은 기분이 들었으나 하루노리는 다케마타 일행이 둘러앉은 모닥불을 향해 뚜벅뚜벅 걸어가고 있었다. 노려보듯 기타자와를 보고 있던 사토는 애원하듯 말했다.

"알겠습니까? 기타자와님. 그렇게 하시는 겁니다. 꼭 그렇게 하시는 겁니다."

"예 …."

기타자와는 자기도 모르게 신음하며 길 위로 양 무릎을 꿇었다. 그 자리를 떠나며 사토는 기타자와 뒤쪽 나무 뒤에서 사각사각 누군가 눈밟는 소리를 들었다.

"설마."

소리나는 방향으로 날카로운 시선을 던진 사토는 섬뜩 불안한 예감이 들었으나 나무 뒤를 확인하지 않고 하루노리 쪽으로 돌아갔다.

날이 밝았다. 해가 동쪽하늘에서 강렬한 빛을 발하였다. 은백색의 산들을 일제히 주황색으로 물들이며 빨갛게 타오르는 태양은 드디어 하늘 높이 떠올랐다. 하루노리는 장엄한 자연의 순간적인 색 변화에 압도되었다. 그리고 가슴속에 알 수 없는 힘이 끓어오름을 느꼈다.

"가자. 기타자와, 안내해라."

"예."

단호한 하루노리의 말에 기타자와는 큰소리로 대답했다. 지난밤의 어두운 기분은 싹 사라졌다.

'이 번주님이 내 생명을 구해주셨다. 이왕에 죽을 마음이었다면 지금부터라도 죽은 셈치고 번주님을 위해 살리라.'

기타자와는 그렇게 다짐했다.

'어제까지의 기타자와 고로베이는 이타야 고개에서 죽었다. 오늘부터 새로운 기타자와가 태어난 것이야. 새로 태어난 기타자와는 지금 은백의 길을 밟으며 새 번주님을 요네자와로

안내하러 간다.'

기타자와의 가슴은 뛰었고 발걸음도 가벼웠다.

수십 명의 하루노리 일행이 눈길을 내려가고 얼마 지난 후 한 소녀가 길 옆 나무 그림자에서 모습을 나타냈다. 미스즈였 다. 에도의 번저에서 늙은 하녀 기이가 데리고 있던 소녀.

'그분은 내가 번주님 행렬을 뒤따라온 걸 알고 계셔 ….'

미스즈는 에도에서부터 하루노리 행렬을 줄곧 따라오긴 했 지만 사모하는 사토를 따라온 것만은 아니었다. 결코 즐거운 여행길이 아니었다. 미스즈는 우에스기 하루노리를 깊이 증오 하고 있었다.

에도에서 우선 개혁을 실험하고 싶다던 하루노리는 마님의 하녀 수를 아홉 명으로 줄였다. 하루노리의 정실부인인 선천 적 장애인 요시를 보살피는 하녀도 예외가 아니었다. 그걸 생 각해서 미스즈의 주인인 기이는 하루노리에게 청을 했었다.

"개혁의 취지에는 잘 따르겠습니다. 저하고 같이 있는 미스 즈와도 작별해야겠지요. 그러나 부탁드린 대로 저에게 있어 미스즈는 손녀와 같습니다. 그 애가 없으면 늙은 저는 아무 일 도 할 수가 없습니다. 그리고 요시 마님도 미스즈를 무척 마음 에 들어하십니다. 그러니 청컨대 지금부터는 미스즈를 제가 고용하여 급여를 지불하는 것으로 제 곁에서 계속 일할 수 있게끔 해주시면 안 되겠습니까?"

번의 방침에 따라 일단 해고시키고 새로이 자비로 고용하겠다는 것이었다. 기이이 분별이는 요청을 하루 누리는 키오에는 허락했다가 곧 취소하고 말았다.

"미안하다. 예외는 인정할 수가 없구나. 내가 잘못했다."

심부름은 두 번 다 사토가 했다.

'처음에는 극락으로 인도했다가 바로 틀렸다며 지옥으로 떨어뜨리는 게 번주님의 일처리 방식인가? 요시 마님에게 종이학을 접어주고 천인형을 만들어주던 그 자상한 번주님은 도대체 어디로 갔단 말인가? 마치 도깨비 같은 분이시다.'

사토가 두 번째 심부름 왔을 때 미스즈는 속으로 그렇게 생각했다.

'그런 대답을 가져오는 사토님도 사토님이다.'

자신이 몰래 열렬히 사모하고 있음을 알고 있으면서 ….

'처음 허가한 사실을 전하러 온 사토를 배웅하기 위해 같이 걷던 그 짧은 복도가 얼마나 길게 느껴졌었던가 …. 지금 생각해도 뺨이 뜨거워진다. 하지만 나는 그 기억을 에도에서 잊었어. 잊을 수 없어도 잊어야 해!'

미스즈는 하루노리에 직소할 작정으로 따라왔다. 자신의 해고 취소를 받기 위해서였다. 연로한 기이가 그날로 드러누워 버렸기 때문이었다. 미스즈를 잃게 되는 충격이 그만큼 컸다고 할 수 있었다. 언제 죽을지 모른다. 그러나 간병을 할 수도 없었다. 번은 비정하게도 해고된 하녀들이 번저 내에 머무는 것조차 허락하지 않았기 때문이다. 병이 난 기이를 걱정하면서도 미스즈는 작은 보따리 하나만을 든 채 번저를 떠났다.

재의 나라에서

관례에 따르면 가마를 타고 있던 번주는 요네자와 성에서 10리 가량 떨어져 있는 하구로도羽黑堂에서 말로 갈아타게 되어 있다. 그러나 하누노리는 말로 갈아타지 않고 계속 가마로 이동하고 있었다.

이타야 고개를 내려와 분지로 들어서서도 요네자와 번藩 내의 광경은 전혀 바뀌지 않았다. 토지가 메말라 폐허상태인 번내의 모습은 눈에 덮였어도 잘 알 수 있었다. 그래서인지 살고있는 번민들에게도 전혀 생기가 느껴지지 않았다. 농민들이나 마을사람들은 번주가 입국한다기에 서둘러 길가에 무릎을 꿇고 앉았지만 그 눈은 모두 죽어 있는 듯했고 하루노리라는 새 번주에게 아무 기대도 없다는 듯이 보였다.

'마치 역귀를 맞는 듯한 눈이군.'

하루노리는 가마 속에서 번민들을 보고 그렇게 생각했다.

번민은 번민대로 사실 새 번주를 역귀라고 생각하고 있었다. 번민에게 개혁이란 곧 발작적인 증상을 일으켰다. 게다가 이번 번주는 '철저하고 엄격하게 개혁을 하려는 분'이라는 소문이 퍼져 있었다. 철저하고 엄격하게 개혁을 한다는 것은 바꾸어 말하면 농민들을 더 짜내겠다는 것이나 마찬가지라 해석되었다.

'아무리 짜내도 우리는 이제 기름찌꺼기일 뿐이다 ….'

번민들은 그렇게 조소하였다. 서로 엇갈린 시각으로 인해 새로운 사태가 일어나도 더이상 아무 감정도 일지 않았다.

"하고 싶으면 마음대로 하십시오."

번민은 자포자기 상태였다. 겨울이라는 계절이 이 나라를 피폐시킨 것이 아니었다. 토지나 인간이나 저 밑바닥에서부터 차갑게 얼어 있었다.

요네자와에 사는 사람들은 겨울 자체만이 아니라 마음의 겨울을 더욱 두려워하고 있었다. 그리고 그 마음에는 언제까지 기다려도 봄이 오지 않았다. 영구히 얼어 있는 냉혹함이었다.

아무리 요네자와 성에 가까워져도 요네자와 번의 번 내 광경은 결코 밝아지지 않았다. 산도 죽고 강도 땅도 모두 죽어 있었다.

무어보다두 주어 잇느 거은 살고 잇는 사람든이 표겅이엇다. 표정뿐만 아니라 마음까지 벌써 죽어 있었다. 요네자와 번내에 살고 있는 번민은 누구 하나 희망을 갖고 있지 않았다. 희망이 없기에 마음이 죽어 있다고 해도 좋았다.

가마 속에는 연초쟁반이 있었다. 연초쟁반 위에 있는 재떨이의 재는 차갑게 식어 있었다. 하루노리는 그 재떨이에 눈을 멈추었다. 하루노리는 재떨이를 손으로 쥐고 탄식했다.

"요네자와는 이 재와 마찬가지다."

차가운 재가 그대로 요네자와를 상징하고 있는 것 같았다.

'이 죽어버린 재와 같은 요네자와에 어떤 씨를 뿌린들 자랄 수 있겠는가. 아마 곧 죽어버릴 테지. 그러기에 지금 이 번의 백성들은 아무런 희망도 품고 있지 않다. 아! 나는 너무도 어려운 번에 왔구나. 젊고 아무것도 모르는데다가 경험도 없이 번민의 부를 위해 번정 개혁을 하려는 게 하룻강아지 범 무서운 줄 모르는 격이 아닌가. 어쩌면 나는 요네자와 성에서 개혁의 첫걸음도 내딛지 못하고 힘없이 먼 양지의 나라로 보내지

겠지.'

생각에 잠긴 하루노리는 차가운 재 속을 담뱃대로 휘저어 보았다. 하루노리가 담배를 피우지 않기에 가신들도 불에 신경쓰지 않던 참이다. 그런데 재 속에 작은 불씨가 남아 있었다. 그것을 본 하루노리의 눈이 갑자기 빛났다. 그리고 하루노리는 무엇을 생각했는지 가마 모퉁이에 있던 목탄상자에서 새 탄을 꺼내어 남은 불 옆에 놓았다. 그리고 화통대 대신 담뱃대로 후우훅 불기 시작했다. 남은 불을 새 탄에 옮기려던 것이다.

가마 옆에 있던 수행원들은 가마 안에서 하루노리가 무언가 훅훅 불고 있자 물었다.

"번주님, 도대체 무엇을 하고 계십니까?"

"불을 일으키고 있다."

"불을 일으키신다면 연초라도 피우시겠습니까?"

"아니, 그런 게 아니다."

"안이 추워서 불이 필요하십니까?"

"그게 아니야."

가신들은 당황했다. 도대체 하루노리가 왜 불을 일으키고 있는지 몰랐기 때문이다. 그때 가마 속 하루노리가 말했다.

"가마를 세워주게. 너희들에게 할 얘기가 있다."

가마가 서자 하루노리는 눈길로 내려섰다. 손에는 새로 일으킨 탄불이 담긴 재떨이를 들고 있었다. 이상하다는 표정을 짓는 가신들을 향해 하루노리가 입을 떼었다.

"학 얘기가 있으니 들어주게."

하루노리가 말을 이었다.

"후쿠시마에서 요네자와로 가는 국경을 넘어 이타야 고개에서 노숙을 하고 역참을 떠나 연도沿道의 광경을 보면서 나는 솔직히 절망했다. 이 나라의 모든 것이 죽어 있었기 때문이다. 마치 이 재처럼 말이다. 어떤 씨를 뿌려도 이 재의 나라에서는 자라나지 못할 것 같은 기분이 들었다. 그러기에 지금 번 내에 남아 있는 사람들의 표정에 희망이 없는 것이지. 그것을 내가 바꾸어놓지 않으면 안 된다. 그러나 그런 일은 나로서는 불가능해. 나는 좋은 취지에서 지금까지 너희들에게 개혁안을 만들게 했지만, 그것을 받아들이는 번이 이미 죽어 있다. 이것을 깨닫지 못했지. 내가 너무 안일하게 생각했다.

깊은 절망감이 덮쳐와 한참 동안 재를 바라보고 있었다. 그리고 담뱃대로 재 속을 휘저어보니 조그만 불씨가 남아 있었다. 그 불씨를 보며 나는 '바로 이거다!'라고 생각했다. 남은 불씨가 새로 불을 일으키고 그것이 또 새 불을 일으킨다. 이 나라에 이런 일이 반복될 수는 없을까? 그러면 그 불씨는 누구일까? 우선 너희들이라고 느꼈다. 너희는 에도에서 여러 말을 들으면서도 나의 개혁이념에 공감하고 협력해 안을 만들고 실험하고 제도를 고치고 좋은 안은 남기는 등 기틀 작업을 해주었다. 그리고 지금 다듬어진 개혁안을 들고 본국에 들어가려 한다. 그런 너희들을 생각했을 때, 너희야말로 그 불씨가 아닐까 생각했다. 너희들은 최초의 불씨가 된다. 그리고 많은 탄에 불을 붙일 것이다. 새 탄은 번사와 번민을 말한다. 젖어 있는 탄도 있겠고 축축한 탄도 있을 것이며 불붙여지기를 기다리고 있는 탄도 있겠지. 같은 모양일 리는 없다.

나의 개혁에 반대하는 탄도 많으리라 생각한다. 그런 탄들은 아무리 화통대로 불어도 한동안은 불이 붙지 않을 것이다. 그러나 그 속에 한 개나 두 개쯤 불이 붙는 탄이 있겠지. 나는 지금 그것을 믿을 수밖에 없다. 그러기 위해선 우선 너희들이 불씨가 되어주어야 한다. 너희들의 가슴속에 타고 있는 불을 뜻이 있는 번사들의 가슴속에 옮겨주기 바란다. 성에 도착하면 제각기 부서로 흩어질 것이다. 각 부서에서 기다리고 있는 번사들의 가슴에 불을 붙여주기 바란다. 그 불이 반드시 개혁의 불을 크게 일으켜줄 것이다. 이런 생각을 하며 나는 가마 안에서 열심히 작은 불로 커다란 탄에 불을 붙이려고 했다."

전부는 아니지만 많은 가신들이 감동했다. 다케마타가 앞으로 나와 말했다.

"번주님, 그 불을 저에게 주십시오."

"이 불을?"

하루노리가 되물으니 다케마타가 답했다.

"그 불을 받아서 더 크고 새로운 탄에 불을 옮기겠습니다. 그리고 번주님께서 말씀하시는 개혁이 달성되는 날까지 결코 꺼뜨리지 않고 집에 소중하게 보존하겠습니다."

다케마타는 무리를 향하여 말을 이었다.

"여러분, 우리 가슴에 타고 있는 불을 자신의 부서에 가져가 동료의 마음에 옮깁시다. 그 불이 약하고 수가 적더라도 1만분의 일이라도 번주님의 생각을 이 요네자와에 실현시킵시다."

사토도 같은 제안을 했다. 다시 같은 말들이 동시에 여기저기서 들렸다. 가신들은 하루노리가 갖고 있던 탄불을 받아 작게 나누어 한 사람 한 사람 새로운 탄에 불을 옮겨붙였다. 탄불은 열 배 스무 배가 되었다. 이것이야말로 눈길에 타오르는 새로운 개혁의 불씨였다.

"여기서부터 말을 타겠다."

하루노리가 말했다. 바람은 거세지고 하늘에는 구름이 더욱더 드리워져 가끔 진눈깨비가 후드득 후드득 내리고 있었다. 새 번주가 처음 입국하는 날의 날씨로는 굉장히 나빴다.

하루노리는 말에 올랐다. 그 뒤로 사토가 연초쟁반을 가지고 따랐다. 작은 불씨는 이미 커다란 검은 탄에 옮겨지고 있었다. 사토는 서약한 대로 그 불씨를 개혁성공일까지 꺼뜨리지 않을 작정이다. 긴장한 표정의 기타자와가 앞장서 요네자와 성을 향해 나아가고 있었다. 앞으로 30리가 남았다.

*

현재의 요네자와 성은 요네자와 시市 마루노우치丸の内 1번지에 있고 우에스기 신사가 있는 곳이 혼마루아도本丸跡 본성이다. 우에스기 신사에는 현재 우에스기 겐신과 우에스기 요잔이 모셔져 있다.

요네자와 성은 원래 가마쿠라鎌倉 시대에 오에 히로모토大江広元의 차남 오에 도키히로大江時広가 지토地頭(조세·징수·군역·수호 등을 맡던 중세시대 관리자)로 임명받고 나가이쇼長井庄에 지은 것이다. 도키히로가家 자손은 나가이를 성씨로 했는데 8대 나가이 도키후사長井時房 때 다테 무네토伊達宗遠의 자

156

손 다테 마사무네伊達政宗가 이 성에서 태어났다. 그러나 그 마사무네도 오다와라小田原의 공격 때에 참전이 늦었다는 이유로 도요토미 히데요시에게 문책당하여 이봉移封되었다. 주인으로 우에스기 가케가쓰를 맞이하기 전 이 성의 주이이더 나오에 가네쓰구는 도시계획의 대가로 혼마루아도 본성 이외에 니노마루二の丸, 상노마루三の丸를 만들어 적이 침입하지 못하도록 성 둘레를 파서 수로를 순환시켰을 뿐만 아니라 성 아래 전체를 방위도시로 만들어놓았다.

어쨌든 세키가하라 대전투 당시 협소한 요네자와 땅으로 도쿠가와 이에야쓰를 배반한 가케가쓰가 수천 명의 가신과 함께 들어왔기 때문에 먹이는 일도 큰일이었지만 주거를 마련하는 일도 중요했다. 성시는 성에 가까운 지역에서부터 신분이 높은 무사에게 할당했으나 토지 길이는 신분이 높은 순서대로 8칸, 7칸, 6칸의 넓이였다. 폭은 합해서 25칸이었다고 하니 전부 좁고 길쭉한 집이었다.

성시를 중심으로 발달한 도시에 수용되지 못한 무사는 하라가타原方라고 하여 성시 밖의 불모지를 개척해 살도록 하였다. 그러자 성시에 사는 무사들은 이들을 '하라가타의 똥주물럭이들'이라며 경멸하였고, 하라가타도 지지 않고 '성시의 죽먹은 배'라고 응수하게 되었다. 번 내 차별이 생겨버린 것이다. 무사와 서민의 비율이 54 대 46이었다고 하니 얼마나 무사가 많았는지 알 수 있다.

*

요네자와 성문에는 중신을 선두로 한 번사들이, 성시에는 처마밑이나 길 옆으로 서민들이 제각기 가장 좋은 옷을 입고 하루노리를 기다리고 있었다. 모두 추위에 떨고 있었다.

성문 앞에 줄을 서서 기다리던 번사들은 처음에는 하루노리의 행렬을 선발대라고 여겼다. 너무도 적은 숫자였기 때문이다. 그러나 이것이 본대임을 알고는 매우 놀라워했다.

"이런 누추한 행렬이라니 ….."

마중나간 중신들은 전부 최상급 비단 문복紋服을 입고 있었으나 입성해 오는 행렬은 번주뿐 아니라 모두가 허름한 목면 옷 차림이었다. 그것도 먼지투성이었다. 마치 밤을 틈타 에도에서 도주해 온 사람들 같았다. 그런 누추한 차림을 보고 놀랄 수밖에 없었다.

"이게 뭐야!"

마중나온 사람들은 실망으로 순간 입이 딱 벌어졌다. 그러나 하루노리는 태연하게 그 속을 지나오고 있었다. 하루노리를 마중나온 중신들은 치사카, 이로베, 스다 미쓰누시須田満主, 나가오 가케아키長尾景明, 기요노 스케히데清野祐秀, 이모가와 노부치카芋川延親, 히라바야시 마사아리平林正存였다

이로베는 하루노리보다 한발 앞서 요네자와에 돌아왔다. 에도에서 "개혁의 취지를 내가 입번하기 전에 번민들에게 알려주기 바란다"는 하루노리의 말에 "그렇게 중요한 일은 도무지 저 혼자서는 감당할 수 없습니다"라며 사양했다. 그리고는 "번에서 적당한 중신을 불러 그 취지를 말씀해 주십시오"라고 간청했었다. 하루노리가 요네자와에서 중신대표로 고참 치사카를 호출하였다. 그러나 치사카도 "이런 중요한 것을 번주님 대신 제 입으로는 도저히 말할 수 없습니다"라고 거절했다. 그리곤 하루노리의 옆에 있는 다케마타와 노조키를 흘깃 노려보며 "사실 이 개혁안은 말 잘하는 사악한 무리들이 만들어낸 …"이라며 솔직하게 털어놓았다.

그래도 그 개혁안을 문서로 만들어 "그러면 이것을 나 대신 모두에게 읽어주기 바란다"라고 하루노리는 끝까지 겸손하게 대했다. 명령이라고 강력하게 말하고 싶었지만 여기서 화를 내는 것은 아직 이르다는 생각이었다.

치사카는 화가 나서 문서를 가지고 돌아갔지만 번사들에게는 말하지 않았다. 같은 중신들인 스다나 이모가와도 "그런 건 어림도 없지"라며 정색을 하고 반대했기 때문이다. 특히 스다는 그 누구보다도 강경하게 반대했다. 그는 개인적으로 다케마타나 노조키를 미워했다. 가까스로 에도로 쫓아냈는데 그 찬밥무리들이 일치단결하여 다시 살아나 새 번주의 측근으로 의기양양 요네자와에 오는 것을 참을 수 없었다.

"저런 놈들이 번정을 마음대로 하게 내버려둘 수 있겠나."

그들은 개혁이 시작되기 전부터 격분하고 있었다. 세상에는 내용이 아무리 좋더라도 하는 사람이 싫거나 마음에 들지 않으면 그 자체만으로도 반대하려는 유형이 많다. '아무리 훌륭해도 저자들이 주도하는 개혁에는 절대 협조하지 않겠다'는 사고방식이었다.

'다케마타나 노조키가 개혁의 중심이 되는 한 나는 무조건 반대다.' 스다는 그렇게 마음을 굳게 먹고 있었다.

그러기에 스다는 새 번주 하루노리에게도 호의를 가질 수 없었다. 달변인 찬밥파에게 속아서 번정개혁과 같은 중대사를 자신들에게 아무 상의도 없이 추진해 나가려는 세상물정 모르는 청년이라고 여겼다. 그리고 이 생각은 스다뿐 아니라 요네자와 중신 모두에게 공통된 생각이었다.

"머리에 피도 안 마른 젊은 번주를 철저하게 훈련시키자."

모두들 그렇게 잔뜩 벼르고 있었다.

오직 이로베만이 조금 동요하고 있었다. 이로베는 에도에 있을 때 하루노리를 제법 가까이에서 겪어본 인물이다. 하루노리 편을 들면 "이로베님도 이미 농락당했군요"라 할 것 같아 잠자코 있었지만, 이로베는 하루노리가 스다 일동이 말하는 것처럼 단순히 '세상물정 모르는 젊은이'는 아니라고 생각했다. 하루노리는 분명 열일곱 살에 우에스기 가를 계승하고 지금 열아홉 살에 불과하지만, 분별력과 행동의 신중함 그리고 항시 미소를 잃지 않는 냉정함을 갖춘 매우 성숙한 인간이었다.

이로베는 에도에서 하루노리를 대할 때마다 느꼈던 위압감을 기억했다. 반드시 번주라고 해서 그런 것만은 아니었다. 그때마다 '이 번주님이 정말 열아홉 살밖에 안 되는가?'라고 자주 생각했다. '아니 이 번주님은 과연 나이가 있을까?'라고 느낄 정도였다. 그렇기에 스다처럼 감정에 치우쳐 하루노리에게 함부로 대해도 되는 건지 이로베로서는 매우 고민스러웠다.

"앗!"

성시를 바라보고 있던 이모가와가 길을 가리키며 낮은 소리를 냈다.

"선발대가 온다."

검은 비옷을 입은 일행이 거리를 걸어오는 것이 보였다. 선두에 선 창잡이가 깃털창을 흔드는 모습이 보였으나 예전에 흔들던 모습이 아니었다. 그 방법도 지금까지 보아오던 것과는 다른 제멋대로의 동작이었다. 그보다도 전체 행렬이 종종걸음으로 걸어오고 있었다. 지금까지의 다이묘 행렬에서처럼 '물러서라, 물러서라' 하는 엄숙하고 느긋한 태도가 아니었다.

"뭐야? 저 걷는 모습은."

다른 중신들도 불안한 듯 말을 뱉었다. 일행은 이상한 집단으로 보일 정도였다. 열의 중간에는 말을 탄 무사가 보였다.

"묘한 선발대로구만."

스다가 중얼거리니 이로베가 말했다.

"저것은 선발대가 아니다."

"……?"

"본대다. 번주님의 행렬이다."

"뭐라구요?"

중신들뿐 아니라 번사들도 놀랐다. 큰길에서부터 성문을 향해 오고 있는 것은 백 명이 안 되는 대열이었다. 긴 여정 그대로의 복장으로 들어오고 있었다. 형식을 전혀 무시한 모습이었다. 아무리 도중에 비와 눈을 맞거나 더러운 길을 걸었다손 치더라도 일성 저에는 적당한 여참에서 흐트러진 옷으로 갈아입고 번주다운 모습으로 입성하는 것이 절차였다.

만일 지금 들어오고 있는 저 대열이 이로베가 말한 대로 정말 새 번주의 행렬이라면 도대체 어떻게 된 일인가? 에도부터 시작한 여행길에서 더러워진 채로 이 요네자와 성에 들어오려는 것인가. 중신들은 자신들이 지금 입고 있는 화려한 비단 의복이 더럽혀지는 느낌마저 들었다.

"마치 걸인들 무리 같군."

구역질이 난다는 듯 스다가 말했다. 하루노리를 한 번 만난 적이 있는 치사카는 아까부터 씁쓸하고 불쾌한 얼굴을 하고 있었다. 치사카도 걸인 같은 무리를 보며 혹시 했으나 불길한 예감이 들어맞은 것에 심한 불쾌감을 느꼈다. 그러면서도 '저 번주라면 충분히 하고도 남지'라고 생각했다.

중신, 번사들의 그런 동요나 불쾌감에 상관없이 더러워질 대로 더러워진 일행이 성 내로 들어오고 있었다. 하루노리는 말 위에 앉아 있었다. 역참을 떠나 성시에 들어서니 길 옆에 정좌한 채 손을 짚고 있는 많은 서민들이 보였다. 남녀노소 할 것 없이 입술이 하얀 채로 떨면서 인사를 하고 있었다. 일부러 차려입은 옷도 눈과 진흙으로 더럽혀져 있었다. 충격이라기보다 께끙스러움이 느껴졌다.

하루노리는 순간 이런 생각이 들었다.

'나는 무엇인가? 무엇이길래 이렇게 많은 사람들이 눈길에서 손을 짚고 추위를 이겨내며 인사를 하고 있는가?'

가슴속으로 큰 한숨을 지었다. 터무니없는 큰 죄를 짓는 기분이 들었다. 이 길 옆의 한 사람 한 사람에게, 특히 노인들에게 그만하라 부탁하며 일으켜 세우고 싶은 충동에 사로잡혔다. 그렇기에 '물러가라, 물러가라' 하는 고시도 없이, 창잡이도 일부러 보행속도를 늦추지 않고 빨리 걸어가게 하였다. 행렬의 조화는 흐트러졌으나 그런 것 따위를 염려할 여지가 없었다. 이런 괴로운 길은 한시라도 빨리 지나고 싶었다. 겨울인데도 하루노리의 몸 전체에 식은땀이 흘렀다.

요네자와의 늙은 금붕어들은 전부 무뚝뚝하게 새 번주를 맞았다. 에도에 불러 한 번 만난 적 있는 치사카를 위시한 스다, 이모가와, 혼조本庄, 이치가와市川, 야스다安田, 기요노 등의 중신들이 도저히 불쾌하여 참을 수 없다는 표정으로 하루노리를 대했다. 하루노리는 입성 즉시 그 무리를 한 방에 불러모았다. 상견례도 아직 하지 않은 상태였다. 하루노리는 우선 치사카에게 물었다.

"일전에 에도에서 부탁한 개혁표고를 저 법사에게 건네주었겠지?"

"아닙니다."

치사카는 그 자리에서 고개를 저었다.

"전하지 않았습니다."

"뭐라고? 왜 전하지 않았지?"

"그러니까."

치사카는 의기양양하게 하루노리를 쳐다보며 말했다.

"여기 있는 중신들과 상의한 결과, 우선 이런 중요한 개혁안을 요네자와 번의 우리에게는 한마디 상의도 없이 에도에서 임의로 작성했다는 것과, 에도에서는 개혁취지를 번주님께서 직접 말씀하셨는데 요네자와 번에서 제가 그것을 대신하게 되면 번주님께서 번의 가신들을 얼마나 가볍게 여길지 느끼게 하는 것 같아 이 점을 고려하자는 결론에 도달하였습니다. 이상입니다."

"이상이라니?"

"번주님의 입번을 고대하고 있었습니다."

"그렇다면 개혁안을 아직까지 번사나 번민들에게 아무것도 알리지 않았다는 것인가?"

"그렇습니다."

"에도에서 부탁한 지 2년이나 되었는데 아직 손도 대지 않았다고 말하는 것이냐?"

"그렇습니다."

치사카는 '그렇습니다'라는 대답만 되풀이하고 있었다. 그 태도는 오만하기 그지없고, 반성의 빛도 전혀 없는데다 엷은 웃음까지 띠고 있었다. 다른 중신들도 마찬가지였다. 하루노리를 깔보고 있는 것이다.

이미 요네자와 번에서의 첫 번째 격돌이 시작되었다고 생각하면서도 하루노리는 얼굴에서 미소를 지우지 않으려 애쓰면서 끈기있게 물었다.

"그렇다면 내가 직접 말하라는 것인가?"

"아니, 그 전에."

"그 전에?"

"이런 중대사는 번사들에게 이야기하기 전에 먼저 중신들과 상의해야 한다는 것이 중신 일동의 의견입니다."

166

"……."

하루노리는 잠시 입을 다물었다. 그러나 곧 대답했다.

"중신들과는 상의하지 않는다."

"무슨 말씀이시니까?"

몸을 돌려 가다듬는 치사카에게 하루노리가 다시 못박았다.

"중신들과 상의하게 되면, 결국 지금까지와 똑같다. 그렇게 되면 개혁을 추진할 수가 없다."

"그렇지만 이 안은 에도에 있는 일부 간신들이 만들어낸 …."

"치사카, 잠깐 기다리게."

하루노리는 치사카의 발언을 막았다. 화가 몹시 치밀어올랐으나, 아직 얼굴의 미소는 지우지 않았다.

"개혁안을 만든 것은 간신들이 아니다. 내가 가장 신뢰하고 있는 자들이다. 안을 만든 것은 그들일지 몰라도 승인한 것은 나다. 따라서 너에게 넘겨준 것은 이미 그들의 안이 아닌 나의 안이다."

미소를 띠면서 논리정연하게 질책하자 치사카는 한마디 응수도 할 수 없었다. 치사카는 공격목표를 바꿨다.

"저희들 번의 중신들이 번주님에게 이번 기회에 드릴 말씀이 있습니다만, 어떠십니까?"

"음, 무엇이든 말해 보게."

"번주님이 이타야 역참에서 모닥불을 피우고, 노상에서 야영을 하셨다는 것은 당치도 않은 행동이십니다. 또한 오사와（大沢）에서부터 말을 타신 것도 마찬가집니다. 요네자와에는 요네자와의 관례가 있습니다. 앞으로 조심해 주시기 바랍니다."

"요네자와에는 요네자와의 관례가 있다 …?"

하루노리는 역겨움을 느꼈다. 곧이어 이모가와가 입을 열었다.

"번주님은 다카나베 3만 석 집안에서 우에스기 15만 석 집안으로 오셨기 때문에 잘 모르시겠지만, 앞으로 저희가 요네자와의 관례를 잘 알려드리겠습니다. 지방에 가면 그 지방의 방식을 따르라는 말처럼 이제부터는 번주님의 생각을 버리고 저희들의 말씀대로 해주십시오."

"말하는 대로 행동하라는 것인가?"

하루노리는 요네자와의 늙은 금붕어들이 그리 만만치만은 않다고 새삼 깨달았다. 이것이 정말이라면 하루노리는 치사카에게 묻고 싶었다.

'관례란 도대체 무엇인가? 그 관례, 즉 형식주의의 허영심으

로 가득 찬 대번大藩의식이 결국 우에스기 가를 무일푼 상태로 끌고 간 것이 아닌가.'

지금 이 자리에서 가신들을 추궁하고 싶은 충동이 일었다. 그러나 지금을 애나다, 키시키는 헌서이니 케면요 삶이 보퀴으로 알고 지금까지 살아온 사람임에 틀림없다. 치사카뿐만 아니라 모두 그렇다. 그것을 지금 머리에서부터 확 쳐버리면 어떻게 될 것인가? 분을 가라앉히고 겉으로는 싱글싱글 웃으며 하루노리가 말했다.

"너희들의 의견은 잘 알았다. 나도 지난 일을 가지고 비난하진 않겠다. 내일 내가 직접 번사들에게 개혁의 취지를 말할 테니 번사를 전원 집합시켜라. 물론 하급무사도 포함해서다."

"하급무사도?"

"그렇다."

"하급무사를 모은 적은 없습니다. 그런 관례는 없습니다."

"그 관례를 깨야겠다. 하급무사야말로 밑바닥에서 번을 받쳐주는 중요한 사람들이다. 모두에게 얘기하고 싶다."

"그렇게 하시면 번주님의 위신이 떨어집니다. 반대합니다."

"꼭 부르도록 하라."

"못 부릅니다. 하급무사 따위를 출석시킬 수는 없습니다."

"꼭 출석시켜라. 이것은 명령이다."

하루노리는 엄숙하게 말했다.

*

중신들과의 얘기를 끝낸 하루노리는 목욕을 했다. 역시 몸이 얼어 있었다. 하루노리는 말을 타고 입성할 때부터 앞으로 해야 할 자신의 행동을 결정해 놓고 있었다.

무엇보다도 번사를 모두 집합시켜 요네자와 번의 실태를 정직하게 말해야 할 필요성을 느꼈다. 번의 백서를 말로 발표할 요량이었다. 새 번주로서 무엇을 하고 싶은지 알리려 하였다. 목표를 내걸려는 의도다. 그렇지 않으면 개혁이라 해도 번의 관리들이 뿔뿔이 다른 일을 하게 된다. 그러면 누구보다도 피해를 입는 것은 번민이다.

'그 후에 지금의 나에게 무엇이 가능한지, 어디까지 할 수 있는지 솔직하게 얘기하자.'

번주라고 무턱대고 강경하게 나갈 수는 없다. 할 수 있다고 허세를 부리면 안 된다.

'그러기 위해선 왜 할 수 없는가를 명확하게 밝혀주어야 한다.'

개혁을 저지하는 벽의 종류와 두께를 정직하게 얘기하지 않으면 안 된다. 장애가 크면 용기없는 번사들은 움츠러들지도 모른다. 그렇지만 그것을 피한 개혁은 있을 수 없다.

'마지막으로 손을 잡고 번사 전원에게 협주를 부탁한다. 내게 부족한 점을 모두가 메워주도록.'

얼었던 몸이 차츰 생기를 되찾으며 하루노리는 머릿속으로 자신이 해야 할 일을 다시금 정리하였다.

전날 말한 대로 하루노리는 다음날 모든 번사를 성 안으로 집합시켰다. 물론 하급무사도 참석토록 하였다. 그러나 하급무사와의 동석을 꺼리는 것은 중신들만이 아니었다. 일반번사 중에도 양미간을 찌푸리는 자들이 많았다.

"새 번주님은 우리를 하급무사들과 같이 취급하실 건가?"

노골적으로 불만을 표하는 자가 있었고 거기에 동조하는 자도 많았다. 게다가 하급무사들 자신도 반드시 즐거워하는 것만은 아니었다. 태어나 한 번도 들어와본 적 없는 곳에 불려들어와, 성 밖에서 만나면 땅에 꿇어앉아 인사해야 하는 가신들과 동석한다는 사실이 하급무사들에게도 괴롭고 달갑지 않은 친절이었다.

넓은 방 앞자리에 앉아 전 번사들을 바라보던 하루노리는 서글퍼졌다. 누구를 막론하고 번사들의 눈에는 생기가 전혀 보이지 않았기 때문이다. 젊은 번주에게 기대하는 기색도 없었다.

'또 검약 얘기가 어쨌든 우리 급여를 더 줄이겠다는 얘기겠지.'

염세적이고 될 대로 되라는 분위기가 가득 차 있었다.

'어찌 자신의 가슴에 불을 태우고 있는 인간이 단 한 명도 없단 말인가.'

하루노리의 마음은 어두워졌다. 하루노리를 더욱 서글프게 한 것은 하급번사 대부분이 보수적인 중신들의 기색을 살피며 이 눈치 저 눈치로 눈에 띄는 행동은 물론 숨도 편히 쉬지 못하고 있는 점이었다. 에도에서 여기까지 머나먼 눈길을 패기 있게 달려온 하루노리의 마음은 급속도로 위축되었다. 그러나 하루노리는 다시 약해지는 자신을 꾸짖으며 새삼 용기를 북돋웠다.

'그래서 무엇부터 해야 할까? 에도 번저의 정원 연못에서 느꼈듯이 번사들은 요네자와라는 큰 연못 밑에서 잠자고 있다. 너는 그 번사들을 막대기로 휘저어 깨우려고 오지 않았는가?'

넓은 방 상단에 올라 하루노리는 상기된 얼굴로 우렁차게 호령했다.

"사전에 치사카를 통해 나는 내 의견을 문장화하여 그것을 전했기에 전부 들어 으리라 생각한다. 오늘은 조금 자세히 번의 실정과 번을 재건시키기 위해 내가 꼭 해야 할 일에 대해 다짐해 둘 말이 있다. 나는 솔직하게 번의 실태를 말하려고 한다. 어느것도 숨기지 않겠다. 부디 잘 들어주기 바란다."

하급무사들까지 불렀기 때문에 성 안은 번사들로 넘쳤다. 전대미문의 대집합이었다. 하루노리가 보니 번사들 중에는 오로지 하루노리의 말을 들으려는 자, 노골적으로 적의를 나타내는 자, 그리고 모든 의욕을 잃고 무엇을 얘기해도 상관없다는 표정으로 눈을 돌리고 콧털을 뽑는 자 등 그 모습도 다양하였다.

'결코 쉬운 일이 아니구나.'

마음으로 느꼈지만 기가 꺾이지는 않았다. 하루노리는 자신이 하지 않으면 안 되는 일이라고 믿었다. 그러기에 이것이 개혁의 성패를 좌우하는 중요한 첫걸음이라고 여겼다. 하루노리는 말을 시작했다.

"번은 현재 다이묘 반환의 궁지에 몰려 있다. 그러나 나는 번을 반환하지 않겠다. 반대로 번정개혁을 실시한다. 번정개혁의 목적은 백성의 풍요에 둔다. 결코 번주나 번사, 번청의 부를 위함이 아니다. 그러나 그 목표를 달성하기에는 번주인 나에게 몇 가지 한계가 있다. 그 한계라는 것은 이렇다.

첫째, 나는 대번大藩이 아닌 규슈의 소번小藩 태생이다.
둘째, 나이가 젊다.
셋째, 경험이 아주 부족하다.
넷째, 요네자와 번을 계승하고 이곳에 처음 들어와 요네자와의 실태를 전혀 모른다.
다섯째, 오늘 모인 너희들과도 첫 대면으로 에도번저에서 같이 생활한 자들 외에는 거의 아무도 모른다.
끝으로, 너희들도 나를 전혀 모른다는 것이다.

따라서 개혁의 필요성을 말하면서도 번주로서 장애를 극복할 수 있는 실력을 갖추지 못하였다. 지금 모두에게 부탁코자 하는 것은 지시나 명령이 아니라 협조다. 나에게는 모든 것을 통제할 힘이 없다. 목표에 비해 나의 힘은 너무나도 미약하다. 이런 나의 실태를 잘 배려하여 목표와 내 능력 사이에 생기는

174

틈을 모두가 협조하여 메워주길 바란다.

물론 나도 미약한 자신을 성장시키기 위한 노력을 게을리하지 않고 모두의 능력을 결집할 수 있도록 최선을 다하겠다. 그리하여 금후 개혁에 필요한 정부를 숨기지 않고 모두 번사 전원에게 알리겠다. 즉 번정에 필요한 정보를 번의 상층부만 독점하지 않고 말단의 번사까지 하달되도록 하겠다. 이것은 약속하겠다. 각 부서에서는 부서대로 토론을 활발하게 해주었으면 좋겠다. 신분의 고하를 막론하고 생각하고 있는 바를 말할 수 있는 분위기를 조성해 주기 바란다.

또 일하는 사람들도 신분이나 서열, 연령에 개의치 않고 그것이 번민을 위하는 것이라면 주저하지 말고 말해 주기 바란다. 그리고 거기에서 합의된 좋은 의견은 조직을 통하여 반드시 내 손에까지 올라오게 해주었으면 좋겠다. 내 생각이나 중신들이 상담하여 결정한 것은 반드시 말단의 번사들에게까지 하달되도록 하겠다. 즉 전부의 의견이 나한테 상달되는 통로와 나나 중신들의 의견이 하달되는 통로를 일원화시키겠다. 이 통로는 될 수 있는 한 짧게 하겠다."

계속하여 민부와 관련된 예로서 하루노리는 요네자와의 인구격감을 언급하였다.

"왜 이렇게 인구가 줄었을까. 오는 길에 들은 이야기지만 요네자와에서는 신생아를 죽이는 일이 성행하고 있다고 한다. 목욕시킨다고 갓 태어난 아기의 다리를 잡고 물이 담긴 대야에 아기를 거꾸로 담근다. 물론 아기는 죽어버리고 만다. 이런 풍습이 요네자와 번에서 엄청나게 많이 행해지고 있다. 그래서 보통 15만 명이 되어야 할 요네자와의 인구가 9만 명 정도로 감소했다. 자연감소가 아니고 인위적으로 인구가 이렇게 격감하고 있다."

하루노리의 어조는 비통했다.

"생명이란 가난한 집에서 태어나거나 혹은 신체의 일부를 다쳐 태어난다 하더라도 이 세상에 태어난 것만으로도 모두 숭고한 존재들이다. 생명을 가볍게 다루어서는 절대 안 된다. 설령 가난한 집에서 태어났다 하더라도 막 태어난 아기를 죽이는 것은 도대체 무슨 경우인가? 하늘의 뜻을 거역하는 것이다. 만약 이것이 사실이라면 앞으로는 이런 행위를 행하는 자를 엄벌에 처하겠다. 그리고 그것은 개인의 책임이 아니라 모두의 책임이다. 마을의 책임이고 번의 책임이다."

하루노리는 노인, 병자, 아이, 임부 등 약한 사람을 중시하였다. 그러나 그들을 위한 대책 전부를 즉시 번 재정에서 부담할 수 없었다. 그래서 하루노리는 제안했다.

"삼조三助를 행하자."

"삼조란

첫째, 스스로 돕는다自助

둘째, 이웃 사회가 서로 돕는다互助

셋째, 번 정부가 돕는다扶助

의 삼위일체를 의미한다."

이런 연설을 끝낸 하루노리는 인사를 발표했다.

"다케마타를 집정에 노조키를 봉행奉行에 임명한다."

일에는 흥미가 없어도 인사에는 비상한 관심을 갖는 것은 예나 지금이나 변함없는 조직원들의 심리다. 그러나 이 인사에 대해 앞에 있던 중신들은 노골적으로 불만의 표정을 지었고 일반번사들도 거부의 소리를 높였다. 그 반응을 보고 하루노리는 '나도 큰일이지만 다케마타나 노조키도 편치는 않겠구나' 느꼈다.

그러나 하루노리는 분명히 말했다.

"이 인사로 개혁을 단행한다."

부드럽기는 했지만 결코 물러서지 않겠다는 결의가 양미간에 나타났다. 그 표정을 보고 중신들이나 많은 번사들은 '세이가샤 무리들은 역시 출세하려고 번주님 주위를 맴돌았구나' 생각했다. 개혁은 정책과 인사 면에서 세이가샤파의 반격이며 보복이라고 느꼈다. 그런 의미에서 오늘의 회의는 떠들썩하긴 했으나 성공적이라고 할 수는 없었다. 하루누리에게도 밝은 출발은 결코 아니었다.

회의가 끝난 뒤 치사카를 위시한 중신들이 하루노리를 멈추어세웠다.

"오늘 솔직하게 말씀하시는 번주님의 모습에 저희 중신 일동은 가슴 깊이 감명 받았습니다. 단, 한 가지 가르쳐주셨으면 합니다."

"무엇이냐?"

"번주님께서 말씀하신 연약한 번민보호책을 시행하는 데는 많은 지출이 따릅니다. 돈을 염출하는 데 있어서 저희들은 오랫동안 시달림을 받은 관계로 머릿속에 조금의 지혜도 남아 있지 않습니다. 그렇게 듣기 좋은 말을 입에 올리신 이상 번주님께서는 경비조달의 묘책도 가지고 계실 줄로 믿습니다. 조금 전의 좋은 말씀들이 그림의 떡이 되지 않도록 번주님의 비책을 가르쳐주셨으면 합니다."

불쑥 화가 났으나 하루노리는 이렇게 말했다.

"그것을 자네들과 잘 상의하고 싶네."

"예?"

하루노리의 대답을 듣고 치사카는 또 한번 크게 양미간을 찌푸렸다

"그러면 그렇게 커다란 포부를 말씀하시고 번주님은 그것을 뒷받침해 줄 한푼의 조달책도 없다고 하시는 겁니까?"

"바로 입국한 나에게 그런 명안이 있을 리 없지 않은가? 번의 실태를 조사하여 하루 빨리 대책을 강구하고 싶다. 그렇게 하기에는 지금의 내가 얼마나 힘이 없는가를 조금 전에도 모두에게 말했다. 그렇기 때문에 더욱더 번사들에게 협조를 구하는 것이다. 우선 자네들 중신들의 도움이 없으면 아무것도 되지 않아. 잘 받쳐주길 부탁하네."

"무슨 겸손의 말씀을 …. 저희는 사양하겠습니다. 그런 것은 다케마타 등에게 부탁해 주십시오. 여러해 동안 보였던 저희의 충성을 알아주시지 않아 이렇게 한직으로 물러나게 되었습니다. 아무 도움도 되지 않을 바에야 번주님과 다케마타의 정치를 성 한쪽 구석에서 견학하도록 하겠습니다."

결국 하고 싶은 말은 그것이었다. 중신들에게는 다케마타의 등용이 큰 불만이었다. 그래서 일단 손을 떼고 '솜씨 좀 보여

주십시오' 하는 식의 방관자 입장을 취하기로 작정한 것이다. 예상하고는 있었으나 현실로 닥쳐오니 정말 어려운 일이었다.

 '내가 스스로 뿌린 씨다 ….'

 히루노리는 그렇게 생각했다.

고마치 온천장

아침 일찍 다섯 명의 젊은 무사들이 우르르 몰려들었다.

"아니 젊은 분들이 이렇게 이른 아침에…."

겨우 일어나긴 했지만 아직 지난밤의 피로가 눈에 역력한 온천장 여주인 치요千代의 놀라는 소리를 뒤로 하고, 젊은이들은 마치 자기집에 돌아온 양 주저없이 이층으로 올라갔다.

"술, 술 좀 주시오. 안주는 산채로 족해."

하녀와 함께 막 청소를 시작한 치요는 개시를 잘 못하는 것 같아 언짢기도 했다. 그래도 요네자와 번藩 중신의 자제들인 그들이 요즈음 성에서 조금 먼 이 온천장에 웬일인지 호의를 베풀어주기에 그리 싫어하는 내색을 할 수도 없었다.

이곳은 요네자와에서 20리 남짓 떨어진 곳에 있는 오노가와 小野川의 온천이다. 아즈마 산에서 흘러나온 오타루가와大樽川 부근에 있는 보잘것없는 온천장이었다. 주변은 산이었다. 옛날 오노노 고마치小野小町(헤이안 시대의 여류시인으로 절세의 미인)가 아버지를 찾아다니던 중 이곳에 더운 물이 올라오는 것을 발견했다고 한다.

원래 치요는 에도에서 물장사를 하고 있었다. 이곳 주인이 장사차 에도에 왔다갔다 하다가 치요가 마음에 들어 몇 번씩 오가며 아내가 되어달라고 애원했던 것이다. 몸이 약해 보이는 성실한 남자였다. 남자의 진실에 이끌린 치요는 오노가와에서 그와 함께 자리잡았지만 온천장 경영을 배웠을 즈음에 주인이 죽고 말았다. 살아있을 때에도 가족과 인척에 대하여 그리 자세히 말하지 않았지만 친척이라곤 아무도 없었다.

"… 고마워."

주인은 죽을 때 치요의 손을 잡고 눈물을 흘리며 마지막 인사를 한 뒤 매우 관대한 유언을 남겼다.

"여관은 전부 너에게 물려줄 테니 원한다면 여관을 팔고 에도에 가도 좋다."

유언이 너무 관대한 나머지 인정많은 치요는 이래저래 이

땅에 주저앉고 말았다. 한가로운 생활과 주변을 둘러싼 산이나 강의 아름다움, 사계절에 걸친 새들의 지저귐, 화초들이 피었다 지곤 하는 것을 보고 있으면 어수선한 에도에 돌아가고 싶은 마음이 사라졌다.

이제 나이도 서른 살이 되어 뛰어난 미인은 아니었지만 얼굴색이 희고 살결이 부드러워 제법 눈에 띄는 인물이었다.

"남자들이 그냥 두지 않겠지."

이해심 많은 유언을 하면서도 단 한 가지 자신의 사후에 대한 심려를 이런 걱정스런 말로 표현했었다.

"바보같이, 나 같은 아줌마를 누가 거들떠볼까봐."

치요는 웃으며 받아넘겼지만 주인은 믿지 않았다. 과연 그 말대로 여관을 물려받은 치요를 노리고 근처의 호색가 상인들이나 농민들이 앞다투어 치요에게 추근댔다. 그러나 오늘 찾아온 젊은 무사들은 목적이 달랐다.

보름쯤 전 한 처녀가 우연찮게 찾아들었다. 이삼 일 묵고서는 그 대금을 정산한 뒤 여기서 일하게 해달라며 간청을 해왔다. 평범한 차림이었지만 치요는 그 처녀가 무가봉공을 하고 있음을 곧 알 수 있었다. 말씨나 몸짓 하나하나가 여느 처녀와는 다른 점이 있었다.

"왜 이런 곳에서 일하고 싶을까? 힘들 텐데."

"아버지를 찾고 있습니다. 드나드는 사람의 소문을 듣고 있으면 꼭 무슨 소식을 들을 수 있을 것 같기도 하고 ···."

"······."

치요는 잠자코 처녀의 얼굴을 쳐다보며 씁쓸히 웃었다.

"오노노 고마치 같은 얘기하는 거 아니야? 그런 속이 들여다보이는 거짓말은 싫은데."

"그렇지만 정말로 ···."

"이제 그만해."

치요는 엄한 어조로 말했다.

"나도 젊었을 때 에도에서 고생했었어. 사연을 묻지 말아달라면 묻지 않겠지만 거짓말은 절대 싫어. 거절하겠어."

"······."

처녀는 놀라서 치요의 얼굴을 쳐다보며 곧 눈물을 뚝뚝 흘리곤 "죄송합니다"라며 어깨를 떨구었다. 에도에서부터 먼 길을 혼자 왔다는 강한 의지가 조금 남아 있었으나 진실을 꿰뚫어보는 치요의 말에 온몸이 맥없이 풀어졌다. 한참 울게 내버려둔 뒤 치요는 조용히 흐느끼고 있는 처녀의 어깨에 손을 얹었다.

"이름은?"

"미스즈입니다."

"미스즈, 매우 아름다운 이름이구나."

"부모 대신 어떤 아주머니가 지어주셨습니다."

미스즈는 늙은 기이의 모습을 떠올리며 말했다.

"하지만 그 이름으로는 온천장에서 일할 수가 없는데…."

"그러면 …?"

"음, 이런 여관에서라도 일하고 싶다면 있어도 좋아. 솔직히 너를 보고 있으면 가여운 마음이 들어서."

"아주머니."

미스즈는 기이에게 한 것처럼 치요의 무릎에 달라붙었다. 그녀에게는 이런 때 묻지 않은 소녀다움이 남아 있었다.

"넌 응석받이로구나."

기이는 그렇게 할 때마다 미스즈의 이마를 톡 치면서 웃었지만 치요는 미스즈가 달라붙자 당혹스러워했다.

'저렇게 순진해서 온천장에서 일할 수 있을까?'

*

죽은 주인은 인위적으로 여관에 손대는 걸 좋아하지 않았다. 가령 욕조도 강물과 온천물 사이의 돌 틈을 판으로 둘러싼 뒤에 강 쪽에 다시 판으로 작은 둑을 만들어서 온천물이 뜨거우면 강물을 끌어들여 미지근하게 만드는 방법을 사용했다. 이런 천연 노천유을 손님들은 좋아했다. 그렇지만 큰비가 오거나 눈이 녹아서 오타루가와의 물이 넘칠 때에는 둑이 아무런 역할도 못하게 되어 실내목욕을 준비하였다.

오늘 아침에도 눈에 둘러싸인 돌 욕조를 미스즈는 열심히 청소하고 있었다. 우에스기 하루노리에 대한 증오를 직소하려면 요네자와 성城 부근에서 일을 찾아보는 것이 옳았는지 모른다. 그러나 미스즈에게는 만에 하나 맞닥뜨릴지도 모르는 걱정이 있었다. 어느 순간 사토 분시로와 만나게 될지 모른다는 고민이었다. 분시로와 얼굴을 마주치면 도대체 뭐라고 대답해야 좋은가. 미스즈의 가슴에는 하루노리에 대한 증오심과 동시에 분시로를 향한 사모의 정이 끓고 있었다.

도대체 어떤 정념이 강해서 요네자와에 왔는지 묻는다면 아마도 미스즈는 금방 대답할 수가 없을 것이다. 미스즈의 젊은 가슴은 그런 혼탁한 뜨거운 감정으로 타올라 있었다.

강가의 돌 위에 작은 산새가 와서 날아다니며 먹이를 찾고 있었다.

"아, 예뻐라."

미스즈는 무심결에 볼에 손을 갖다 대었다. 이때 뒤에서 왁자지껄한 발자국 소리가 들리더니 미스즈가 걸레를 널기 위해 내밀고 있던 엉덩이를 누군가 툭 쳤다.

"어머머!"

놀라 뒤를 돌아보니 요즈음 이 여관에 자주 드나드는 젊은 무사 다섯이 모두 훈도시(음부를 가리기 위해 끈으로 허리에 차는 천) 하나만 입고 맨발로 텀벙텀벙 물에 뛰어들고 있었다. 물방울이 미스즈 쪽으로 마구 튀었다. 그런 것에 개의치 않는다는 듯 그 중 한 명인 스다 헤이구로須田平九郎가 말했다.

"어이 스즈, 나중에 술상대 좀 해라."

미스즈는 이름을 스즈라고 바꾸었었다.

"미스즈라는 이름으로는 아무래도 안 되겠어."

치요는 '미'자를 떼어버리자고 제안했고 미스즈도 치요의 판단에 두말없이 따랐다.

'그 편이 나에게도 다시 태어날 수 있는 좋은 기회야. 이제 나는 에도의 요네자와 번저에 있던 미스즈와는 별개야!'

결국 '스즈'는 이 여관에서 일하게 된 미스즈의 새로운 이름이었다.

"전혀 얘기가 통하지 않는데?"

목욕탕 속에서 이모가와 이소에몬芋川磯右衛門이 말했다. 중신 이모가와 노부치카의 아들이었다.

"너의 아버지도 에도로 쫓겨났지?"

푸푸 소리를 내며 물로 세수를 하던 진보 고사쿠神保甲作가 말했다. 역시 중신인 진보 쓰나타다神保綱忠의 아들이었다. 너의 아버지도 쫓겨났지라는 말을 들은 젊은 무사는 스다 헤이구로, 중신 스다 미쓰누시의 아들이었다.

이 젊은이들도 하루노리에게 좋은 감정을 가질 수 없는 사람들이었다. 나머지 두 명은 핫도리 마사스케服部正相, 가시와기 사히치柏木三七라는 제법 기백있는 청년들이었다.

*

입성한 다음날 하루노리는 말한 대로 하급무사를 포함한 모든 번사를 성에 집합시켰다. 그리고 지금 번이 얼마나 곤궁에 처해 있는가를 강조했다. 약 두 시간에 걸친 연설이었다. 말하는 도중에도 몇 번씩이나 생각했다.

'이 중에 도대체 몇 명이나 나의 이야기를 이해해 줄 것인가?'

줄지어 있는 사람들의 표정을 보면 대강 짐작이 갔다. 높은 자리에 있는 중신들은 한결같이 씁쓸하고 불쾌한 얼굴을 하고 있었고, 중하급번사들은 그런 중신들의 눈치를 보며 어느 쪽으로도 쉽게 마음을 정하지 못하는 듯했다. 하급 이하 무사들은 전례없이 성의 넓은 방에 들어오고 보니 마음이 동요되고 구름 위에 떠있는 것처럼 보였다. 누구도 하루노리의 이야기를 귀담아듣고 있는 사람이 없었다.

'번주님은 도대체 무슨 이야기를 하고 있는 거야?'

말의 내용을 전혀 파악하지 못한 채 갸우뚱거나 노골적으로 적의를 나타내며 처음부터 듣지도 않는 부류를 보면서 하루노리는 절망하기도 하고 화가 나기도 했지만 다시 한번 자신을 타일렀다.

'성급해서는 안 된다.'

'화를 내는 것은 단지 한 번뿐이다. 하지만 화를 잘못 냈을 때는 전부가 끝날 수도 있다.'

하루노리는 자신을 굳게 추스렸다.

"개혁은 번을 위해서가 아니고 번민을 위한 것이다. 번민이야말로 번의 보물이고 번의 모든 원천이다."

연설의 마지막 말이 끝나자 넓은 방은 놀라움으로 술렁거렸다. 번민이 번의 원천이라는 사고방식은 당시의 번사에게는 전혀 상상도 못할 선언이었다. 그들에게 번민이란 짜낼 수 있는 연공의 원천이었다. 하루노리는 계속해서 인사를 발표했고, 이것이 또 스라의 원인이 되었다

*

"집정에 다케마타 마사쓰나, 봉행에 노조키 요시마사, 근신에 기무라 다카히로·구라사키 교에몬倉崎恭右衛門·시가 하치에몬志賀八右衛門·사토 분시로가 임명되었다지. 전부 같은 족속들이군."

가시와기가 푸념을 늘어놓았다.

"전부 세이가샤 인물들이군. 편향인사도 유분수지."

"거북살스럽게도 중신은 전부 찬밥파군. 이래가지고는 잘 될 수가 없어. 새 번정도 곧 실패하겠어."

진보와 이모가와가 맞장구를 쳤다.

"우선, 첫날 회의는 도대체 그게 뭐야? 하급무사까지 집합시키고, 얘기하는 것도 엄살 아니면 허풍떠는 말이니. 하급무사들이 이해할 리 없지 않은가. 전부 어안이 벙벙해 있더라고, 번주의 머리가 이상한 게 아닌가 하고."

핫도리가 그날의 감상을 슬며시 말하자 이모가와가 뒤를 이었다.

"내가 가장 부당하다고 느끼는 건 번주가 번 상층부의 비밀에 속하는 내용까지 술술 털어놓는다는 거야. 그게 문제야. 민의 놈들은 그렇게 번이 심각해졌나 하고 도리어 걱정하며 일을 안 할지도 몰라."

"번주라는 것은 말이야."

어린애처럼 탕 안을 헤엄치던 스다가 얼굴에 물을 끼얹으며 말을 했다.

"가신들에게 말을 많이 하면 안 되는 거야. 아무 말도 하지 않고 잠자코 따라오라고 할 정도의 기개가 없으면 안 돼."

"나도 그렇게 생각해."

이모가와가 답했다.

"넓은 방에서 말하는 태도를 보면 무엇이든지 부탁, 부탁투성이야. 가신들에게 부탁만 하고 정말 본인은 뭘 하려는지 묻고 싶은 심정이야. 결국 죽는소리를 하는 거나 마찬가지지. 그 비굴한 태도에서 권위라곤 조금도 느낄 수 없잖아."

"그 권위란 말이야."

물이 뜨거웠던지 일단 밖으로 나온 진보가 말했다.

"역시 격식이나 전통 속에서 태어나야 해. 양자로 왔다고 해서 저절로 몸에 익혀지는 게 아니야. 지금 이모가와가 얘기한 것처럼 그렇게 있는 것 없는 것 다 얘기해 버리면 자신을 가볍게 만들어버리고 끝내 번사들이 번주를 무시하게 될 뿐이지."

"조금 심한데."

스다가 돌 위에 걸터앉으며 웃었다.

"천만에, 이건 서론에 불과해. 아직도 할 말이 산더미처럼 많아."

이모가와는 반대로 웃는 표정 없이 스다를 노려보며 말했다. 정말 하루노리에게 유감있는 사람처럼 보였다.

"그래도 괜찮은 건가 …? 이렇게 번주를 비판해도."

가시와기는 주위가 신경쓰이는지 목소리를 떨었다. 스다가 말했다.

"이런 얘기를 할 수 있으니 이 오노가와의 여관을 택했지."

"그런가?"

이모가와가 싱긋 웃었다.

"그 때문만은 아닐 걸."

"그럼 뭐야?"

스다는 이모가와에게 다그쳤다.

"저 스즈라는 계집 때문이지? 진짜 관심은."

"무슨 얘기를 하는 거야, 바보같이."

스다는 부정했지만 당황하는 모습이 오히려 이모가와의 말이 맞다고 느끼게 하였다. 어색한 분위기를 모면하려는 이도인지 스다는 텀벙 욕탕 속으로 뛰어들어가 주방 쪽으로 건너가면서 말했다.

"술이나 하지."

"술도 좋지만 그리 마음이 내키지 않는데 ⋯."

진보가 중얼거렸다.

"왜?"

"그렇잖아. 성에서는 지금부터 일이 시작되잖아. 일하고 있는 동료도 있고."

"그런 거라면 걱정할 필요없어. 번주가 전 관청에 선포했잖아. 이제부터 번사의 근무는 각기 직장에서 의논해서 교대제로 좋을 때 나와 일하고 좋을 때 퇴근하라고."

전부 몸을 닦기 시작했다.

"그래도 ⋯."

이모가와가 웃으며 말했다.

"남의 생각이나 외관에 구애되어 일이 없으면서 있는 척 시치미 떼고 머릿수만 채우는 곳이 있다는 말은 일면 사실이야. 그런 말을 들어도 할 수 없는 곳이 있는 것도 확실하지."

"그렇기 때문에."

신보가 말을 내뱉었다.

"우리도 지금 상태가 전부 옳다고는 생각하지 않아. 바꾸어야 할 것도 많지. 문제는 방법이야. 번주와 같은 방법으로는 해결될 것도 깨지고 말아."

"어려운 이야기군. 여기는 추우니까 그만 방으로 가자."

스다가 앞장서고 다섯 명의 젊은이들이 복도를 세차게 울리면서 방으로 향했다.

밖에는 또 눈이 내리기 시작했다. 눈은 소리를 잠재운다. 자신이 하늘에서 전혀 소리를 내지 않고 내려오기 때문에 지상의 소리마저 잠재우고 만다. 내리는 눈 속에 조용하게 위치한 여관과, 그 안의 젊은이들의 화제는 전혀 어울리지 않았다. 그것도 아직 아침이었다.

이모가와의 지적대로 스다는 확실히 스즈에게 반해 있었다. 아내로 맞을지(될 리 없지만) 첩으로 삼을지와는 별개로 어쨌든 스즈를 품에 안고 싶었다. 청초한 스즈의 행동거지가 매혹적으로 느껴져 스다의 젊은 욕정을 자극했다. 술자리에 앉자 스다는 큰소리로 미스즈를 불렀다.

"스즈, 이리로 와라."

다른 사람들이 어떻게 생각할지는 전혀 개의치 않았다. 술 몇 병과 마침 있는 산채안주를 쟁반에 얹어 다섯 명이 젊은 무사들이 있는 방 앞까지 온 미스즈는 하마터면 쟁반을 떨어뜨릴 뻔했다. 방 안에서 들려오는 젊은 무사들의 이야기가 미스즈의 가슴에 강렬한 충격을 던져주며 몸을 떨게 만들었다.

"뭐라뭐라 해도 제일 괘씸한 녀석은 그 사토 분시로라는 놈이야."

누군가의 입에서 나온 말이 들렸기 때문이다.

'분시로님!'

아! 그리운 분의 이름을 요네자와에 와서 처음 들었다. 그런데 이 무슨 화가 치미는 소리인가. 도대체 분시로님의 어디가 괘씸하다고 저리 떠든단 말인가.

"범의 위세를 빌린 여우는 바로 그 자식을 두고 하는 말이야."

금방 맞장구치는 소리가 들렸다. 여기 있는 다섯 명은 모두 사토에게 감정이 좋지 않은 것 같았다. 심한 충격으로 몸이 떨리고 발이 제대로 떨어지지 않는 것을 간신히 참으며 미스즈는 잿빛 얼굴을 한 채 안으로 들어갔다.

"오, 왔구나 왔어."

스다가 술이 왔다는 것인지 미스즈가 왔다는 것인지 오히려 후지의 이미인 양 크게 웃는 얼굴로 말했다. 미스즈는 말도 듣지 않고 술병과 산채접시를 상 위에 놓았다. 화가 나서 그들의 얼굴도 보고 싶지 않았다. 분시로의 흉을 보는 사람은 전부 싫다는 생각뿐이었다.

"웬일이냐, 주인한테 혼이라도 났나? 신경쓰지 않는 게 좋아. 이곳 주인은 에도 여자라서 말은 함부로 해도 마음은 좋은 여자야."

굳은 표정의 미스즈에게 스다가 남의 속도 모르고 그런 말을 지껄였다.

'바보야, 아무것도 모르면서.'

미스즈는 굳은 얼굴을 펴려고 하지 않았다. 이상하다고 생각하면서도 스다는 방금 했던 얘기로 다시 돌아갔다.

"이번 인사에서 우리 젊은이들을 가장 화나게 하는 게 사토 분시로의 근신 등용이야. 도대체 그 자가 근신이라니. 에도 번저에서는 번주의 시동이었나 본데, 근본이 시동이잖아. 근신이라는 게 언제나 번주 옆에 붙어 있는 직책인데다 손님 앞에도 얼굴을 자주 내미니까 당연히 용모가 수려하고 행동거지에 품위가 있으면서 또 학문도 깊어야만 하는 막중한 임무지. 그런데 사토 분시로는 어때? 학문의 정도는 모르겠지만 땅딸막하고 피부색은 시커멓고 어깨는 벌어지고 검술만 하니까 팍은 근육뭉치잖아. 보기 흉해서 도저히 사람 앞에 나설 수 없을 정도지. 그런 자를 근신으로 데리고 있는 사람은 일본 2백60 번주 중 우리 번주뿐일 거다."

에도 번저에 있을 때도 아무리 번주가 명군이라도 안에서 일하는 하녀들 간에 서로 흉보는 것을 미스즈도 여러번 본 적 있었다. 여자들이니 질투나 선망이 주된 원인이었다. 그러나 미스즈는 한 번도 그런 흉을 보지 않았다. 그리고 그렇게 흉보지 않는 남자의 세계가 부럽다고 생각한 적도 있었다. 그러나 지금 눈앞에 있는 다섯 명의 젊은 무사들은 어떤가? 하녀들보다 못한 수준이 아닌가? 화가 난다기보다는 기가 막히고 한심스러웠다. 노골적으로 질투하는 꼴이 매우 밉살스럽게 느껴졌다. 그건 그렇고 왜 전부 사토님의 흉을 본단 말인가?

"원래는, 아니 양심이 있다면 번주가 임명을 하더라도 본인이 사퇴했어야 당연하잖나. 요네자와의 험악한 공기를 알면 그게 거꾸로 번주를 위하는 것일 텐데. 그렇게 당연한 걸 왜 그놈은 왜 모르냔 말이야?"

"그걸 알 정도면 에도에서 찬밥이나 먹으라고 쫓아내질 않았겠지."

"그자는 벼창호야, 뭐든지 마음속에 있는 생각을 그 자리에서 말하기만 하면 통용된다고 여기지. 상대방이 얼마나 자존심이 상하는지는 관심을 둔 적도 없고."

"요는 마음속이 텅 비었단 얘기지. 타인의 괴로움을 받아들일 수 있는 아량이고 뭐고 없지."

미스즈는 전부 높은 분들의 자제들이라는 치요의 말만 들었지 한 사람 한 사람의 이름은 정확히 몰랐다. 아니 스다 헤이구로의 이름은 알고 있었다. 자신이 몇 번이나 알려주었기 때문이다. 미스즈에게 강한 관심을 가지고 있어서 다른 사람보다 자신의 인상을 깊게 심어놓으려는 속셈이었다. 물론 미스즈도 알고 있었다.

젊은 무사들은 새 번주가 나쁜 것은 주변 측근이 나쁜 사람들이기 때문이며 그 중 특히 사토 분시로가 가장 나쁘다고 생각하는 것이다. 그러나 미스즈는 그뿐이 아닐 거라는 생각이 들었다. 이들은 사실 자신들이 근신이 되고 싶은 거라고.

그렇다면 그렇다고 확실히 말하면 된다. 그러지는 않고 땅딸막하다든지 피부가 시커멓다든지 어깨가 벌어졌다든지 사람의 외모만으로 분시로님을 나쁘다고 해서는 절대 안 된다. 이렇게 남의 험담을 하는 사람들이 더 비열하다고 미스즈는 마음속으로 느꼈다.

갑자기 에도 번저에서 명쾌하게 행동하던 사토 분시로의 모습이 뇌리를 스쳐갔다. 그 모습은 확실히 젊은 무사들이 말하는 대로였지만 눈만은 아름다웠다. 정의를 위해서 언제나 불타는 눈이었다. 미스즈는 가슴이 울렁거렸다.

"그런데 어때? 번사들 중에 번주한테 조금이라도 찬성하는 자가 한 명이라도 있는 건가?"

진보가 물었다. 나머지 네 명은 잠시 조용했다. 그러자 진보는 가시와기를 보았다.

"너는 하급무사들이 좋아하는 편이잖아. 그런 움직임이 보이는 것 같아?"

"뭐라고 할까 ….."

가시와기는 조심스럽게 말했다.

"뭐라고 할까라니. 이미 동조자가 있단 말인가?"

이모가와가 다그쳐 물으며 약간 험악한 눈매를 지었다. 가시와기가 말을 이었다.

"나는 하급무사들의 생활을 잘 알고 있어. 밤늦게까지 가족 모두가 일하는 실태는 가슴아플 정도지. 하급무사들도 우에스기 가家 사람이기 때문에 가문에 대한 충의라는 게 있고. 먹고 사는 문제와는 별도로 말이야."

"이야기를 빙빙 돌리지 말고 확실하게 말해 봐. 하급무사들이 동요하고 있어?"

이모가와가 물었다. 가시와기는 끄덕였다.

"실은 그래. 생활고에 시달리는 하급무사들은 평생 들어와 본 적도 없는 성의 넓은 방에 들어서서 새 번주가 무언가 할 수 있는 사람이라고 느꼈던 게 틀림없어. 하급무사들은 뭐라도 좋은 거야, 어떻든 무언가 해주면. 연못에 돌을 던져주는 사람이면 아무나 금방 좋아지는 거지."

"알 것 같은 기분이군."

핫도리가 말했다.

"지금 그들의 생활은 대체 뭣 때문에 살고 있는지 모를 정도야. 확실히 새 번주라면 무언가 시작할 거라 생각하고 있을지도 모르지."

"경솔한 번주의 무책임한 행동일 뿐이야."

이모가와가 조소의 말을 던졌다.

"모든 것을 계획적으로 그날 시작한 거야, 넓은 방에서. 아무리 그래도 하급무사까지 들여보낸 것은 전대미문의 일이지. 번주는 큰 과오를 범했어."

"그런데 우리는 도대체 무얼 하지?"

핫도리가 스다에게 물었다. 스다는 미스즈를 의식하면서 반쯤은 건성으로 핫도리에게 말했다.

"확실하잖아. 다케마타, 노조키, 기무라, 사토 등의 행동을 방해해서 번주에게 분수를 알게 해주어야지."

"번주를 자리에서 내쫓으려고 그래?"

이모가와가 얼굴색을 바꿨다. 스다는 쓸쓸하게 웃었다.

"너무 거창하면 집안소동이 일어나지. 막부가 알게 되면 우리까지 죽여버릴 거야. 그럴 게 아니라 번주가 요네자와의 관습대로 정치를 펴게끔 다케마타를 비롯한 세이가샤 무리를 다시 에도로 쫓아버려야지. 찬밥을 먹게 해주는 거지."

"특히, 사토 분시로를 말이지?"

"그렇지."

젊은 무사들이 크게 웃었다. 미스즈는 주먹을 꼬옥 쥐었다.

잉어를 기르자

봄이 왔다. 그러나 동북의 눈은 서서히 녹는다. 4월, 5월이 되어도 산간부에는 아직 눈이 남아 있다. 눈 녹기를 기다리는 데는 한이 없다.

우에스기 하루노리는 들판의 눈이 녹기 시작하자 사토만 데리고 번 내 시찰에 나섰다. 입번 이래 무엇보다 하고 싶은 일이었다.

'우선 번 내의 실태를 모르면 아무것도 할 수가 없다.'

이것이 하루노리의 생각이었다. 요네자와에는 어느 정도의 토지가 있고, 어느 정도의 인구가 모여 살며, 사람들은 토지를 어떻게 이용하고 있는지 등등을 비롯해 정확하게 민심을 파악하고 싶었다.

요네자와 번의 재정압박 원인은 감봉을 당하면서도 가신단을 정리하지 않았던 점, 종래의 지출규모에나 맞는 관습을 개정하지 않았던 점 등이 있으나 그 외에도 몇 가지 원인이 더 있었다.

그 중 하나가 요네자와 번의 지리적, 자연적 조건이 그다지 좋지 않다는 점이었다. 산악 중앙부의 분지에 위치해 있기 때문에 육로든 해로든 교통요로를 확보하지 못하였다. 그나마 강이 유일한 길이라 수운을 이용해서 거래생산품을 운반했다. 서쪽으로 도는 수로가 열린 것은 간분시대로 그때까지는 관서지방과 교류하는 데 큰 어려움을 겪었다. 미흡하나마 수운이 가능해졌어도 하항河港이나 해항海港 등을 장악하고 있는 것은 다른 번이라 당연히 높은 통행세를 지불해야 했다. 재정지출을 동반하는 높은 운송비 때문에 번에서 물건을 사들이는 가격은 자연히 낮아질 수밖에 없었다.

또한 반은 쌀로, 나머지 반은 돈으로 받는 요네자와 번의 세금징수 방법도 문제였다. 번은 농민에게서 쌀이나 특산물을 사들임으로써 돈으로 내는 납세를 상쇄시키곤 했다. 따라서 번에서 비싼 값으로 사들일 수 없어 가중되는 부담은 고스란히 농민에게 돌아갔다. 돈으로 내는 조세제도가 있음에도 불구하고 실제로 농민들은 거의 현물로 납부하게 되었다. 이처럼 힘들여 지은 농산물을 스스로 처리할 수 없게 되자 이익도 없어 농민의 생산의욕은 점점 떨어졌다.

엎친 데 덮친 격으로 요네자와 번藩 번정 시대에 흉작이나 기근의 횟수가 43회에 이르렀다. 계속되는 흉작으로 당연히 번 재정이 압박받았다.

하루노리는 입번 후 이런 농민들의 고충을 조사해 알게 되었으나 곧 직접 확인하고자 마음먹었다.

'책상 앞에서 아는 것만으로는 아무 소용이 없다. 이 눈으로 직접 확인하지 않으면 안 돼.'

그 즈음 하루노리는 일부 측근과 면밀한 시찰계획을 세워 소위 '미복잠행'으로 번 내를 둘러보았다. 그런데 어찌 된 일인지 하루노리의 시찰일정은 모두 사전에 새어나가곤 했다. 행선지마다 하루노리의 방문을 알고 있었다. 마을 관리들은 화려한 옷을 입혀 농민들을 집합시키고 휴식소에는 생선이나 야채로 만든 음식을 상다리가 휘어질 정도로 차려놓았다.

"어떻게 된 일인가?"

하루노리는 눈살을 찌푸리며 사토의 얼굴을 쳐다보았지만

사토도 전혀 알 수 없었다. 짐작할 수 있는 것이라곤 측근 중에 하루노리의 암행일정을 흘리는 사람이 있다는 것뿐 그게 누군지 알 수 없었다.

마을마다 봉행소에는 상주하는 관리가 있었다. 모두 다 떨떠름한 표정이었다. 확실히 하루노리의 시찰을 귀찮아하고 있었다. 실태를 파악하려 해도 이대로는 아무것도 될 수 없었다. 농민의 이야기를 직접 듣고 싶어도 하루노리가 물으면 관리들이나 관리들과 결탁된 마을사람들이 대답할 뿐이었다. 하루노리가 농민을 지명해 물어도 이렇게 물으면 이렇게 답하라는 지시를 관리들에게 미리 받았으니 솔직하지 못한 대답뿐이었다. 그러기에 대답은 으레 암송조의 판에 박힌 것들뿐이었다.

하루노리는 굉장히 불만스러웠다.

'이것은 농민들의 진정한 목소리가 아니다. 땅에서 나는 목소리가 아니야.'

들에는 봄이 찾아와 눈이 녹았는데, 농민들의 마음에는 아직 봄이 오지 않고 있었다. 두꺼운 눈이나 얼음으로 덮여 있어서 땅속에서 소리를 내고 싶어도 낼 수가 없었다. 하루노리는 입번하던 날 가마 안의 재떨이를 다시 떠올렸다.

'토지만 재가 아니다. 사람의 마음도 재다. 그곳에도 불이 붙

을 수 있을까?'

이 마을에서 저 마을로 끈기있게 순회를 다니는 새 번주를 맞으면서도 마을에서는 지극히 냉담한 반응들뿐이었다. 그저 냉담에만 그치지 않았다. 형식적인 시찰에 그쳐 아무 수득 없이 사라지는 하루노리를 보면서 마을사람들은 환성을 질렀다. 감쪽같이 속였다고 좋아했다. 하루노리에게 아무 진실도 말하지 않은 것에 쾌재를 부르는 것이었다.

번 관리나 마을 관리들은 하루노리가 손도 대지 않은 음식에 달려들어 술을 마시며 서로의 노고를 치하했다. 마을사람들도 한몫 거들었다. 그리고 입에서 입으로 하루노리의 흉을 전했다.

"이 이상 연공을 더 바치라고? 그렇게는 못 하지."

"머리에 피도 안 마른 어린애라고 하더니 정말 애잖아."

"목면옷을 입어라, 국 하나 야채 하나로 때우라고 하지만 자신은 어떤데? 오늘은 목면옷을 입고 왔지만 성으로 돌아가면 금방 비단옷으로 갈아입겠지. 그리고 맛있는 것도 많이 먹고 말이야. 번주님이 그런 알뜰한 생활을 할 리가 없잖아? 입에 발린 말이야."

선량한 농부들도 이런 말을 했다. 사전에 하루노리에 관한 좋지 않은 소문이 퍼져 있었기 때문이다.

"이번 번주님은 먼 규슈 출신인데다 작은 다이묘 태생으로 원래 우에스기 가家 같은 커다란 번의 양자 재목은 아니지. 그러데두, 우에스기 가를 이어받았으니 타고난 근성을 드러내 백성에게 지금의 몇 배나 되는 연공을 걷어 사치하려는게야."

물론 하루노리에게 비호감을 갖던 중신들의 험담이 그대로 전해진 것이었다. 선입견이란 이런 형태로 존재한다. 그러기에 인간의 실상과는 전혀 다른 허상이 사람들의 머리에 박혀버리게 마련이다.

한번 사람들 머리에 심어진 불신을 신뢰로 바꾸는 일은 보통 힘든 일이 아니었다. 하루노리는 그래도 포기하지 않고 마을순회를 계속했다.

'다음 마을은 …?'

하루노리는 기대를 버리지 않았지만 역시 허사, 배신당하는 기분이었다.

비참한 주종의 모습은 곧 번 내에서 유명해졌다. 이미 굴절되어 있는 번민의 웃음거리가 되기에 충분했다. 눈녹은 길을 터벅터벅 말을 타고 다니며, 마을에 닿을 때마다 거짓보고를 받고 바보 취급을 당하고 나서 사라지는 두 사람을 향해 마을

사람들은 형용키 어려운 우울한 희열을 느꼈다. 그것은 번이라는 권력에 대해 긴 세월 동안 누적된 울분의 발산이리라. 하루노리는 그 표적이 되어버린 셈이다.

성 밖의 서쪽 오타루가와 가까이 있는 마을을 돌다 보니 해가 저물기 시작했다. 같이 있던 사토가 말했다.

"번주님, 바로 저쪽에 온천이 있습니다. 들러서 피로를 좀 푸시지 않으시겠습니까?"

"온천! 허어, 이런 곳에."

"옛날 오노노 고마치가 아버지를 찾아 전국을 떠돌아다닐 때 발견한 온천이라고 합니다."

"오노노 고마치가? 정말이냐, 그 얘기?"

"정말이라고 이곳 사람들은 말하고 있습니다."

"엉뚱하지만 그런 얘기가 전혀 근거없이 생겨나진 않았겠지. 재미있는 온천이구나."

그렇게 말하면서 하루노리는 제법 관심을 보였으나 곧 고개를 흔들었다.

"아니다. 성으로 돌아가자."

그리고 무거운 목소리로 말했다.

"생각해야 할 게 있다."

"모처럼의 시찰이 모두 이 지경이 되어서 정말 죄송스럽기 그지없습니다."

"아니다. 신경쓰지 마라. 한 번에 마음먹은 대로 될 게 아니지. 마을사람들이 나쁜 게 아니다. 나쁜 건 마을사람들을 저렇게까지 완고하게 만든 정치다 …. 분시로, 성에 돌아가면 곧 다케마타와 기무라를 불러라. 부탁하고 싶은 게 있다."

"하지만 피곤하실 텐데 …."

"분시로."

하루노리는 마치 울 것 같은 웃음을 보였다.

"나에겐 피곤할 여유도 없다."

무사안일만을 바라는 번 관리나 이들과 결탁한 마을 관리들의 악의의 벽에 부딪혀 하루노리의 목적은 달성될 수 없었다. 그러나 전혀 수확이 없는 것만은 아니었다. 하루노리가 직접 눈으로 요네자와의 지세를 볼 수 있었다는 점이다. 산과 강, 그리고 땅을 눈으로 보고 손으로 만져보았다. 자연은 인간들처럼 인위적인 벽을 만들어 하루노리의 눈을 가리지는 못했다. 있는 그대로의 모습을 보여주었다. 하루노리는 중신들의 악의에 찬 대항에 가슴아파 하면서도 그것을 참으며 똑바로 현실을 직시하였다.

마을을 돌 때 하루노리는 나오에 가네쓰구의 〈사계농계서〉를 지니고 다니며 항상 참고하였다. 뿐만 아니라 성에 돌아와서는 돌아본 토지와 〈사계농계서〉에 나오는 설명을 비교해 보았다. 그리고 나오에의 설명을 지금도 활용할 수 있는 면이 많음을 확인했다.

하루노리는 나름대로 요네자와 번藩 재정 재건책을 구상하고 있었다. 치사카를 위시한 중신들이 말하는 것처럼 '노약자를 돌보아라'는 이념은 아름답고 듣기도 좋다. 그러나 그렇게 말만 앞세운다면 무책임하다. 그 이념을 실현하기 위한 재원 조달의 방향을 제시하지 않으면 정무를 담당하는 관리로서 자격이 없다. 재정의 뒷받침 없이 선전문구만으로는 아무리 길게 늘어뜨려 보아도 누구 하나 신용하지 않는다.

실제로 요네자와 번민은 사농공상을 막론하고 돈이 메말라서 심한 고통을 겪고 있었다.

"맛있는 말보다도 한 그릇의 밥을."

"그것도 내일 먹을 밥이 아니라 오늘 먹을 밥을."

이것이 요네자와 번민의 절실한 요구였다.

그 요구에 적절히 부응하지 못한 채 말로만 힘내자고 외쳐 보았자 요네자와 번민의 사기는 올라가지 않는다. 가난한 나날에 마음이 지치고 닳아빠진 것이다. 이런 번민의 정신상태를 직시하여, 현실에서 도망치지 않고 요네자와를 갱생시키려면 어떻게 해야 할 것인가라는 문제가 하루노리가 생각하는 재정 재건책의 출발점이었다.

하루노리는 생각을 정리하면서 사고의 범위를 조금 확대해 보자 결심했다. 요네자와라는 제한된 범위에서만 개혁을 생각할 게 아니고 다른 곳의 예를 참고해 보자는 것이다. 그것도 지금까지 막부의 막정개혁이나 다른 번의 번정개혁을 구체적으로 조사해 개혁의 성공과 실패의 요인을 분석해 보려는 것이다. 성공의 예는 참고하고 실패의 예는 타산지석으로 삼아 실패를 막아보려는 방책과도 같았다.

하루노리는 그 사례의 수집과 분석작업을 다케마타 같은 심복들에게 명했다. 이미 고인이 된 와라시나 밑에서 배운 세이가샤 무리들은 이런 작업에 익숙해 있었다. 많은 시간을 들이지 않고 개혁의 성패분석표를 제출할 수 있었다. 하루노리는 깊은 관심을 가지고 분석표를 파고들 듯 읽어내려 갔다.

다른 지역의 개혁이 실패하게 된 원인에 대해 세이가샤 무리들은 다음과 같이 분석해 놓고 있었다.

첫째, 개혁의 목적을 잘 몰랐던 점

둘째, 추진자가 일부 사람으로 제한된 점

셋째, 개혁을 실행하는 정부요원 전원에게도 개혁의 취지가 철저히 알려지지 않은 점

넷째, 개혁의 목적이나 방법이 친절하게 번민에게 알려지지 않고 일방적으로 추진된 점

다섯째, 개혁이 추진되면서 막부나 번이 홀가분해지면 당연히 번민의 부담도 가벼워져야 하는데 반대로 막부나 번이 증세를 한 점. 사공육민四公六民이던 세율을 오공오민五公五民 또는 육공사민六公四民의 비율로 인상시킨 예

여섯째, 개혁을 추진하는 관료가 모두 명문 출신의 상위자로 부하에게 지시명령으로 일관하며 하급자의 고통을 깊이 이해하거나 동정도 하지 않은 점 등

정책적으로는 대부분의 개혁이 중농천상주의를 채택해 번민에게 근검절약만을 요구한 점에 주목한 세이가샤파는 특히 이것이 근본적인 문제였다고 지적하고 있었다. 또 인재등용의 중요성은 누구나 말하지만 실제로 번 상층부는 약이 되는 말을 하는 직언자를 멀리하고 듣기 좋은 말만 하는 사람들에게

둘러싸여 개혁의 목적이 올바른 경우에도 번민에게는 오히려 오해와 비협조를 유발시키게 된 점이 최대의 원인이라고 쓰여 있었다.

부서자르르 차차히 살펴보더 하루노리는 새가했다

'기무라나 사토가 주력해서 쓴 부분이리라.'

그렇게 생각하니 웃음이 절로 나왔다. 그러나 이렇게 분석을 해보면 남의 집 얘기도 약에 쓸 때가 있다.

'성공하기 위해서는 우선 실패하지 않아야 한다.'

하루노리는 그렇게 생각했지만 생각대로 잘 될지는 미지수였다. 다케마타 등이 제출한 분석표를 보면서 하루노리는 실패하지 않기 위한 방법을 생각했다.

다케마타 일동에게서 좋은 지적들이 제시되었다. '개혁자가 개혁과정에서 고통받는 계층에 대한 깊은 이해와 동정을 표시하지 못한 점'이라는 구절이었다. 즉 뼈를 깎는 아픔을 분담하는 사람들에 대한 따뜻한 위로와 배려가 결여되어 있음에 착안한 분석이었다.

하루노리는 생각했다.

'막부, 번 할 것 없이 모두가 재정 압박을 받게 되면 반드시 개혁은 이루어진다. 새로운 일에 집중하기 위해 지난 일의 군

더더기를 제거하는 것은 필수다. 그러기 위해서 조직을 축소하고 인원을 줄이며 경비를 절감하는 것이 지금까지의 일반적인 수단이었다. 이것이 전부 나쁘다고 할 수는 없지만 번민을 위해 실시하는 개혁은 매일 되풀이되는 일상생활에서 이루어지지 않으면 안 된다. 개혁, 개혁이라고 요란하고 수선스런 선전의 개혁은 진정한 개혁이라 할 수 없다. 개혁을 추진하는 이들이 자신들의 생활을 유지시켜 주는 사람들을 위하여 성심성의껏 임해야 하는 일상 업무이어야 한다. 각각의 부서는 구성원들의 토론과 합의에 의해 안을 만들고 보다 좋은 방법을 일상 업무로 실현시켜 가는 것이 진정한 개혁이다.'

그리고 지금까지 막부가 개혁에 실패한 까닭은 전부 번민과 번사에 대한 애정의 결여 때문이라고 생각했다.

'나의 개혁은 사랑과 위로가 없으면 되지 않는다. 재정 재건을 위한 개혁이라 하더라도 그 대상이 되는 사람들에 대한 사랑과 위로가 없으면 그 개혁은 결코 성공하지 못한다.'

그런 생각을 기초로 삼아 하루노리는 자신의 방침을 굳혔다. 주된 내용은 재원조달 방법에 관한 사항이었다. 하루노리는 다케마타 같은 심복뿐만 아니라 중신들도 함께 집합시켜 그 방침을 설명하였다. 기본방침을 가다듬기 위해서는 중신들도 그 자리에 참석시켜야 했다. 중신들은 '솜씨 좀 보여주십시오'라는 표정을 노골적으로 드러내며 마지못해 출석했다.

"지난번 나는 번 내 마을을 시찰했지만 마을사람들이 일률저으로 완고하게 대처해 아무런 진실도 듣지 못하였다. 아무도 솔직하게 얘기해 주지 않았기 때문이다."

"……."

"농민들이 완고하게 변한 이유는 자신들이 무엇 때문에 일하고 무엇 때문에 살고 있는지 목표가 전혀 없기 때문이다. 단지 연공을 내기 위해 일한다고 생각하니 희망이 들어설 자리가 없다. 그래서 나는 목표를 만들어주어야 한다고 생각했다. 번민 모두가 일이 재미있고 사는 것이 즐거울 만한 목표를 만들자고 말이다."

"……?"

"그러기 위해서는 우선 자신들이 만들어 내놓은 물건이 정당한 가격으로 팔려서 자신의 수입이 되게 해야 한다."

여기서 하루노리는 다시 미소 지었다.

"이렇게 얘기하면 나쁘게 생각할지 모르지만, 우수한 재능을 가지고 나의 생각을 잘 이해해 주는 다케마타 등이라 할지라도 결국 요네자와 사람들이란 생각이 들었다. 자유롭게 생

215

각하는 데 있어 방해요소가 어딘가 깔려 있다는 것이다. 거기에 비해 나는 요네자와에 대해 전혀 모른다. 다시 말해서 무지하다. 때로는 이 무지가 도움이 된다. 지금부터 말하려는 것은 그 무지의 소산이다. 현장에 어두운 내가 생각한 것이기에 혹시 자네들의 견지에서 보면 도저히 실행 불가능해 어쩌면 웃음거리가 될지도 모른다. 그러나 일단 들어주기 바란다."

"지금 납세체계는 전부 쌀로 이루어져 있으나 동북지방의 땅은 원래 쌀농사에는 적당하지 않다. 그럼에도 불구하고 그런 땅에 쌀농사를 강요당했다. 요네자와도 마찬가지다. 농민들은 엄청난 노력을 들여 이전에는 재배하지 않던 쌀을 생산해 내기까지 했다. 그러나 자연조건은 한계가 있어 인간의 생각대로 변화될 수 없다. 쌀농사는 일부에서는 가능해도 그것이 동북지방 전체의 주된 농작물이 되기에는 무리다. 따라서 동북지방의 땅에 맞는 식물을 심어야 한다.

내가 본 바로는 이 요네자와에서는 옻나무나 닥나무, 뽕나무 또는 쪽나무, 잇꽃나무 등이 매우 잘 자랄 것이다. 그 중에도 옻나무는 열매에서 도료나 백납을 추출할 수 있어 많은 이익을 낼 수 있다. 그래서 말이지만 지금부터 쌀농사보다는 옻나무, 닥나무, 뽕나무 등을 심어 그 원료에서 여러가지 물품을 만들어보면 어떻겠는가? 가령 옻나무에서 도료나 백납을 얻고 닥나무에서는 종이를 떠내고 뽕나무에서는 생견을 뽑아내어 견직물까지 생산해 내고 싶다. 즉 지금까지 쌀 일변도였던 농산물에서 다른 식물을 원료로 하는 제품을 만들어 보충수단으로 삼자는 것이다. 아니 보충이라기보다도 오히려 이것을 주 산업으로 하는 것이 좋을지도 모르지. 이것이 어떤지 검토해 주기 바란다."

곧이어 반론이 나왔다. 다케마타 마사쓰나였다.

"지금 말씀하신 식물은 이미 요네자와에 심어져 있습니다."

"음, 내가 말하는 방법이 잘못됐군."

하루노리는 끄덕이며 미소지었다.

"확실히 요네자와에도 심어져 있지. 내가 말하고 싶었던 건 다른 번에서는 요네자와의 생산품을 원료로 한 새로운 생산품을 만들어내고 있다는 점이다. 가령 에치젠越前(옛 지방이름. 지금의 후쿠이켄 동북부)의 오치야 지지미小千谷縮(오치야 지방에서 생산되는 삼의 수축직물) 같은 것 말이다."

"……?"

"그 원료는 요네자와의 모시풀이다."

"그리고 모기장, 나라奈良의 표백무명, 게이한京坂(교토와 오사카 지방)의 입술연지나 유젠조메友禪染(비단 등에 화려한 채색으로 인물, 꽃씨, 산수 따위의 무늬를 선명하게 염색한 것으로 17세기 교토의 화공 미야자키 유젠宮崎友禪이 창시했다 함)의 염료도 요네자와의 잇꽃나무가 원료다. 너무 아깝지 않은가."

"그러면 번주님께서는 우리 요네자와에서도 오치야 지지미를 만들자고 주장하시는 겁니까?"

"바로 그러다."

하루노리의 웃음이 짙어졌다.

"오치야 지지미만이 아니다. 옻나무, 닥나무, 뽕나무, 쪽나무 등 지금까지 우리가 제품이라고 여겼던 것을 다시 한번 원료라고 바꾸어 생각하는 것이다. 이 요네자와에서 손을 댈 수 있을 만큼 가공하여 어떻게 해서든 비싸게 파는 방법을 연구해보자는 것이다."

비싸게 판다는 말을 사용했을 때 하루노리는 자신의 마음도 꺼림칙해져서 쓸쓸히 웃었다. 그리고 계속했다.

"간단히 말해 번이 앞장서서 돈버는 장사를 시작하자는 거다. 이것은 결코 번청이 돈을 벌려는 게 아니다. 우리 요네자와에서도 누에를 키우는 것이다. 생사를 만들어 그대로 딴 곳으로 수출만 해서는 아무것도 남지 않는다. 생사를 원료로 견직물을 생산하자. 모시풀도 마찬가지다. 아까 말한 것처럼 요네자와의 모시풀은 유명한 오치야 지지미나 나라 표백무명의 원료다. 요네자와는 단지 원료를 타국에 보내주기 때문에 그리이익을 남기지 못했다. 그렇다면 한층 분발하여 모시풀을 원료로 요네자와에서도 수축직물을 짜면 되지 않는가?

옻나무도 심자. 그래서 우에스기 가의 전 영지였던 아이즈에서 만들고 있는 것처럼 요네자와에서도 좋은 칠기를 만들자. 이번 시찰에서 깨달은 것이라면 토지, 즉 초원이 아직 많다는 것이다. 잇꽃나무가 잘 자라기에는 좋은 여건이지. 일제히 잇꽃나무를 심자. 잇꽃나무의 적색안료는 교토나 오사카의 직물상에서 아무리 비싸더라도 앞을 다투어 살 것이다.

다음은 물이다. 물의 활용! 요네자와에는 의외로 작은 냇가나 연못, 늪이 많다. 그리고 관개용수도 많이 있다. 거기다 잉어를 기르자. 돈있는 다이묘나 상인이 정원 연못에서 즐길 수 있는 아름다운 빛깔의 잉어를 기르자."

아직도 남은 이야기가 있다는 듯 하루노리가 계속했다.

"영내의 사사노笹野 관음불상 앞을 지날 때 재미있는 장면을 보았다. 문전 점포에서 주인이 금칠목金漆木 조각품을 만들고 있었다. 그것은 잘 팔릴 것이다. 많이 만들도록 하라. 농민도 금방 배울 수 있는 장점이 있다. '사사노의 일도 ㅡ ㄲ조각'이라고 이름을 붙이도록 하자."

하루노리의 말은 계속되었다.

"오노가와의 온천은 염분이 많다고 들었다. 그렇다면 온천물을 건조시켜 소금을 만들면 어떨까? 요네자와는 산이 많고 바다에서 멀리 떨어져 있어서 소금을 다른 번에서 아주 비싸게 들여온다. 그렇다면 우리가 소금을 만들어 팔아보자."

하루노리는 여러가지 복안을 털어놓았다. 어쨌든 하루노리는 요네자와의 지형을 이용해 풍토에 적합한 것을 최대한 활용해 아직 부족한 산물을 자급자족하자는 방침을 세운 것이다. 물론 그것은 소금이라고 해도 대량생산은 불가능하겠지만 그는 어쨌든 실험을 해보자는 것이었다. 훗날 이야기지만 소량이었으나 실제로 소금이 산출되었던 것은 잘 알려진 사실이다. 그리고 요네자와 직물만 해도 처음에는 에치젠의 수축직물을 모방하여 만든 마직물이었으나 곧 독창성을 발휘하기 시작했다. 종사를 견으로 하고 횡사를 마로 하거나 또는 견의 용문이나 당사직 또는 수축견을 연구하여 다양한 요네자와 직물을 생산하게끔 되었다. 이것은 아직까지도 유명하다.

하루노리는 계속 말을 이었다.

"오치야 지지미뿐만 아니라 다른 모든 것에 대해서도 마찬가지이다. 종이, 칠기, 견직물 등 요네자와에 없는 기술은 탁월한 기술자를 다른 번에서 초청하자."

다케마타는 가슴에 땀이 나는 기분이 들었다. 이렇게까지 하루노리가 깊이 생각했으리라고는 전혀 짐작하지 못했다. 전문가인 다케마타도 매우 위축되어 있었다. 하루노리의 특수산업진흥책은 단순히 지역에 적합한 생산물로 교체하자는 내용뿐만 아니라 한발 더 나아가 원료에서 제품까지 모든 수준을 끌어올리자는 계획이었다. 오늘날의 '원료에 부가가치를 최대한 추가시키자'는 의미와 일맥상통하는 말이었다.

"말씀 잘 알아들었습니다."

약간 상기된 얼굴로 자신의 생각을 피력한 하루노리가 일단 말을 끊자 다시 다케마타가 말했다. 어쨌든 다케마타는 번에서 제일가는 농정가이므로 하루노리의 이야기를 잘 이해할 수 있었다. 그러나 아는 만큼 의문도 많이 생겼다.

"큰 문제가 두 가지 있습니다."

"말해 보게."

"하나는 지금 말씀하신 모시풀 또는 다른 직물을 짠다고 하더라도 번 내에는 기술지도를 할 자가 없습니다. 오치야 지지미 하나 변변히 짜질 못합니다."

"그럼 오치야에서 직공을 초빙하라. 그것도 높은 보수로."

"예?"

"다케마타, 개혁이란 단지 경비만 절감하면 되는 것이 아니다. 일과 상황에 따라서는 반대로 과감하게 투자할 필요가 있다. 그것이 돈을 잘 쓰는 방법이지. 곧 오치야에 교섭할 수 있도록 사자를 보내라. 오치야는 에치고에 있다. 원래 우리 우에스기 가의 번민이었으므로 부탁하면 반드시 들어줄 것이라 나는 믿는다."

"말씀하신 대로 타 번의 기술지도자를 초빙해 해결이 되는지는 모릅니다. 그러나 번주님께서 추진하시려는 특수산업진흥책은 전부 땅에 기초를 두고 있습니다. 따라서 이러한 일은 농사라 할 수 있으며 농민이 주체가 됩니다. 그러나 번 내의 농민은 쌀농사만 해도 힘겹습니다. 거기에다 옻나무에서 도료나 백납을 채취하고 또는 닥나무에서 종이를 떠내고 누에고치에서 견사를 짜내는 것은 아무래도 불가능합니다."

"바로 그렇지. 특수산업의 진흥은 농민이 여가선용으로 할 수 있는 일은 아니다."

"그것을 아신다면 왜 그런 방침을 계속 생각해 내시는 것입니까?"

"다케마타, 네가 말하는 게 노동력이 부족하다는 것인가?"

"그렇습니다."

"농민만을 노동력이라고 생각하면 그렇지."

"예?"

다케마타는 어리둥절한 얼굴을 하였다.

"그밖에 노동력이 또 있습니까?"

"있지."

"어디에 있습니까?"

"이 성 안팎에 있다."

"성 안팎에요?"

다케마타뿐 아니라 다른 가신들도 계속 의아한 표정이 되었
다. 하루노리의 대답은 전혀 뜻밖의 놀라운 것이었다.

"우선 자네들의 가족이다."

"가족?"

"그렇다. 가족 중에는 노인과 아이들도 있다. 노인과 아이들
은 잉어를 키우며 먹이를 준다든지 하는 일에 흥미를 가질 것
이다. 노인은 곧 꺼져가는 생명을, 아이들은 긴 생명을 각기 앞
에 두고 있기 때문이다. 단지 먹이만 주는 것에 그치지 않고

잉어를 팔아서 얻은 이익 중 얼마를 배분해 주면 노인이나 어린아이는 용돈을 얻게 되니 기뻐할 것이 틀림없다. 아마 나이든 사람들은 가난한 요네자와에서 주눅이 든 채 나날을 보내고 있을 것이다. 얼마간의 수입을 자신의 노동으로 얻게 되면 정신적 부담이 다소 가벼워지겠지. 또는 손자에게 용돈을 줌으로써 집안에서도 옛날 지위로 돌아갈 수 있을런지 모른다. 또 직물을 짠다든가 누에에서 실을 빼는 것은 번사들의 처와 모친이 있지 않은가. 이런 수작업은 여성이 아니면 잘 해낼 수가 없지. 무사의 처라고 하여 남편이 성으로 출근한 후 할일 없이 가사에 속박시켜 놓는 것은 결코 득이 되지 않는다. 노인과 어린아이같이 여자들에게도 일을 맡겨서 수익을 얼마씩 분배하면 가계도 윤택해진다. 노동력이 성 안에도 있다는 것은 바로 이런 의미에서다."

중신들은 눈을 크게 떴다. 적어도 무사의 아내가 실을 짠다든가 나무를 심고 또는 무사의 가족이 잉어에게 먹이를 준다는 일들은 지금까지의 사고방식으로는 도저히 상상도 못할 일이었다. 기무라가 불평을 말하려는 눈치였지만 다케마타가 눈으로 저지시키고 아직 자신의 질문이 끝나지 않았다는 태도를 보였다. 기무라는 잠자코 있었다. 다케마타가 계속 물었다.

"기술지도와 노동력 문제는 일단 이해했습니다만 ···."

'우리는 모르겠네. 다케마타, 무사의 가족이 잉어에게 먹이를 주고 기계로 직물을 짠다는 게 도대체 뭔가! 어림도 없는 일이네.'

치사카가 화가 나서 불타는 듯한 눈으로 하루노리를 노려보며 중얼거렸다. 다케마타가 다시 말했다.

"중신께서 의심스러워하는 점은 다음으로 미루고 우선은 농사추진방법에 대해 번주님께 여쭙고 싶습니다."

무엄한 태도에 대한 책망은 뒤로 미루고 지금은 무엇보다도 하루노리가 구상한 농사진흥책의 의문점에 관한 해명을 듣고 싶다는 다케마타의 의견이었다. 농정은 확실히 다케마타의 전문분야이기 때문에 치사카도 씁쓸한 얼굴로 입을 다물었다. 다케마타는 하루노리를 향해 심각한 표정으로 물었다.

"번주님, 토지가 없습니다. 번주님 말씀대로라면 다종다양한 식물을 많이 심어야 하는데 요네자와는 산악지대로 땅이 좁습니다."

"토지도 있다."

"예?"

"아마 지금부터 말하는 내용을 들으면, 치사카 같은 중신들을 더욱 화나게 만들 것이다."

그렇게 말하고 하루노리는 청년답게 장난기어린 웃음을 치사카와 스다에게 던졌다.

"이 요네자와에 아직 남아 있는 투지가 어디에 있다는 겁니까?"

다케마타가 물었다. 하루노리의 대답은 이러했다.

"예를 들자면 이 성 안과 밖에 사는 번사들의 집 마당이다."

"성 안과 번사들의 집 마당?"

목소리를 높인 것은 치사카나 스다뿐이 아니었다. 기무라도 목소리를 높였고 사토도 꼼짝않고 하루노리를 바라보았다. 하루노리는 고개를 끄덕였다.

"이 성 안에는 아직 여분의 토지가 있고, 성 밖의 번사들 집만 해도 정면의 폭은 좁지만 세로길이가 길쭉한 모양을 하고 있다. 그리고 뒤쪽은 공터다. 여기에 뽕나무를 심자."

"번사의 집에 뽕나무를?"

하루노리는 크게 고개를 끄덕였다.

"그렇다. 성 안이나 번사들 집 정원에 뽕나무를 심는 것이다. 중신 쉰 그루, 중급무사 서른 그루, 하급무사 열 그루와 같이 신분에 따라 수량을 할당하면 어떤가?"

"예 …."

대답은 건성이었고 다케마타의 머릿속은 소용돌이가 인듯 빙빙 돌았다. 하루노리의 입에서 계속해서 튀어나오는 안이 너무도 상식을 넘어섰기 때문이다. 현대적으로 말하면 '발상의 전환'이라고 할까? 눈앞에서 청년 번주가 말하고 있는 개혁안은 다케마타를 비롯한 측근들에게도 너무나 기상천외한 내용뿐이었다.

하루노리가 말했다.

"무엇이든 우선 번사가 아니 무사가 실행해 보인다. 그렇지 않으면 번민은 움직이지 않는다."

기무라가 입을 열었다.

"무사의 체면으로 뽕나무를 기르고 직물을 짠다면 무사로서의 권위가 없어집니다만 …."

"기무라!"

하루노리는 쓴웃음을 지었다.

"너마저 그런 말을 하는가? 무사의 권위란 무엇이며, 무사란 무엇인가? 내가 볼 때에는 백성의 연공으로 먹고사는 무위도식하는 인간에 불과하다."

'무사가 무위도식하는 인간이라?'

기무라를 위시한 중신들은 물론, 그곳에 있던 다케마타도 노조키도 사토도 조금은 화가 치밀어오르는 모양이었다.

"그렇다. 그건 나도 마찬가지다. 틀린 말인가?"

역으로 하루노리는 되물었다.

"일반적으로 무사란 덕을 쌓아 백성의 모범이 되어야 하며, 동시에 백성이 하고 싶어도 못하는 것을 대신해서 수행하는 것이야말로 진정한 무사의 권위라 하겠다. 나는 그렇게 생각한다. 따라서 무사에게는 덕이 필요하다. 특히 번주에게는 더욱더 덕이 필요하다. 그러나 젊은 이 하루노리는 애석하게도 아직 그 덕이 없다. 그러기에 마을사람들도 진실을 얘기해 주지 않았다."

　자리에 있는 중신들은 그런 하루노리의 반성을 들으면서도 이미 받은 충격이 너무 커서 아무런 대응을 할 수 없었다.

"그러나 그렇게 하면 번사들이 중요한 성쪽 일을 소홀히하게 되지나 않을지 걱정됩니다만."

　기무라의 말에 하루노리는 그의 얼굴을 다시 보았다.

"기무라, 그럼 묻겠는데 지금 성의 일이라는 게 대체 무엇이냐? 어떤 일이 있느냐? 관리들끼리 관례나 풍습을 지키는 일은 분명 있겠지만, 백성과 연결되는 일을 도대체 너희 말고 누가 해야 하느냐? 잉어를 기르는 일이 오히려 백성을 위하는 길이다."

통렬한 지적과 함께 하루노리의 말이 이어졌다.

'말은 부드럽지만 이렇게 엄하게 말하는 사람은 아무도 없었다.'

다케마타 등은 그렇게 생각했지만 말대꾸를 할 수가 없었다. 하루노리가 말한 것이 모두 사실이었기 때문이다. 성에서 일하는 관리의 대부분이 형식화된 관례만을 중요시했기에 이제는 타성에 젖어서 '쉬지 않고, 늦지 않고, 일하지 않고'라는 '하지 않는 세 가지'로 나날을 보내고 있었다.

'무사들이 갑자기 내일부터 뽕나무를 심고, 기직기를 돌리고, 잉어를 기른다. 이것은 생각만 해도 기이한 일이다.'

다케마타는 갑자기 무사들의 그런 모습을 상상해 보며 가슴이 울렁거리기 시작했다. 그 기분이 전해진 듯 기무라가 얼굴을 찡그리며 다케마타를 보았다.

간단히 말해서 하루노리가 말한 요네자와의 특수산업진흥책은 확실히 흥미진진했다. 실행가능한 현실성도 갖추고 있었다. 그러나 모든 정책에서 번사와 가족이 모범을 보여야 한다는 획기적인 의도가 최대의 난점으로 자리잡고 있었다. 당대에는 사농공상이라는 신분제도가 엄연히 존재하고 있었기 때문이다. 이 엄격한 신분구분이 그대로 사회질서를 형성하고 있었다. 그리고 이 신분질서 제도는 요네자와에 국한된 것도 아니었다. 일본 2백60개 번이 그 질서에 의해 유지되고 있었다. 하루노리가 말하고 있는 정책은 분명 이 신분질서를 흐트러뜨려 놓는 결과를 가져올 것이 뻔했다. 말하자면 하루노리의 번정 방향은 단순히 돈을 벌자는 것이 아니라 요네자와 사람들의 생활방식을 근본부터 바꾸어보려는 것과 마찬가지였다. 특히 무사의 현재 생활관습을 변화시키려는 엄청난 이야기를 하고 있는 것이나 다를 바 없었다.

'모든 번사들이 눈을 부릅뜨고 반대하겠지?'

모두 그렇게 생각했다. 완고한 번사들이 정원에 뽕나무 묘목을 심을 리 없다. 또 그 가족들이 기직기 앞에 앉을 리도 없다. 그런 일이 싫어서 하기도 전에 그들은 할복하고 말 것이 분명했다.

하루노리가 지금 성 안의 일 중에서 백성과 관계되는 일이 얼마나 있느냐고 질문한 부분에서는 중신과 번사의 대부분은 그 백성과 아무 관계가 없는 일이 곧 무사들의 일이라고 생각하고 있었다. 잘못되었지만 이미 그렇게 길들여진 것이다. 다케마타 등은 도저히 실행될 수 있는 안이 아니라는 회의에 빠져 암담했다.

말로만 그친 게 아니었다. 다음날 하루노리는 성 안 정원에서 괭이를 휘두르기 시작했다. 목면속옷 하나만 걸친 채 정원의 땅을 푹푹 파헤쳤다. 관상용 식수를 모두 뽑아버렸다. 사토가 하루노리의 일을 돕고 있었다.

"번주님 여기에는 몇 그루 심습니까?"

아직 한기가 느껴지는 계절인데도 얼굴과 몸이 땀으로 흠뻑 젖은 사토가 물었다.

"그렇지. 중신들에게 쉰 그루씩 심으라고 했으니 나는 백 그루 정도 심어야겠지."

"큰일입니다."

"큰일이지. 그러나 남에게 무엇을 해달라고 할 때는 우선 부탁하는 사람부터 직접 해보여야 한다. '해보이고 말하고, 들려주고 시킨다'는 말도 있다. 나도 그런 식으로 해보련다."

괭이를 휘두르는 손을 멈추지 않고 그렇게 말하는 하루노리의 얼굴에 밝은 희망의 웃음이 돌았다.

"그러나 그뿐만은 아니네. 분시로, 나도 양잠으로 돈을 좀 벌고 싶다."

"그러면 저도 집 정원에 일흔 그루 정도 심겠습니다."

"부탁하지. 그렇게 해라."

하루노리는 즐거운 듯 고개를 끄덕였다.

성의 건물 여기저기에서 번사나 하녀들이 무리지어 하루노리와 사토를 쳐다보고 있었다. 도대체 무엇을 시작한 건지 의아해 하고 있었다.

'번주님이 입국하시자마자 정신이 이상해지신 거 아냐?'

하루노리의 행동은 요네자와 성城 내에 때아닌 소동을 일으키기에 충분했다. 물결 하나 일지 않던 연못에 갑자기 큰 돌멩이가 던져진 셈이었다. 파놓은 구멍에 한 그루 한 그루 뽕나무 묘목을 소중히 심으며 하루노리는 사토에게 말했다.

"분시로, 나는 지금 뽕나무를 심고 있지만 실은 뽕나무만 심고 있는 게 아니다."

"예?"

"입국하던 날 재떨이에 조그마한 불씨가 남아 있었지?"

"예, 지금도 제가 맡아서 꺼뜨리지 않고 잘 보관하고 있습니다."

"고맙구나. 여기 심고 있는 것은 그 불씨다. 백성을 위해 개혁을 추진해 주는 인재가 이 성 안에 반드시 있을 거라 믿고 묘목을 심는 것이야."

"알고 있습니다."

사토는 눈을 번쩍이며 수긍의 뜻을 표했다.

"다케마타닝이나 누주키니두 지금 자태 저위에서 버주니과 똑같이 괭이를 휘두르고 있습니다."

"그거 반가운 일이군. 기무라도 마찬가지인가?"

"예, 그렇습니다."

"음."

만족스럽다는 듯이 하루노리가 끄덕였다.

우선 개혁의 씨앗이 요네자와 땅에 그것도 요네자와 성城 안에서 뿌리를 내린다고 생각했다. 이렇게 해놓고 내일 다시 번사 모두를 넓은 방에 집합시켜 또 한번 묘목심는 일을 독려할 생각이었다. 그래서 중신은 쉰 그루, 중급무사는 서른 그루, 하급무사는 열 그루의 뽕나무 묘목을 집의 정원에 심자고 강력하게 명령할 계획이었다.

건물 안에, 특히 건너다니는 복도에는 많은 번사들의 얼굴이 주렁주렁 매달려 있었지만 그 누구도 정원으로 내려와 도와주려 하진 않았다. 감동, 반감, 경멸, 혐오, 증오 등 제각기 다른 감정을 품은 채 마냥 서 있기만 했다. 치사카, 이모가와, 이로베 등의 중신들이 벌레 씹은 표정으로 그것도 무서운 눈매로 정원의 하루노리를 노려보고 있었기 때문이다. 감동한 나머지 무심코 돕겠다며 정원에 내려왔다가는 나중에 어떤 후환이 따른지 몰랐다.

하루노리를 돕고 싶어하는 사람이 결코 없지는 않았다. 그러나 중신들의 위세를 아는 번사들은 도저히 본심을 행동으로 옮길 용기가 나지 않았다. 그저 사태만 관망할 수밖에 별 도리가 없다는 태도로 복도에서 발을 떼지 못하고 있었다.

"나는 곧 에도로 간다. 내년 돌아올 즈음이면 이 묘목들이 자라 있겠지."

해질녘까지 사토와 함께 백 그루의 뽕나무 묘목을 심은 하루노리는 흐뭇한 표정으로 묘목들을 바라보며 말했다.

막부의 다이묘 관리방법으로 다이묘는 1년마다 에도로 가지 않으면 안 된다. 즉 1년을 에도에서 생활하고 1년을 본국에서 생활하는 것이다. 본처는 계속 에도에 있다. 다시 말해 인질이다. 이러한 제도를 참근교대라고 하였다. 그래서 본국으로의 왕복시에는 다이묘 행렬을 화려하게 하여 각 다이묘에 큰 지출을 만드는 것도 막부의 정책이었다.

1년이란 세월은 흐르는 물처럼 빠르다. 하루노리 또한 에도에 가지 않으면 안 될 때가 다가오고 있었다. 에도에 가기 전까지 하루노리는 자신의 개혁안을 어느 정도 실현시키고 싶은 욕심이 났다. 뽕나무 묘목을 심는 것에 그치지 않고 실제로 누에고치에서 실을 빼내어 직물까지 짜고 싶었다. 모시풀에서 오치야 지지미 같은 직물을 짜고 싶었다. 초원을 잇꽃나무 밭으로 바꾸고 싶은 욕심이 있었다. 그리고 물이 있는 곳 도처에 각양각색의 아름다운 잉어가 마음껏 헤엄치고 있는 모습도 보고 싶었다.

이 재의 나라에 그것이 얼마나 활기차고 새로운 생명력을 불어넣을까? 색채감이 넘친다. 각양각색의 식물과 물고기가 반드시 이 재의 나라를 살려놓을 것이다. 그렇게 생각하니 색채감 넘치는 활기찬 요네자와의 광경이 눈앞에 떠오르면서 뭐라 형용할 수 없는 충족감이 하루노리를 감쌌다.

"분시로, 수고했다."

하루노리가 사토의 노고를 치하하며 말했다.

"내일은 번사들에게 묘목을 보여주고 전원이 묘목을 심도록 부탁하자."

사토도 고개를 끄덕였다.

"이것을 보면 완고한 중신들도 아무 말 않겠지요?"

"음, 그러면 좋겠지만."

하루노리는 방으로 돌아갔다. 역시 피곤했다.

*

밤 늦은 시각 성문으로 다섯 명의 젊은 무사들이 들어왔다. 일단 검문하는 보초들에게 젊은 무사들은 스다, 이모가와, 핫도리, 진보, 가시와기라 대답했다. 중신들의 자제들이라 보초는 긴장했다.

"우리는 지금부터 일하려고 왔다. 번주가 언제든지 자신이 편한 시간에 성에서 일하라고 했으니까, 지금 하려는 거다. 우리는 밤에 강한 사람들이거든."

젊은 무사들은 마구 지껄여댔다.

'술을 마셨구나.'

보초는 감을 잡았지만 후환이 두려워 모르는 척 얼굴을 돌렸다. 성 내로 들어온 젊은 무사들은 기민하게 행동했다. 정원으로 달려가 오늘 하루노리가 심어놓은 묘목들을 잡아빼기 시작했다. 그리고 뽑은 묘목들을 멀리멀리 던져버렸다.

"너무 소리내지 마."

스다가 주의를 주었다.

무엇이든 그렇지만, 심는 건 엄청나게 힘들어도 뽑는 건 간단했다. 백 그루의 나무는 순식간에 뽑혀서 하루노리와 사토가 정성들인 밭은 무참한 꼴로 변했다.

"이걸로 됐다."

어둠속의 밭을 쳐다보며 만족스럽다는 듯이 고개를 끄덕이던 스다는 나지막히 속삭였다.

"다음은 다케마타, 노조키, 기무라 그리고 사토의 바보 같은 정원이다."

젊은 무사들은 밤을 틈타 하루노리 측근들의 정원으로 달렸다. 그리고 성 안에서 했던 것과 마찬가지로 정성껏 심어놓은 묘목을 전부 뽑아버렸다.

"누구냐?"

사토가 소리를 듣고 뛰어나왔으나 다섯 명의 젊은 무사들은 이미 도망친 다음이었다. 정원을 본 사토는 무참한 정원의 모습에 아연실색해져서 말을 잃고 제대로 서 있지도 못했다. 다음날 성안은 발칵 뒤집혔다.

"개라구? 개가 뽕나무 밭을 망쳤다는 거냐?"

하루노리는 평소 그답지 않게 화난 목소리로 떨면서 이모가와에게 소리쳤다.

"그렇습니다."

이모가와의 태연한 대답이었다. 하루노리 앞에는 이모가와 외에 치사카, 나가오, 히라바야시, 이로베 등 여섯 명의 중신들이 서 있었다. 에두 가로인 스다는 에두로 출부채 자리에 없었다. 지난밤 누군가에 의해 뽑혀버린 뽕나무 묘목들을 보고 대노한 하루노리는 날이 밝자마자 즉시 범인색출을 명령했다. 그러나 중신들은 매우 능청맞은 답변을 가지고 왔다.

"조사결과 범인은 개였습니다."

'거짓말을 하는 것이 아닌가!'

부글부글 끓어오르는 화를 필사적으로 누르며 마음 한구석으로 자신에게 타일렀다.

'냉정해야 한다. 여기서 나를 억제하지 못하면 안 된다.'

하루노리는 여섯 명의 중신들을 보았다.

"개가 그렇게 공들여 심어놓은 뽕나무 묘목들을 뽑았다고 생각하는가?"

"글쎄요."

이모가와는 냉소를 머금은 채 답했다.

"소인 태어난 이래 개가 되어본 적이 없는 까닭에 개의 심정은 잘 모르겠습니다. 화가 나신 줄은 알겠습니다마는."

목까지 화가 치밀었다. 굴욕감에 몸이 떨렸다.

'아무리 작은 다이묘 집안에서 양자로 왔기로서니 이토록 무시당해야 하는가?'

끓어오르는 분노가 너칙 지겼이엏으나 가싱히 참았다. 지금 눈앞에 있는 중신들은 단순히 하루노리에게 심술을 부리는 게 아니라 저변에 만만치 않은 적의까지 품고 있었다. 상황에 따라 한판 붙는 것도 개의치 않을 정도의 분위기를 감지할 수 있었다. 여섯 중신들에게서 느낄 수 있는 공통된 감정이었다.

그러기에 하루노리는 자신을 억눌렀다. 지금 중신들과 반목한다면 나중에 불리하다. 중신들은 능구렁이라서 교묘하게 하루노리가 화낼 때까지 기다리고 있었다. 한 번 하루노리가 이성을 잃고 화를 내면 일제히 덤벼들어 하루노리에게 성토할 작정이었다.

하루노리는 이미 중신들의 의도를 간파하고 있었다. 팽팽한 긴장이 계속되었다. 하루노리는 이런 상황이 되고 나니 솔직히 자신의 불운을 탓하게 되었다. 그 불운은 자신이 연령에 걸맞는 생활을 못하고 있다는 점이었다. 봄이 되면서 겨우 스무 살이 되었다. 스무 살이라면 좀더 젊고 활기에 차 있는 것이 보통이다.

'그것이 나에게는 허락되지 않는다.'

　하루노리도 역시 청년이다. 오늘 같은 일이 벌어진 것을 보고 자신의 처지가 너무나도 서글퍼졌다.

신의 토지

출부할 시기가 다가온 어느날 사토가 들어왔다.

"기타자와 고로베이가 급히 뵙고 싶다고 합니다."

"기타자와? 아! 내가 처음 입번할 때 이타야 고개에서 성까지 안내해 준 사람 말인가?"

"그렇습니다. 용케 기억하고 계십니다."

"신세를 졌으니까. 곧 만나도록 하지."

곧 들어선 기타자와가 변함없이 꾸밈이라곤 조금도 없는 성실 그 자체의 표정으로 손을 탁 짚으며 인사했다.

"기타자와 고로베이입니다."

"입국할 때 폐가 많았다."

"과분하신 말씀입니다. 돌이킬 수 없는 실수를 범했음에도 생명까지 살려주신 은혜, 한시도 잊은 적이 없습니다."

"무슨 소리. 뭐니뭐니 해도 건강해 보여서 다행이군. 그런데 이 하루노리에게 급한 용무라?"

"그러니까 ….'

기타자와는 고개를 들어 하루노리를 보았다.

"저를 잠시 쉬게 해주십시오."

"뭐라고?"

놀란 하루노리는 기타자와의 심중을 헤아리려는 듯 쳐다보다가 긴장을 풀어주려고 미소를 띠었다.

"결국은 이 하루노리와 우에스기 가에 정나미가 떨어졌다고 말하는 건가?"

기타자와는 크게 당황하며 세차게 고개를 저었다.

"번주님께 정이 떨어졌다는 그런 엄청난 일을 감히 제가 어떻게 생각조차 할 수 있겠습니까?"

"그렇다면 왜 쉬고 싶은거지?"

"번 내 서쪽에 오타루가와라는 강이 있습니다."

"알고 있네. 지난번 보고 왔지. 부근은 아직 황무지이지만 오노노 고마치가 발견한 온천이 있다지?"

"그렇습니다. 그것까지 알고 계십니까?"

"사토에게 들었다."

하루노리는 옆에 있는 사토 분시로를 가리켰다. 기타자와는 슬쩍 사토에게 호의적인 시선을 던지며 하루노리의 눈이 맞추어지자 다음 말을 이었다.

"지금 말씀하신 오노가와 부근을 새로이 개간하는 것을 허락받고 싶습니다."

"뭐라고?"

"다시 말씀드리자면 이건 제 개인의 부탁이 아니옵고 제가 지휘하고 있는 오십기조伍十騎組 조원 일동의 부탁입니다."

"……."

"입국 직후 번주님께서 번사 일동에게 말씀하신 우에스기가의 어려운 상황이 가슴아프게 와닿았습니다. 그 후 저희 오십기조는 며칠을 협의하였습니다. 그래서 지금과 같은 생활방식을 버리고 조원 모두 농민이 되어 오타루가와 부근 오노가와의 황무지를 개간하자고 의견의 일치를 보게 되었습니다."

"… 그렇구나."

잠시 시간이 흐른 후 하루노리는 낮은 목소리로 말했다. 기타자와와 고로베이의 부탁에 가슴이 찡해진 하루노리가 곧장 대답할 수가 없어 한참을 보낸 후였다.

"번의 궁핍을 보고 참을 수 없어 무사라는 자리를 버리고 토지로 돌아가겠단 건가?"

"그렇습니다만 번의 궁핍을 보고 참지 못해서라기보다도 오히려 번주님의 고충을 차마 보기 어려워 이렇게 청을 올리는 겁니다."

"… 그렇구나!"

눈시울이 뜨거워졌다. 입국 이래 처음으로 본국인이 자청한 협조의 말이었다.

"그랬었구나!"

하루노리는 또 한번 말했다.

"거기까지 생각해 주었는가? 기타자와, 고맙네."

"당치도 않으십니다. 저는 이미 이타야 고개에서 죽은 몸입니다. 남은 생명은 전부 오노가와 개척에 바칠 각오가 되어 있습니다."

"고맙구나. 솔직히 말해서 기쁘네. 기타자와, 너의 부탁을 허락하겠다."

"허락해 주시는 겁니까? 대단히 감사합니다. 조원 모두가 기뻐할 것입니다."

기타자와는 조금도 거짓의 빛 없이 만면에 희색을 띠었다. 무사신분을 버리고 농민이 되는 것을 티없이 좋아하는 중년 무사에게 하루노리는 오히려 기이함을 느꼈다. 기타자와 등이 그렇게까지 심사숙고를 했구나 싶었다

기타자와와 그 부하는 결코 번을 단념하거나 자포자기로 농민이 되고자 하는 것이 아니었다. 동기는 순수했다. 그것도 하루노리가 노심초사하는 것을 보고만 있을 수 없어 새로이 오타루가와 부근의 황무지를 개척하려는 것이다.

"분시로."

하루노리는 사토에게 말했다.

"그 불씨를 하나 기타자와에게 주자."

"예."

사토는 곧 작은 재떨이에 빨갛게 타고 있는 탄을 담아가지고 왔다.

"……?"

기타자와는 의아한 표정을 지었다. 하루노리는 불씨의 유래를 설명하였다. 이 불씨는 개혁의 불씨로 요네자와라고 하는 재의 나라를 불붙게 하는 인재를 염원하고 있다고.

"그 불씨를 꺼뜨리지 말고 계속해서 늘려주기 바라네. 그런

데 한 가지 조건이 있다."

"예?"

이내 긴장하는 기타자와에게 하루노리가 말했다.

"무사 신분을 버리는 것은 안 되네. 번사로서의 신분은 그대로다. 감봉되어 충분치는 않겠지만 급여도 그대로 지급토록 하겠다."

"곧바로 부하 전원에게 이 불씨를 나누어주겠습니다. 모두 크게 기뻐할 것입니다."

기타자와는 받은 불씨를 소중하게 안고서 마음속에서 우러나오는 기쁨을 표하며 물러났다.

"분시로, 기쁜 일이로구나!"

기타자와가 사라진 후 하루노리는 여운을 즐기는 듯 훈훈함에 넘친 목소리로 말했다.

"그렇습니다."

사토는 그렇게 대답하면서도 가슴속에 일말의 불안감을 지니고 있었다. 하루노리가 뽕나무 묘목을 심고 모든 번사들에게 협조를 요청하려 했을 때 바로 전날 밤 누군가에 의해 묘목들이 모조리 뽑혀버린 사건을 상기했기 때문이다. 묘목이 뽑혀버린 사람은 하루노리뿐이 아니었다. 다케마타도 노조키도 기무라도 그리고 사토도 당했다. 누군가에 의해서라고는 하지만 그 정체는 이미 알고 있었다. 단지 전부 겁에 질려 입 밖에 내지 못할 뿐이었다. 하루노리는 즉시 범인색출을 명령했으나 중신들은 범인이 개라고 보고하지 않는가

'똑같은 일이 기타자와님에게도 일어나지 않을까?'

사토는 염려하고 있었다. 의욕에 불타서 열심히 황무지를 일구기 시작해도 스다, 이모가와 등의 아들들이 언제 그 개간지를 망쳐버릴지 몰랐다. 그리고 하루노리는 곧 에도로 돌아간다. 당시에 참근교대는 따르지 않으면 안 되는 제도였다.

'아무래도 참근교대는 안 좋은 제도야.'

사토는 요즈음 확실히 그렇게 생각하고 있었다.

1년은 본국, 다음 해는 에도에서 살아야 한다는 막부의 다이묘 정책은 모처럼 뭔가를 해보려는 번정 일을 중단시킨다. 본국과 에도의 번사들이 일치단결하여 협력하면 좋으련만, 요네자와에서 하루노리와 중신들이 대립하는 상황에서는 그렇게 될 수가 없다. 하루노리가 일단 에도에 돌아가면 궤도에 오르기 시작한 개혁도 중신들이 전부 옛상태로 돌려버릴 것이다. 그때 제일 먼저 표적이 될 대상은 하루노리에게 협력한 사람들이 될 것이다. 중신들의 의지를 거역하고 하루노리가 말

한 대로 정원에 뽕나무를 심고, 연못에 잉어를 기르고, 또는 오치야 수축직물을 짜는 법을 익히고 있는 개혁파들.

조금씩 조금씩 개혁에 동조하는 번사가 늘고 있었다. 특히 하급무사간이 신분이 낮은 층에서 개혁에 대한 호응도기 기지고 있는 추세였다. 그들이 이렇게 개혁에 호응하는 까닭은 이미 고통스런 생활이 무엇인가를 분명히 몸소 체험했기 때문이다. 지푸라기 한오라기라도 잡는 심정으로 좁은 정원에 열심히 뽕나무를 심든지 오치야에서 불러온 수축직물 기술자에게 기술을 배우든지 하고 있었다. 그러한 무리들이 제일 먼저 피해를 보게 될 것이 너무나도 자명했다.

며칠 후 오타루가와 부근의 신개간지에서 소동이 발생했다는 소식이 들어왔다. 밤에 십수 명의 폭도가 개간지에 침입해 개척무사들의 오두막집에 방화를 저질렀다는 보고였다. 일구기 시작한 토지도 엉망진창이 되어버렸다는 것이다.

그 소식을 듣고 사토는 곧 대검을 잡고 뛰어가려 했다. 이상하게 여긴 하루노리가 물었다.

"분시로, 무슨 일인가?"

사토는 이유를 말했다. 하루노리가 다시 물었다.

"이야기는 잘 알았네. 그런데 얼굴색이 변한 채로 어디로 가려고 하느냐?"

"말씀드릴 필요도 없습니다. 범인은 어차피 스다, 이모가와의 자식들입니다. 가서 죽여버리겠습니다."

"증거가 없어."

하루노리는 조용히 말했다.

"범인은 모든 것을 알고 불을 지르고 있어, 아무런 증거도 남기지 않고. 가령 목격한 사람이 있어도 그 사람이 범인의 이름을 결코 발설하지 못한다는 것까지 충분히 계산에 넣고 행동하고 있다. 분시로, 격분하지 마라. 도리어 화를 자초하는 격이다."

"그러나!"

"너의 분함은 잘 알지만 폭발하면 안 된다. 분시로, 말을 준비해라."

"예?"

"지금부터 가스가春日, 시라코 두 신사에 가서 신주와 부적을 받아 오노가와로 간다."

"예?"

사토는 곧 하루노리의 의도를 알아차릴 수 있었다. '아' 하면 '어' 할 정도로 호흡이 잘맞는 주종은 곧 성 밖으로 말을 달렸다.

　오노가와의 개간지에서는 아직 불의 잔재가 남아 연기가 나고 있었다. 오두막집의 반이 타버렸다. 개척민들의 필사적인 소화작업으로 불이 번지는 것을 막았기에 반이라도 남을 수 있었다. 토지 전체가 타는 냄새로 가득했다. 집이 타버린 번사의 가족들은 타다 남은 집에 들어가 방화자에 대한 분노를 폭발시키고 있었다.

　그곳에 하루노리가 말을 타고 도착했다.

　"번주님이시다."

　"번주님이 오셨다."

　분노와 절망으로 의기소침해 있던 번사들은 환성을 지르며 하루노리의 도착을 알렸다.

　"번주님!"

　"기타자와, 뜻하지 않은 재난이로구나."

　하루노리는 말에서 훌쩍 뛰어내렸다. 그리고 개척민과 그 가족들을 전부 모이게 했다.

　"지금부터 약식이지만 세키덴籍田 의식을 거행하겠다."

　세키덴, 세키덴이라는 속삭임이 모인 사람들 입에서 나왔는데 그게 무엇인지 아는 사람은 거의 없었다. 세키덴 의식은 중국의 주왕이 행한 의식으로 땅을 하늘로부터 빌린 것으로 여기고 인간생활의 기본은 전부 농農에 있다고 생각하는 것이다. 지금으로부터 몇천 년 전의 사람인 주왕은 덕을 가지고 백서을 대하여 ㄱ 덕맜은 공자를 위시한 중국의 경세가들이 전부 존경에 마지 않았다.

하루노리가 말했다.

"이곳의 토지는 요네자와의 다른 토지와 마찬가지로 하늘로부터 하사받은 것이다. 우리들은 하늘로부터 이 토지를 빌려 경작한다. 이 토지에서 나는 곡식이나 야채는 번의 조상 우에스기 겐신 공을 축원하는 가스가 신사와, 우에스기 가가 오랫동안 받들고 있는 시라코 신사의 신령께 바친다. 즉, 이 토지는 가스가, 시라코 양 신사의 신의 토지로서 어느 누구도 손대지 못한다. 만일 이 토지에 이유없이 손을 대는 자가 있으면 겐신 공과 시라코 신령의 벌이 내릴 것이니라."

젊고 힘있는 하루노리의 목소리가 울려퍼지자 번사들은 순식간에 치러진 세키덴 의식의 뜻을 이해했다. 하루노리는 이토지를 가스가, 시라코 양 신사에 바치는 농작물을 재배하는 곳이라고 선언한 것이다. 즉 '신의 토지'라고 선포한 셈이다. 그렇게 되면 폭도는 '신의 토지'에 침입하는 것이 된다.

하루노리는 이미 저지른 방화에 대한 추궁은 하지 않았다. 지나간 일을 이것저것 들추어내는 것은 아무 이익이 되지 않는다고 느꼈기 때문이다. 그것보다도 지금부터 어떻게 할 것인가 하는 문제가 더욱 중요했다

'그대로 두면 아마도 폭도는 또다시 침입해 올 것이고, 그것을 막는 가장 좋은 방법이 무엇일까?'

하루노리는 한참 동안 고민했다. 그래서 자유로운 개간지로 방치하기보다는 가스가, 시라코 양 신사의 이름을 빌리는 게 좋겠다고 판단하였다. 제아무리 난폭한 개혁반대파라도 '신의 토지'에는 손대지 않을 것이라고 생각했다. 개척번사들은 하루노리의 배려에 감동했다. 그들은 다시 한번 용기를 내어 오두막집을 짓고 땅을 일구리라 굳은 결의를 다졌다.

약식으로 세키덴 의식을 끝낸 하루노리는 사토에게 명령했다.

"어디가서 술을 좀 사오게. 모두에게 돌리고 싶다."

*

미스즈는 무심결에 "아!" 소리 지르며 부엌에서 얼어붙은 듯 발도 움직이지 않고 몸을 떨기 시작했다. 큰소리로 '실례합

니다' 하는 손님이 있기에 대답하며 나가려는 순간 부엌과 복도의 발 사이로 보이는 손님을 살짝 보고는 갑자기 막대기처럼 온몸이 굳어버렸다.

현관 현관에 서 있는 것은 사토 분시로였다. 변함없이 검은 피부에 땅딸막하고 벌어진 어깨의 그였다. 에도의 번저에서 피어나 지금까지 꺼지지 않는 사모의 정은 미스즈가 애를 태워도 점점 강도를 더해갈 뿐이었다.

'저 분을 사모해서는 안 돼!'

그러나 미스즈는 굳게 다짐했었다.

'증오심은 분시로님께도 가져야 해. 그런 비인간적인 사람을 사모해서는 안 돼.'

줄곧 그렇게 다짐하고 다짐했건만, 그 사토 분시로가 갑자기 무슨 일로 이 여관에 왔단 말인가.

"실례합니다."

대답은 있었지만, 아무도 나오지 않자 사토는 계속 큰소리로 부르고 있었다. 부엌의 발이 쳐져 있는 곳에 누군가 있는 것 같은데 무슨일인지 아무도 나오지 않았다.

"스즈"

이상하다는 얼굴로 여주인 치요가 나왔다.

"왜 그래? 손님이 오셨잖아."

"예 …."

사토에게 들리지 않도록 미스즈는 아주 작은 목소리로 대답
했다.

"무얼하고 있어, 손님을 맞아야지."

그렇게 말하면서 치요는 발을 올렸다. 미스즈는 급히 내려
앉았다.

"왜 그래? 얼굴빛이 이상하네."

파랗다 못해 잿빛으로 변해버린 미스즈의 얼굴을 보며 치요
는 정말 의심스러운 눈으로 쳐다보았지만 현관에 서 있는 무
사를 더이상 기다리게 할 수는 없었다.

"기다리시게 해서 대단히 죄송합니다."

애교가 담뿍 담긴 미소를 지으며 종종걸음으로 나갔다.

"아, 갑자기 미안하네만 …."

"숙박하시는 겁니까?"

"아니, 그게 아니고 술을 좀 주게. 정확히 말해 빌려주게. 돈
을 가져오지 않았네."

"술을요?"

"그렇다네. 실은 …."

사토는 짧게 사정을 설명했다. 치요는 눈을 크게 떴다.

"번주님이 오노가와에요?"

이 온천장 근처를 흐르는 오타루가와 옆에 새로운 개간지가 펼쳐지고 있음을 치요도 물론 알고 있었다. 그러나 그것이 번주님이 직접 나올 정도로 중요하고 대단한 토지라고는 생각도 하지 않았다. 치요는 눈시울이 뜨거워졌다.

"약주는 곧 올리겠습니다. 옆에서 시중도 들겠습니다. 맡겨주시면 감사하겠습니다."

타고난 에도 여자의 기질이 이럴 때 금방 튀어나오는 것이었다. 사토는 기쁜 듯이 웃었다.

"고맙네. 그래주면 좋지. 그럼 부탁하네."

사토는 그렇게 말하고 곧 발길을 돌렸다. 사토는 술을 빨리 개간지로 가져가고 싶은 마음으로 가득했다.

'여주인 얘기를 들으시면 번주님도 반드시 좋아하실 거야.'

사토는 이 소식을 전하려고 날아가듯 뛰어서 돌아갔다.

"자, 바쁘다!"

치요는 짝하고 손뼉을 쳤다.

"전부 나랑 같이 하자."

치요는 흥분된 어조로 사람들을 불러모아 솜씨좋게 술과 안주가 될 만한 것을 준비했다. 그리고 서둘러 나가려다가 갑자기 눈살을 찌푸렸다. 미스즈가 꽁무니를 빼고 나오지 않았기 때문이다.

"스즈, 왜 그러니?"

"저는 집에 남아 있게 해주세요."

"집볼 필요 없어. 도둑맞을 것도 없지 않니. 괜찮으니까 자, 어서 가자!"

"아니요. 저는 가지 않겠어요."

"도대체 왜 그러는 거야?"

치요도 정색을 하며 미스즈의 얼굴을 보았다.

"아주머니, 부탁입니다. 저는 좀 봐주세요."

"……?"

미스즈의 얼굴을 한참 쳐다본 치요는 뭔가 사정이 있는 것 같아 더이상 묻지 않았다.

"알았어. 그럼 너는 집에 있어라."

그래도 조금은 불쾌한 목소리로 말했다.

"스즈, 같이 가자."

동료 하녀가 졸라도 미스즈는 고개를 저었다. 그 태도가 너무 완강해 누가 보아도 이상했다.

"이상한 아이야."

밖에서 치요의 목소리가 들려왔다. 미스즈의 눈에서 눈물이 흘러내렸다. 마음이 흔들렸으나 곧 자신을 꾸짖었다.

'너는 번주님께 함이 있잖아, 그걸 잊어서는 안 돼.'

아무리 그래도 갑자기 이곳에 분시로님이 나타날 줄이야 ….

*

"이것 참 미안하게 됐구나."

술과 안주를 가지고 달려온 치요 일행에게 하루노리는 정중하게 인사했다.

"저런, 저럴 수가."

치요는 땅 위에 털썩 주저앉아 버렸다. 멀리 바라보니 참으로 이상한 광경이었다. 타서 내려앉은 오두막집, 타다 남은 오두막집, 온통 꺾여져 쓰러져버린 나무줄기나 파헤쳐지고 뽑혀버린 나무뿌리 그리고 뽑히지 않아서 밧줄이 감겨진 채로 있는 뿌리 …. 모두가 밧줄로 뿌리를 감아당겨서 뽑나 보다. 그것도 전부 무사들이다. 허름한 옷에 진흙투성이, 검댕투성이가 되어 있는. 하지만 참으로 놀랍고 이상한 것은 모두 웃고 있다는 것이다.

치요는 요네자와 번의 무사들이 이처럼 환하게 웃는 얼굴을 지금까지 본 적이 없었다.

'황무지를 일군다고 하는데, 배설이 해야 미땅한 일을 하면서 왜 이 무사들은 웃고 있는 걸까?'

치요는 불가사의하게 느껴졌다.

"약식의 세키덴 의식은 끝났다. 근처 여관 주인이 호의를 베풀어 술을 가져왔다. 자, 모두 마셔보자."

그렇게 말하는 하루노리의 모습을 치요와 사람들은 눈부시게 쳐다보았다. 아직 젊었다. 들리는 이야기로는 열아홉 살이라고 했다. 그러나 얼마나 노숙한가. 얼굴엔 소년티가 나지만 말하는 모습과 내용, 동작 하나하나가 마치 중장년 같은 품위였다. 더구나 그 마음 씀씀이는 상당히 나이먹은 사람의 그것보다 넓고 깊었다. 번주님의 마음은 아마 노인의 마음일지도 모른다고 치요는 생각했다.

'무엇이 이 청년 번주를 그렇게 만들었을까?'

이런 생각에 치요의 가슴은 무언가 뭉클 치밀어오르며 당장에라도 눈물이 쏟아질 것만 같았다. 자세한 내막은 모르지만 이렇게 타버린 황무지에 일부러 달려와서 개간자들을 격려하는 번주님을 보는 것만으로도 치요는 모든 사정을 이해할 것 같았다. 치요도 에도에서 고생한 사람이었다. 배운 것은 없어도 좋은 사람인지 나쁜 사람인지 느낄 수 있는 육감이 몸속에 베어 있었다. 치요는 하루노리에게 호감을 가졌다.

"부탁이 있습니다. 하다못해 술이라도 저희가 따르게 해주십시오."

치요는 사토에게 말했다. 사토가 말을 전할 필요도 없이 그 말은 하루노리에게도 들렸다.

"……."

사토가 눈으로 하루노리에게 물었다. 사토는 치요의 청을 들어주고 싶었다. 하루노리는 미소를 거두고 말하였다.

"모처럼 청이지만 안 되겠네."

낙담과 함께 화가 치밀어 치요는 실망했다.

'아아! 역시 우리 신분이 미천하기 때문이구나.'

그때 하루노리가 치요를 보고 말했다.

"오해 말아라. 장사하는 사람이라서 술을 따르지 못하게 하는 게 아니다. 어느 누구도 술을 따르지 못한다. 즉 나 이외에는 아무도 술을 따라서는 안 된다."

이번에는 치요뿐 아니라 주위에 있던 무사들도 놀랐다.

"번주님."

사토와 기타자와가 함께 불렀다. 하루노리는 가볍게 고개를 끄덕였다.

"다른 번의 무사라면 겪지 않은 이런 고통을 너희들이 경험하는 건 모두 내가 번주로서의 능력이 모자라기 때문이다. 용서해라. 지금부터 이 하루노리가 너희들 한 사람 한 사람에게 술을 따르겠다. 우선 너희들한테 용서를 비는 의미도 있고, 다음은 이 오노가와의 황무지에 도전하는 너희들을 격려하는 뜻이다."

언제부터인가 주위의 번사 전원을 바라보는 것처럼 눈을 크게 뜨고 말하기 시작한 하루노리는 더욱더 우렁찬 목소리로 외쳤다.

"이 하루노리가 지금 술을 따르는 것은 무엇보다도 너희들 하나하나의 가슴에 타고 있는 개혁의 불에 기름을 부어주기 위함이다. 어떻게 해서든 마음의 불을 꺼뜨리지 말아주길 바란다. 이 오노가와의 일각에서 불꽃이 되어 계속 타오르길 바라는 것이다."

말이 끝나자 하루노리는 정말 무사 한 사람 한 사람에게 직접 술을 따르기 시작했다.

260

"부탁하네."

"수고했어."

"열심히 하게."

한 사람 한 사람 얼굴을 쳐다보며 격려의 말을 덧붙이는 것도 잊지 않았다. 무사들은 동요했다. 긴장으로 잔을 든 손을 떠는 자도 있었고, 너무나 황공해 고개도 들지 못하고 잔만 정중히 받드는 자도 있었다. '번주님 …' 하며 울먹이는 소리로 그 자리에 주저앉는 사람도 있었다. 기타자와와 사토는 줄줄 흘러내리는 눈물을 손등으로 닦아내고 있었다. 남자들뿐 아니라 그 가족들도 모두 울고 있었다.

자신의 여관 가까이에서 갑자기 연출된 이 광경에 치요는 말을 잃었다. 망연자실 보고 있을 뿐. 이런 광경을 보게 되리라고는 꿈에도 생각지 못했다. 치요는 마음속으로 다짐했다.

'지금부터 이 개간촌을 돕자.'

치요도 울고 있었다. 치요뿐만이 아니었다. 바로 옆의 오두막집 뒤에서 이 광경을 지켜보던 미스즈의 눈에도 눈물이 가득 고였다.

'내가 잘못 생각한 건지도 몰라.'

미스즈는 솔직히 그렇게 생각했다. 치요에게는 가지 않겠다고 했고 사토 앞에는 절대로 나타나지 않겠다고 결심했지만 미스즈는 개간지에 왔다. 그렇게라도 하지 않고서는 도저히 견딜 수가 없었다. 번주님도 사토님도 개간자들에게 따뜻했다. 이 따뜻함에 전부 울고 있었다.

'에도의 기이님한테 이것을 알리자.'

미스즈는 그렇게 결심했다. 자신의 마음이 왜 이리 여린지도 생각했다.

'결심이 이렇게 쉽사리 바뀌다니!'

그 험난한 길을 지나 요네자와에 온 것이 기이님의 원통함을 알리기 위해서가 아니라 분시로님에 대한 사랑 때문일지도 모른다는 생각이 들었다. 자신을 힐책하는 소리가 마음속에서 터져나왔다. 그리고 그렇게 힐책을 당해도 '정말 그렇지 않아'라고 힘주어 반박할 수 없었다. 어느 정도 그 목소리는 진실을 말하고 있었다. 미스즈는 눈앞에서 펼쳐지는 광경에 완전히 압도당했다. 미스즈의 얼어붙은 마음을 녹여주었다.

미스즈의 머릿속에 하루노리와 사토 등의 험담을 늘어놓던 다섯 명의 중신 아들들이 떠올랐다. 당장 하루노리와 분시로 앞에 달려나가 그들에 대해 말하고 싶었다.

'더이상 자신을 속여서는 안 돼.'

미스즈는 그렇게 생각했다. 그리고 기이님의 일과 분시로님의 일을 분리해야 한다고 생각했다.

'나는 기이님 때문에 요네자와에 왔는가 아니면 분시로님 때문에 요네자와에 왔는가. 그것부터 정리하자, 그리고 만약 기이님 때문이라면 일단 에도로 돌아가자. 어떤 수를 써서라도 기이님의 옆으로 가자. 납득이 될 때까지 기이님을 섬기자. 아! 진작에 그랬어야 했는데 ….'

미스즈는 후회가 앞섰다. 분시로님에 대한 것은 나중 일이다. 두 가지 일이 한 번에 될 리 없다. 지금에 와서야 자신의 우매함이 뼈저리게 느껴졌다.

'아주머니한테도 솔직히 털어놓자!'

그렇게 생각하고 미스즈는 오두막집을 떠났다. 마음이 어딘가 모르게 후련했다. 여관에 돌아오니 피곤한 얼굴을 한 파발꾼이 기다리고 있었다. 미스즈를 보자 험상궂게 물었다.

"이 집 사람인가?"

"예."

"여관집에 사람이 아무도 없으니 도대체 어찌된 일인가? 부주의도 유만부득이지."

"죄송합니다."

"그건 그렇고 이 집에 미스즈라고 있는가?"

"접니다만 …."

"에도에서 온 급한 편지다."

시쿠라다에 있는 에도 버저에서 미스즈는 고사요小夜라는 하녀와 사이가 좋았다. 고사요한테만은 지금 있는 곳을 알려 주었다. 기이에게 무슨 일이 생기면 알려달라고 말해 놓았던 것이다. 파발꾼이 전해준 편지는 고사요로부터 온 것이었다.

"아아!"

급히 뜯어 읽던 미스즈는 깊은 슬픔의 탄성을 터뜨렸다. 기 이가 죽었다는 편지였다.

"임종하는 마지막 순간까지 너를 한번 만나고 싶다고 기이 님은 말씀하셨어 …."

편지를 읽는 도중 글자가 겹쳐보이면서 읽을 수가 없었다. 두 눈에 눈물이 가득히 고여 흘러내렸기 때문이다.

"기이님 …."

아무도 없는 자신에게 어머니처럼 할머니처럼 정성을 기울 여준 기이의 모습을 그리워하며 미스즈는 이를 악물었다.

"아아, 나는 얼마나 어리석었던가!"

지금 오노가와의 개간지에서 하루노리나 사토 분시로의 행동에 감동했던 자신이 죽은 기이에 대한 엄청난 배반이라고 느꼈다. 자신의 경솔함에 정나미가 떨어지고 흡사 오물이 몸 안으로 스며드는 기분이었다. 미스즈는 몸부림치며 그 불쾌한 것들을 떨쳐내려고 애썼다.

고사요의 편지 속에는 기이의 유발이 들어 있었다. 미스즈는 백발이 섞인 머리묶음을 뺨에 갖다 대고는 하염없이 눈물을 흘렸다. 울면서 가슴속으로 결의를 다지기 시작했다.

'어떤 일이 있어도 반드시 번주님께 이 원한을 고하겠어.'

그러던 미스즈는 마침내 극단까지 생각케 되었다.

'번주님이 기이님을 죽인 거야.'

미스즈는 새로이 결의를 다졌다.

'아무리 훌륭한 말을 하고 행동을 해도 기이님을 그대로 죽게 한 것만으로 나는 번주님을 믿지 않아. 반드시 이 한을 풀겠어.'

조금 전 오노가와의 개간지에서 하루노리가 곧 참근교대로 에도로 간다고 말했던 것이 생각났다.

'나도 에도로 가자.'

그렇게 미스즈는 결심했다. 다시 기이님 생각에 눈물이 가득 고였다. 이때 밖에서 왁자지껄한 소리가 들리면서 일행들이 돌아왔다. 미스즈는 서둘러서 편지를 접고 손등으로 얼른 눈물을 훔쳤다.

*

기타자와 고로베이를 따르는 사람들이 계속해서 늘어났다. 번사가족 중에도 적극적으로 농경이나 베짜는 일에 몰두하는 사람들이 생겼다. 집안에서 가장보다 먼저 자신들이 변화의 주체가 되었다. 기다리고 있었다는 듯 멋진 솜씨를 발휘하는 사람도 있었다.

하루노리의 개혁은 조금씩 추진되어 갔다. 요네자와 번藩 내에서는 제법 많은 황무지가 개간되어, 논이 아닌 곳은 뽕나무, 닥나무, 옻나무 등이 점차 많이 심어져서 계절이 되면 푸른 녹색잎이 태양빛에 반짝였다. 그리고 논에는 보통 잉어가, 연못이나 늪에는 다채색의 비단잉어가 헤엄쳐 돌아다니는 광경을 자주 보게 되었다. 번사들의 집집마다 그 아내들은 베를 짰다. 많은 직물이 번사들의 집에서 생산되기에 이르렀다. 그리고 마을마다 여러가지 새로운 명산품을 생산하기에 바빴다.

이러한 제품을 타국에 수출하는 데도 하루노리는 결코 에도, 오사카 등지의 대규모 상인에게 기대하지 않았다. 대신 번

내의 양심적인 중소상인을 활용했다. 즉, 번 정부는 식산흥업의 지도와 그 유통경로를 확보해 수익을 전체로 분배하는 방법으로 공동사회의 형태를 취했다. 동시에 그 지역에 있어서 작은 정부의 역할도 하였다.

그러나 모든 일이 순풍에 돛단 듯이 순조롭게 진행되지만은 않았다. 갑작스러운 문제가 돌발한 것이다. 에도에서 여러해 동안 쌓아올린 하루노리의 노력을 일거에 뒤집어놓을 만한 재액이었다.

뜻밖의 재액

'원망해서는 안 된다. 결코 원망해서는 안 된다.'

에도 가로인 스다 미쓰누시가 급히 보낸 자필 편지를 무릎 위에 놓은 채 우에스기 하루노리는 열심히 자신에게 타이르고 있었다.

하루노리가 원망해서는 안 된다고 자신에게 타이르는 상대는 하늘이었다. 그것은 스다의 편지에 쓰인 내용이 하늘이 아니고서는 도저히 생각할 수 없는 일이었기 때문이다.

하루노리가 에도로 돌아갈 날이 가까워진 2월말, 에도의 메구로교닌자카目黑行人坂에 불이 났다. 공교롭게도 강풍이 불어와서 불은 순식간에 사방으로 번졌다. 전소한 가옥의 수를 헤아릴 수 없을 정도로 커다란 화재였다. 그리고 사쿠라다와 아자부_{麻布}에 있는 우에스기 가의 번저도 모두 불타버렸다.

스다의 편지에는 이렇게 쓰여 있었다.

"제가 사쿠라다에 있으면서 사람들을 독려하고 그들도 사력을 다해서 진화에 전력하였지만 상상할 수 없을 정도로 불길이 세어서 그만 중요한 물건이 들어 있는 집들을 전부 태워버렸습니다. 뭐라고 말씀드리기조차 죄송스럽습니다."

스다는 하루노리의 개혁에는 사사건건 반대해 조금도 협력하지 않은 인물이었으나 이런 때에는 필사의 노력을 아끼지 않았다. 이런 성실하고 강직한 성격은 스다뿐만 아니라 하루노리에게 반항하는 다른 중신들도 모두 지니고 있었다. 오히려 그러한 성품 때문에 하루노리의 새로운 생각이나 관습을 깨뜨리는 행동에 반발하는 것이었다.

지금 하루노리에게 스다의 보고는 청천벽력과도 같았다. 전혀 생각지도 못했던 재액이 닥친 것이다. 요네자와 번의 재정 재건을 위한 개혁은 아직 실마리가 잡혔다고 할 수 없는 상태였다. 중신들이나 번사들 대부분은 협조하지 않고 있다. 협조하면 곧 반대파의 폭력이 뒤따른다. 다시 말해 개혁의 실마리가 잡힐 만한 지점에서 우물쭈물 망설이고 있었다.

'그런데 내가 에도에 가서 1년 동안 자리를 비우면 도대체 어떻게 될 것인가?'

하루노리는 앞으로의 일이 걱정이었다. 이런 상황에서 에도로 돌아가는 것이 마음에 걸렸다. 필경 모든 개혁이 수포로 돌아갈 것 같았다. 그러던 차에 지금 에도 대화재의 비보를 접했다. 게다가 스다의 편지에 덧붙은 말에 걱정은 가중되었다.

"막부에서 막대한 지원금(강제적인 기부금) 요청 지시가 있었습니다. 즉시 번민에게 임시과세를 징수하고 또 번사 일동에게도 돈을 내도록 하여 막부의 지원금과 에도 번저 재건자금을 급히 보내주시기 바랍니다."

스다로서는 번의 대사이기 때문에 번민들에게 임시증세를 부담시키고 번사로부터 헌금을 받아내는 정도는 당연하다고 생각하겠지만 하루노리로서는 반대로 그 두 가지가 가장 골치아픈 문제였다. 번민이나 번사들에게 그것을 명령하는 것이 견딜 수 없이 괴로운 일이었다.

에도 대화재의 비보는 각 관청에도 제각기의 경로를 통해 흘러들어 갔다. 다케마타나 노조키, 기무라도 어두운 표정을 지으며 달려왔다. 항상 하루노리 곁에 있는 사토는 이미 모든 것을 알고 있었다. 이마를 맞대고 대책을 협의했으나 좋은 지혜가 떠오르지 않았다.

결론은 이미 정해져 있었다. 모든 것이 돈에 귀착되기 때문이다. 그리고 그 돈이 현재 우에스기 가에서 가장 결핍된 것 중의 하나였다. 막부로 보낼 헌금은 조금 기다려달라고 요청하는 것으로 의견을 모았다. 번저는 재건하지 않으면 안 되었다. 하루노리의 출부를 앞두고 가장 급한 일이었다.

"번사 일동에게 단결을 부탁할 수밖에 다른 도리가 없습니다 …."

다케마타는 마침내 그렇게 말하였다. 그리고 하루노리를 보며 말을 이었다.

"번주님 대신에 제가 부탁해 보겠습니다."

하루노리는 고개를 저었다.

"아니, 그것은 내 역할이다."

"그러나 …."

다케마타의 얼굴에는 우려의 빛이 역력했다. 이 문제로 인해 그렇지 않아도 평판이 나쁜 하루노리가 헌금 얘기를 꺼내면 번주를 비판하는 분위기가 요네자와에 더 거세지지나 않을까 하는 걱정에서였다.

'번 내에서 미움받는 사람 중 나도 대표적이다. 지금보다 더

미움을 사게 되더라도 더이상 어떻게 될 것도 없지 않은가?'

그러나 하루노리는 허락하지 않았다.

"다케마타, 너의 마음은 잘 안다. 그러나 이것은 번주인 나의 몫이다. 내게 싫은 일을 너에게 대신 시킬 수는 없다."

여느 때와 같은 부드러운 미소를 지으며 하루노리가 말했다.

"단지 번민이 부담하는 임시증세만은 어떻게 해서든 피하고 싶다."

"어렵습니다. 에도 번저의 재건에는 사람뿐만 아니라 무엇보다도 목재가 필요합니다."

기무라가 말했다. 하루노리는 기무라를 보고 끄덕였다.

"바로 그 목재다."

"예?"

"에도에서 사게 되면 에도의 목재상은 기회다 싶어 가격을 비싸게 부를 것이다. 아무리 돈이 있어도 부족하다. 그래서 말인데 이 요네자와에서 직접 나무를 베어 에도로 보내면 어떨까….."

"요네자와에서 재목을 에도로요?"

이구동성으로 외치며 측근들은 놀라움을 금치 못하였다. 하루노리가 말을 이었다.

"그 작업을 번민에게 부탁하는 것이다, 세금 대신에."

"하지만 어떻게 에도로 운반합니까? 운반 또한 막대한 비용이 듭니다."

"음, 육로로는 ….'"

"……?"

"강을 이용하자. 강에서 바다로 떠내려보내고 바다에서 다시 배로 운반하는 것이다."

"……!"

서로의 얼굴을 쳐다보던 측근들은 무릎을 당겨 앉았다.

"나무는 아무래도 시오지다이라塩地平 산림에서 베어내야 할 것이다. 그곳은 아이즈와의 경계를 이루는 쓰가와津川 강이 산간을 흐르고 있다. 베어낸 나무를 쓰가와 강으로 떠내려보내면 에치고번의 니가타新潟에 도착하게 된다. 그러면 니가타에 번의 배를 대기시켜 놓는 것이다."

"그러나 쓰가와는 아이즈 영내를 흐르는 강입니다."

"아이즈 번주에게는 내가 편지를 쓰겠다. 누군가 마음이 내키면 사자로 나서주길 바란다. 물론 에치고, 니가타에도 똑같이 하겠다. 어떤가?"

다케마타 등은 말이 없었다. 언젠가 하루노리가 이렇게 말한 적이 있었다.

"가령 나에게 협조하고 있다 하더라도 너희들 역시 요네자와 사람이다. 생각하는 것이 요네자와라고 하는 그릇을 벗어날 수가 없지. 그 점에서 나는 우선 타지에서 온 사람이기 때문에 어느 정도 요네자와를 객관적으로 바라볼 수 있다. 그것이 의외로 좋을 때가 있지."

모두가 큰일이라며 어떻게 할지 몰라 쩔쩔매고만 있을 때 하루노리는 그러한 생각을 넘어서서 문제의 구체적인 해결방안을 생각해 냈다.

'그것이 우리와 다른 점이다.'

다케마타 등은 다시금 눈앞의 젊은 번주에게 감탄하고 있었다. 다시 한번 서로를 쳐다본 일동이 말했다.

"송구스럽습니다. 반대는 없습니다."

"찬성해 주는 건가?"

"예, 말씀대로 따르겠습니다."

"그런가? 그러면 이제 됐다. 즉시 모든 번사를 넓은 방에 집합시켜라."

"번주님!"

갑자기 기무라가 고개를 들었다.

"벌목담당 책임자로 저를 보내주십시오."

"뭐?"

하루노리뿐 아니라 주위에 있던 다른 이들도 모두 놀랐다.

"기무라가 벌목꾼이 되겠다는 말인가?"

"네. 부탁드립니다."

"음, 이건 정말 놀랄 만한 제의로군. 그럼 어떻게 할까?"

하루노리는 즐거운 듯 일동을 둘러보았다. 다케마타가 웃으며 말했다.

"기무라, 그것은 안 되네."

"왜 그렇습니까?"

기무라가 다케마타에게 물었다. 다케마타는 기무라를 보며 말했다.

"그것이야말로 내 몫이다."

"예?"

"집정인 내가 산에 들어가지 않으면 아무도 따라오지 않는다."

"그래도 …."

"기다려보게. 이래 뵈도 내가 산을 걷는 데는 일가견이 있고 벌목방법도 잘 알고 있지. 도저히 딴 사람에게 이 일을 넘겨줄 수가 없네."

*

"또 전원호출인가."

번사 대부분이 투덜대며 넓은 방에 모였다. 요즘은 할 이야기가 있을 때마다 호출이었다. '정말 호출을 좋아하는 번주님 이야'라며 대부분이 공감하는 바였다. 그것도 매번 좋은 이야기는 아니었다. 우에스기 가의 재정이 큰일이다, 심각하다라는 말뿐으로, 절약과 노력만을 지시하고 있었다. 급여를 인상시켜 준다는 등의 듣기 좋은 이야기는 전혀 없었다.

그런 기분으로 들으니 하루노리의 성의어린 이야기도 별로 귀에 들리지 않았다.

'빨리 끝나지 않으려나? 부업으로 바쁜데.'

모두들 집에서 하던 양산살 붙이기나 이쑤시개 깎아다듬기 등의 일을 떠올리고 있었다. 더구나 오늘은 큰 불로 소실된 에도 번저 재건을 위하여 번사들에게 모금 얘기를 할 것이었다. 즐거울 리가 없었다.

"에이, 뭐 어떻게든 하라지."

자포자기 기분이 되고 말았다.

"대단한 것을 이야기한들 결국은 우리들에게 부담지우는 것 아닌가!"

하급무사들도 하루노리에게 호의적이지 못했다. 그러기에 하루노리의 이야기를 대부분의 번사가 시큰둥하게 들었다. 하루노리가 열을 내면 낼수록 그 열변은 흡수되지 않고 겉돌고 말았다. 목소리는 들리지만 이야기의 내용은 멀어져만 갔다. 급기야 '번주님 혼자 입만 뻥긋뻥긋하는군' 하며 받아들였다.

하루노리에게도 이러한 공기가 민감하게 느껴졌다.

'희망이 없기 때문이다.'

하루노리는 그렇게 생각했다. 희망이란 목표이다. 무엇을 위한 근검절약인지 번사들은 아직 그 목표를 파악하지 못하고 있었다.

'내가 잘못했다. 내가 확실하게 목표를 제시해 주지 못하기 때문이야.'

하루노리는 그렇게 생각했다. 시큰둥해 있는 번사들에게는 책임이 없다. 그렇게 만든 책임은 모두 번주인 나에게 있다고 자신을 꾸짖었다.

"일동에게 부탁이 있다."

하루노리의 이야기가 끝나자 다케마타가 번사들 쪽으로 몸을 돌렸다.

"가령 막부에의 지원금 납부 유예가 받아들여진다 해도 번주님의 출부를 목전에 두고 있는 지금의 우리에게 에도 버저의 재건은 시분을 다투는 급선무다. 번주님께서는 제반비용 절감 차원에서 필요한 목재를 에도에서 조달하지 않고 요네자와에서 베어서 에도로 보내자는 말씀이시다. 그래서 이 다케마타가 내일부터 바로 시오지다이라 산에 들어가 벌목을 총괄할 예정이다. 일동 중에서 만약 나를 도와줄 의지가 있는 사람은 이 일에 협조해 주기를 바란다."

다케마타의 말이 끝나자마자 여기저기서 실소가 터져나왔다. 하루노리의 이야기를 듣기 위해서 번사들은 맨 앞에 중신들부터 서열 순으로 앉아 있었다. 실소를 한 사람들은 우선 중신들이었다. 게다가 중급무사나 하급무사들도 동조하는 분위기였다.

중신인 이모가와가 말했다.

"다케마타님, 집정을 맡으신 분이 목재벌채 때문에 산림에 들어가시렵니까?"

"그렇습니다."

"그리고 번사들 보고 도우라구요?"

"예."

"도무지 무사들을 어떻게 다루어야 할지 모르고 하는 처사시군요, 사슴을 말로 사용한다는 것이 바로 이걸 두고 하는 말 같습니다."

이모가와는 후배인 다케마타가 집정이 되어 요네자와 번정을 맡고 있는 것이 마음에 들지 않았다. 지금까지도 사사건건 반대를 하며 짓궂게 굴어왔으나 상대의 권위를 실추시키기 위해서는 만인 앞에서 창피를 주는 것이 가장 좋은 방법이라고 생각했다. 그것도 오늘은 다케마타의 얘기를 들으며 번사들 대부분이 실소를 금치 못하고 있지 않는가?

'이 기회를 놓칠 수 없다.'

이모가와는 공격을 시작했다. 사슴을 말로 사용하는 것과 같다는 비유에 많은 번사들이 웃었다. 그 중에서 스다를 위시한 중신의 자제들은 한층 큰 목소리로 웃었다. 모두 더 웃으라는 듯 웃음을 부추기는 역할을 하였다.

"잘 부탁한다."

노골적인 반대의견으로 공격을 해대자 다케마타의 얼굴은 일그러졌지만 짧게 말했다.

그리고 다음날 아침 일찍 다케마타는 도롱이와 삿갓차림으로 아이즈의 시오지다이라를 향해 출발했다.

"부디 건강을 해치지 않도록 조심하게."

하루나기는 짧지만 간곡한 당부의 말을 했다. 그 이상 아무 말도 할 수 없었다.

다케마타는 성을 떠나 벌채인들이 모여 있는 지점에 도착했다. 이름모를 신사의 경내였다. 경내에는 농민계급의 지원자와 벌목꾼들이 있었다. 신사 앞에서 다케마타는 그 무리들에게 일렀다.

"다시 말하지만, 이번 벌목에 대한 보수를 전혀 지불할 수가 없다. 이것에 불복하는 자는 지금 당장 돌아가도 좋다."

우두머리인 듯한 농민이 웃으면서 말을 되받았다.

"이제 와서 돈을 못 받으니 산에 들어가지 않겠다는 자는 처음부터 오질 않았습니다."

동료들이 와 하고 웃었다. 공감의 표정을 하고 있었다. 그는 말을 이었다.

"더욱이 무사님들께서 저희들을 도와준다고 하시는데 돈까지 받으면 벌 받습니다."

"뭐라고?"

다케마타는 어리둥절했다. 그 농민은 비스듬히 신사 뒤쪽을 손가락으로 가리켰다. 그곳에서 수십 명의 무사들이 모습을 나타냈다. 다케마타가 왔을 때는 신사 뒤에 숨어 있었던 듯했다. 그든 모두는 다케마타나 벌목꾼 농민과 마찬가지로 두루이와 삿갓차림을 하고 있었다.

"너희들은 ···."

자기도 모르게 말문이 막힌 다케마타에게 앞쪽에 있던 젊은 무사가 싱긋 웃으면서 이렇게 말했다.

"저희들은 경험이 없기 때문에 벌목은 못합니다. 그러니 베어낸 나무를 강까지 운반하겠습니다. 운반이라도 돕게 해주십시오."

"······."

다케마타는 말을 할 수가 없었다. 단지 고맙다는 말만 중얼거리듯 간신히 뱉을 뿐이었다. 모두 얼굴은 알지만 이름을 말해 보라면 금방 답할 수는 없는 사람들이었다. 보통때는 눈에 띄지 않는 무사들이 그것도 수십 명이나 잠자코 모여주었다.

"다케마타님!"

다른 무사가 말했다. 손에 뚜껑이 달린 조그만 사발을 가지고 있었다. 젊은 무사는 뚜껑을 열었다. 그 속에는 재 위에서 빨갛게 타고 있는 탄이 하나 들어 있었다.

"이것은 ….'

"그렇습니다."

숨을 멈춘 다케마타에게 젊은 무사가 고개를 끄덕였다.

"개혁의 불입니다. 사토 분시로에게서 나누어 받았습니다. 시오지다이라 산중에서도 벌목이 끝날 때까지 결코 이 불은 꺼지지 않을 겁니다. 아니 벌목이 끝난 후에도 저희는 이 불을 꺼뜨리지 않을 작정입니다."

"그렇군!"

다케마타는 크게 고개를 끄덕였다.

"너희들은 사토의 친구들인가?"

전부 그렇다고 하였다.

"그 친구는 우직해서 어떤 일을 당하더라도 번주님께 오직 충의를 다하고 있습니다. 땅딸막한 그가 언제나 땀흘리며 뛰어다니는 것을 보고 있으면 저희들은 마음이 아픕니다. 우리도 그의 몇 분의 일이라도 땀을 흘려보자며 뜻을 모았습니다. 도울 수 있도록 선처해 주십시오. 부탁입니다."

"부탁이라니. 부탁은 내가 해야지. 정말 잘 와주었다."

"저희들 뒤로도 많은 사람들이 도우러 올 것입니다. 다케마타님, 걱정하실 것 없습니다. 끝까지 잘해 주십시오."

다케마타는 다시 한번 젊은 무사가 손에 쥐고 있는 사발 속의 불을 보았다.

'이 불을 사타가 옮겼다. 그 불로 여기 있는 젊은 무사들두 자신들의 가슴에 불을 붙였어. 번주님 말씀처럼 이 재의 나라에도 사람이 있었구나. 불을 붙이면 타오르는 인간이 있었던 거야.'

다케마타는 가슴이 뜨거워지는 것을 느꼈다.

다케마타를 선두로 벌채대가 출발했다. 시오지다이라 산중에 들어간 벌채대는 우선 오두막집을 만들었다. 지붕은 얼룩조릿대 잎으로 엮었다. 진짜 산속의 오두막집이었다.

"식사는 더운물에 만 밥하고 국 한 가지뿐이다. 괜찮은가?"

총책임자인 다케마타가 선언했다.

"예!"

작업하던 자들 전원의 목소리가 산중에 힘차게 울려퍼졌다.

'우리가 할 수 있는 일이 정말 없구나.'

운반을 맡은 무사들은 벌목꾼이나 농민들이 솜씨좋게 나무를 베어 넘어뜨리는 것을 보며 씁쓸히 웃을 수밖에 없었다.

'무사란 무엇인가?' 깊이 생각하는 자도 있었다. 매일 번민의 생활과는 매우 거리가 먼 아무래도 좋을 서류들만 들척이며 문자의 토시 하나를 가지고 하찮은 토의로 시간을 낭비해온 성 내 근무를 다시 한번 생각하기도 했다.

'이것이야말로 살아있는 생활이다.'

에도 번저 재건을 위해 깊은 산중에서 나무를 베고 운반하는 일련의 작업을 거치면서 무사들은 지금까지의 생활이 죽어 있었음을 느꼈다.

산에는 무언의 생명이 충만해 있다. 흙속에, 나무속에, 풀속에 그리고 그 속에 살고 있는 생물들 속에 생명이 깃들어 있다. 그 점을 생각하면 성 안에는 생명이 없다. 손톱만큼도. 관례만을 중시하는 죽은 사람들의 무리가 매일 타성대로 성으로 출근하는 것뿐이다. 하루하루를 어물어물 얼버무리듯 살고 있다. 산중작업에 참가하면서 무사들은 절실히 통감하였다. 농민이나 벌목꾼들이 베어온 나무를 운반한다는 것은 무사들에게는 지금까지의 어정쩡한 생활방식과 대결하는 것이었다.

'이 세상에서 물건을 만들어내는 것은 우리 같은 무사들이 아니다. 어디까지나 농민들이다.'

무사들은 모두 새삼스럽게 느끼게 되었다. 요네자와 성城 밑의 신사에서 "땀을 조금 흘려볼까 합니다"라고 다케마타에게 말했었으나 여기에 와서 보니 조금 흘리는 정도가 아니었다. 폭포처럼 땀이 흠뻑 배어나왔다. 피곤해서 녹초가 되었다. 배도 고팠다. 분배되는 밥도 모자랐다. 언제나 공복상태였다.

"아아! 부리밥이라도 좋으니 실컷 배부르게 먹어봤으면."

밤에 오두막집에 누워서 외치듯이 말하는 무사도 있었다. 그럴 때마다 모두 와 하고 웃었다.

인간의 진정한 '살아있는 생활'이란 우선 먹는 것에서부터 시작하는 것이라고 무사들은 소박하게 느끼게 되었다. 매일같이 새로운 참가자가 늘었다. "다만 통나무 한 개라도 옮기고 싶습니다"라며 몰려들었다. 산중에는 금방 5~6백 명이 모였다. 믿을 수 없는 일이었다.

"번사들에게 어떻게 이런 마음의 변화가 일어났을까?"

다케마타는 알 수가 없었다. 그때 군봉행郡奉行 나가이 쇼자에몬長井庄左衛門으로부터 사자가 왔다.

"번주님의 친서를 가지고 아이즈 번주님을 배알하였습니다. 아이즈 번주께서는 벌목한 목재들을 쓰가와에 띄우는 것을 쾌히 승낙하셨습니다. 그리고 에치고의 니가타항에도 이미 5백 석이 적재가능한 배를 준비해 두었습니다."

좋은 소식이었다. 사자는 계속해서 말했다.

"시오지다이라에서의 지원활동을 전해들은 오구니小国의 벌목담당계 가타기리 로쿠로에몬片桐六郎右衛門님이 그 지역에 있는 번사들을 모아 벌목을 시작했습니다. 그 목재는 다마가와玉川를 경유하여 역시 니가타항에 적출될 예정입니다"

"그런가 ···."

이마의 땀을 손등으로 닦으며 다케마타가 웃으며 말했다. 번사들이 왜 그렇게 되었는지 꼬치꼬치 캐물을 필요가 없었다. 번사들 간에 지원활동이 자연스럽게 퍼져가는 분위기가 고맙고 기쁠 뿐이었다.

어깨에 짊어맨 목재를 강에 던지는 무사들 가운데 나무를 베는 법을 처음 배운 자도 있었다. 그것은 자신 안에 숨겨져 있던 새로운 능력의 발견이었다.

'하면 무엇이든 할 수 있다!'

자신감이 끓어올랐으나, 동시에 무사들은 자신의 행동을 방해해 온 많은 장애의 벽에 대해서도 생각했다.

'지금까지는 할 수 있는 것도 하지 않았던 것이다. 왜 하지 않았을까?'

기대 이상으로 작업이 추진되었다. 이미 8천 그루의 재목이 베어졌다. 한 개 한 개 강에 던져질 때마다 무사들은 와 하고 환성을 질렀다.

"무사히 도착해라."

"너희들도 힘내라."

마치 인간과 대화를 나누는 것처럼 무사들은 재목을 향해 성원을 보냈다.

어느날 사토가 산에 들어왔다. 여장을 갖춘 스무 명 남짓한 무사들이 함께 왔다. 모두 몇 통의 술을 짊어지고 있었다.

"어이! 사토."

달려오는 무사들에게 사토는 큰소리로 말했다.

"번주님이 보내신 격려주다!"

무사들은 환성을 지르며 술통을 받았다. 그런 모습을 따뜻한 눈으로 바라보면서 다케마타가 사토에게 말했다.

"드디어 출발하셨는가?"

"예, 지금 이타야 고개에 계십니다. 모쪼록 모두에게 잘 부탁한다는 말씀이 있었습니다."

"음."

다케마타는 고개를 끄덕였다.

"실은 번주님께서 직접 이 산중에 들어오실 예정이었습니다다만 주위에서 만류하였습니다. 번주님은 못내 안타까워하셨습니다."

"음, 그러셨겠지."

그렇게 답한 다케마타가 말했다.

"에도에 가셔도 아마 번주님의 마음은 편치 못하실 거네. 이렇게 돕는 번사들이 늘어나면 늘어날수록 반대파는 더더욱 강경해질 테니까."

"번주님의 전언傳言도 바로 그것입니다. 요네자와에 남게 되는 다케마타님의 입장이 더욱 힘들어지겠지만 어떻게든 참고 견뎌주기 바란다는 부탁 말씀이셨습니다."

"잘 알겠다고 전해올리게, 사토."

"예."

자신감에 넘친 다케마타를 사토는 똑바로 쳐다보았다. 다케마타는 말했다.

"지금 나는 내일 벌어질 일에 대해서는 관심이 없다. 오늘 하루하루 열심히 살 일만 생각하고 있다."

"예."

사토는 다케마타가 말하는 의미를 알 수 있었다. 다케마타는 언제든 죽을 각오를 하고 있다고 생각했다. 집정을 명령받았을 때부터 그러했으리라. 언제 어디서라도 죽을 수 있는 마음의 준비가 되어 있었다. 가령 이 산중에서 벌목을 하다가 죽는 것은 지금까지 생각해 온 무사의 길은 아니다. 그러나 다케마타는 그런 면을 초월했다. 소위 새로운 무사도武士道를 발견한 것이다.

"모쪼록 번주님께 안부 전해올리게."

이타야 고개에서 틀림없이 이 산중을 걱정하고 있을 하루노리의 모습을 떠올리며 다케마타가 말했다.

"예."

묵묵히 고개를 끄덕이며 사토가 사라졌다. 그도 하루노리를 따라 에도에 가는 것이다.

산에 들어와 20일 동안의 작업이 끝났다. 재목은 쓰가와를 흘러서 니가타에 도착했다. 이것은 다마가와를 거쳐 도착한 오구니의 재목과 같이 배에 선적되었다. 배는 출범하였다. 그러나 과정이 순조로웠던 것은 아니었다. 출범하자마자 곧 큰 태풍을 만나 소야宗谷까지 흘러갔다. 설상가상으로 남쪽 바다 위에서 또다른 태풍을 만나 전복 직전에 놓이게 되었다. 크게 당황한 뱃사람들은 갑자기 재목을 바닷속으로 버리려고까지 하였다.

이때 수송을 담당하였던 기지마 간고에몬木島甚五衛門이 재목 앞을 막고 서서 외쳤다.

"이 재목에는 번주님의 마음과 많은 번사, 번민들의 정성이 깃들여 있다. 하나하나가 번주님이고 번사, 번민과 같다. 그걸 버릴 참인가. 그래두 버려야 된다면 우선 이 기지마를 바닷속에 던져라!"

기지마의 기세에 눌려서 뱃사람들은 내내 서 있기만 할 뿐이었다. 그리고 모두들 재목더미에서 필사적으로 배를 움직였다. 배는 무사히 에도에 도착했다.

에도

다케마타 마사쓰나를 총책임자로 해 베어낸 재목으로 소실된 번저는 곧 재건될 수 있었다. 또한 에도 번저의 무사들도 목수나 미장이들에게만 맡기지 않고 그들의 노동력을 아끼지 않았다. 많은 무사들이 나서는 데는 완고한 에도 가로 스다 미쓰누시도 트집을 잡을 수가 없었다. 단지 불쾌한 얼굴을 보였을 뿐이었다.

나무향기도 새롭게 번저가 완성되는 날 하루노리는 에도에 근무하는 번사들을 모아놓고 다음과 같이 말하였다.

"너희들의 아낌없는 힘과 노고에 무한한 고마움을 느낀다. 진정으로 수고가 많았다. 에도 번저는 더할 나위 없이 소중한 건물이며 없어서는 안 되는 것이지만 또 어떻게 생각하면 한 해 건너 쓰게 되는 숙소이다. 이번 공사는 너희들이 힘써준 공적으로 완공되었지만 역시 무어라 해도 번민들의 노력이 컸다. 즉 이 번지는 번사, 번민 모두의 띠과 흰려으로 이루어진 소중한 곳이다. 앞으로는 어떻게든 쓸데없는 건물치장에 돈을 사용하는 일이 없도록 하고 솔선수범하여 더욱 검약해 주길 바란다. 그리고 요네자와에서 보내준 재목도 번사, 번민의 뜨거운 충지忠志의 산물이기 때문에 남은 재목도 낭비하지 말고 효율적으로 사용해 주기 바란다. 어쨌든 서로 우의를 돈독히 해주기 바란다.”

기회있을 때마다 개혁을 위한 결속을 강화시키고자 하는 것이 하루노리의 의도였다. 솔직히 번사의 반은 하루노리의 말을 경청하는 편이지만, 또 반은 ‘또 설교’라며 시큰둥해 하는 눈치였다.

가을이 되자 기타자와 고로베이의 심부름이라며 젊은 무사가 에도에 도착했다. 하루노리를 만나자 젊은 무사는 종이에 싼 버이삭을 한 줌 꺼냈다.

“이것은?”

하루노리가 묻자 젊은 무사가 대답했다.

"오노가와 개간지에서 처음으로 결실을 맺은 벼이삭입니다."

시커멓게 그을린 모습이 무사라기보다는 농민 그 자체였다. 하루노리의 눈이 크게 떠졌다.

"뭐라고, 오노가와? 오노가와에서 거두어들인 벼이삭이란 말이냐?"

"예, 책임자인 기타자와가 무엇보다도 먼저 번주님께 가져가 보여드리라고 …."

"음, 그렇구나, 그렇구나!"

하루노리는 몇 번이나 고개를 끄덕였다. 눈앞에 가을석양에 금빛으로 출렁거리는 벼이삭의 모습이 보이는 듯하였다. 오타루가와 부근에 있는 오노가와의 황무지를 개척해 훌륭하게 결실을 본 최초의 벼이삭을 "번주님께 먼저 보여드리자"며 멀리서 인편을 통해 보낸 기타자와의 심정을 알 수 있었다. 그리고 그것은 기타자와뿐 아니라 오노가와에서 곡괭이를 휘두르고 물을 끌어들여 모종을 심고 비료를 주어 수확을 거둔 무사들 전부의 마음이기도 했다.

"자네 이름은?"

"야마구치 신스케山口新介라고 합니다."

"야마구치, 물어볼 게 있다."

야마구치 신스케는 긴장하였다.

"옛?"

까짜 놀라며 하루노리의 얼굴을 다시 보았다. 하루노리는 미소를 지으며 말했다.

"신스케, 긴장하지 마라."

"예."

"다름이 아니라, 개혁을 못마땅하게 생각하는 자들의 방해가 아직도 계속되고 있는가?"

"옛?"

'아, 그것 때문이었구나' 생각하며 야마구치는 휴우 하고 안심하는 표정이었다.

"그 건에 관해서는 ….'

"요네자와에서 사자가 왔다는데 ….'

야마구치가 단숨에 보고하려던 차에 에도 가로 스다가 들어왔다. 요네자와에서 온 사자를 하루노리 혼자서 만나는 처사가 부당하다는 얼굴빛이 역력했다. 무엇이든 중신과 상담해야 마땅한데 이 양자 번주는 꼭 독단으로 일을 처리해 버리는 나쁜 버릇이 전혀 나아지지 않고 있다는 불쾌함이 가득 찬 얼굴이었다.

"아아! 스다도 같이 듣는 것이 좋겠군."

그러나 하루노리는 언제나 있던 일이므로 대수롭지 않게 대답했다. 그리고 다다미 위에 있는 벼이삭을 가리키며 말했다.

"이것이 오노가와에서 처음으로 수확한 벼다."

"예?"

스다는 놀라는 빛을 역력히 보였으나 곧 감추면서 비아냥거리듯 말했다.

"말이 되어버린 사슴들의 어리석은 행동의 대가로 얻어진 결실입니까?"

야마구치 신스케는 화가 치밀어 스다를 노려보았다.

"뭐냐, 그 얼굴은?"

스다는 그걸 알아차리고 야마구치를 매섭게 노려보았다. 사토 분시로가 끼어들었다.

"야마구치, 아까 번주님께 말씀하신 것에 대한 대답은?"

"예."

야마구치는 치밀어오르는 분노를 겨우 참고 대답하였다.

"개간사업을 방해하는 자들이 없어졌는지 내가 야마구치에게 물어보던 참이었다."

하루노리는 '내가'라는 말에 힘을 주었다. 야마구치 쪽에서 먼저 꺼낸 이야기가 아님을 강조하고 싶었다. 얘기의 내용에 따라 스다가 요네자와에 알려 야마구치가 요네자와로 돌아가면 그를 괴롭힐 것을 우려한 하루노리의 배려였다.

그러나 야마구치는 필사의 각오를 하고 있었다. 심부름을 온 이상 벼이삭만을 가지고 온 것이 아니라 당연히 여러가지 소식을 전해야 한다고 생각했다. 하루노리도 오히려 그 이야기가 듣고 싶었다. 그러려면 야마구치가 진실을 말하지 않으면 안 된다. 그런 의미에서 스다의 출현은 그리 반가운 것이 아니었다.

그러나 야마구치는 전혀 그런 것에는 신경쓰지 않는 모습이었다. 오히려 스다의 밉살스러운 행동에 반발하여 진실을 전부 털어놓자는 마음이 든 것 같았다.

"방해는 계속 심해지고 있습니다."

야마구치 신스케는 주저 없이 말했다.

"특히 고집불통이신 중신들의 뜻을 받들어 중신 자제들의 방해가 너무 많습니다. 오노가와의 땅은 신의 토지라고 번주님께서 선포하신 이래 그 토지 자체에 대한 폭거는 없어졌지만 방해는 더욱더 극심해졌습니다."

"예를 들어서?"

"가령 번주님께서 번사 일동에게 내리신 개혁교서의 연구회 같은 모임을 만들어 개척촌에서도 강제적으로 참가시킨다는 명목으로 등성(登城)을 명령해 며칠 동안 묶어둡니다."

"그러나 개혁교서 연구회라면 그리 나쁜 것은 아닌데."

"물론 제대로 된 연구회라면 나쁠 건 없습니다. 그러나 교서 전문에 걸쳐 트집을 잡아 이것도 무리, 저것도 무리, 그것도 무리라며 중신들이 생각했던 것을 전원이 동의할 때까지 퇴성시켜 주지 않습니다."

"음, 온갖 궁리를 다하는구나 ···."

하루노리는 씁쓸히 웃었다.

지능범이다. 불을 놓거나 전답을 망쳐놓지 않는 대신 개간지의 노동력을 다른 명목으로 뺏고 있는 것이다. 그것도 찬성하지 않으면 성 밖으로 내보내지 않는다고 하니 실질적인 감금과 다름없다. 성에서 나갈 때는 중신들에게 동의한 것이 된다. 즉, 하루노리를 배신하는 행동이 된다.

"마치 기독교도를 구별해 내기 위한 그림밟기 같군요."

사토가 내뱉듯이 말했다.

"그렇습니다. 그림밟기와 같습니다. 우리가 번주님에게 붙을까, 중신들에게 붙을까 매일 부대끼고 있습니다."

야마구치는 사토의 말에 동감했다.

하루노리의 가슴속에서는 깊은 한숨이 흘러나왔다. 중신들은 그렇게까지 내가 미울까? "자, 어떻게 하겠느냐" 동의를 강요당하는 하루노리파의 괴로움을 생각하자 마음이 아렸다.

그런 하루노리의 기분을 알아차렸는지 야마구치 신스케가 말했다.

"그러나 안심하십시오. 저희 불씨파는 아무리 궁지에 몰려도 결코 중신들에게 동의하지 않습니다."

하루노리가 되물었다.

"불씨파?"

"예."

야마구치가 대답했다.

"번주님으로부터 받은 불씨는 지금도 빨갛게 타고 있습니다. 저희들은 그 불을 번주님이라고 생각하고 있습니다. 괴로울 때나 가슴이 아플 때 그 불을 둘러싸고 모두 후 하고 붑니다. 새로운 탄에 불을 옮기는 것입니다. 그렇게 하고 나면 이상하게도 용기가 솟아납니다. 그러기에 이렇게 벼도 결실을 맺었습니다 …."

눈을 반짝이며 야마구치가 말했다. 하루노리는 고개를 끄덕였다.

"나 때문에 괜한 고생들을 하는구나. 용서해라."

하루노리가 머리를 숙이자 놀란 야마구치는 무릎을 꿇고 엎드렸다.

"무슨 말씀이십니까? 용서하라니요. 당치도 않습니다."

야마구치가 떠나고 그 뒷모습을 냉소인지 어이없음인지 복잡한 표정으로 바라보던 스다가 중얼거렸다.

"실로 괜한 고생을 하는군요."

그리고는 하루노리 쪽을 바라보며 말했다.

"번주님, 오기 좀 그만 부리시고 괜한 고생은 그만두시죠."

"……?"

모르겠다는 표정으로 하루노리가 스다를 보았다.

"무슨 말인가?"

"지난번부터 몇 번이나 말씀드렸습니다. 다른 가문처럼 우리 우에스기 가도 노중老中이신 다누마田沼님에게 선물을 보내어 번주님이 도움을 얻든가, 아니면 영지를 더 받는 편이 괜한 고생을 하는 것보다는 훨씬 빠른 길입니다. 선물에 필요한 돈은 이 스다가 어떻게든 조달해 보겠습니다. 지금이라도 번주님이 가벼운 마음으로 다누마님을 찾아뵈면 우리 번의 재정도 일거에 일어설 수 있음이 분명합니다."

또 그 얘기냐는 듯이 하루노리는 불쾌한 얼굴을 지었다. 스다는 민감하게 알아차렸다.

"이 말씀만 드리면 곧 그런 얼굴을 하시는데 지금 에도에서는 누구나 다 그렇게 하고 있습니다. 아니 거꾸로 그렇게 하지 않으면 가문이 위험하게 됩니다. 잠깐만 참으시면 됩니다. 그렇게 하시지요."

스다가 말하는 다누마는 노중 가운데 가장 높은 자리에 있는 다누마 오키쓰구田沼意次를 말했다. 원래는 6백 석의 무사였는데 8대 장군 요시무네吉宗의 눈에 띄어 그의 아들 이에시게家重의 시동이 되었다. 이에시게가 장군이 되자 측중側衆, 측용인側用人, 노중이라는 이례적인 출세를 했고 수입도 지금은 5만3천 석이 되었다. 평화로운 시기에 믿기 어려운 출세 사례였다.

"농업에만 의존해선 안 된다. 상업을 좀더 육성시켜야 하며 그러기 위해선 외국문명을 더 많이 들여와야 한다."

이런 다누마의 정책방향은 어떤 의미에서는 하루노리의 사고방식과 일맥상통하는 점이 있어, 결코 앞뒤가 막힌 정치가는 아니었다. 단지 다누마에게는 아주 나쁜 버릇이 있었다. 그 무엇보다 뇌물을 좋아하는 것이었다. 많은 사람들이 뇌물은 나쁘다는 개념을 가지고 있는데 다누마는 그 반대였다. 오히려 이런 논리를 펴고 있었다.

"인간에게 금은처럼 중요한 것은 없다. 전부 소중히하고 있다. 그 소중한 물건을 타인에게 주려고 하는 마음, 그것은 성의다. 따라서 나는 선물을 많이 가지고 오는 사람을 중시한다."

다누마는 이런 말을 공공연히 하고 다녔다. 그러다 보니 다이묘, 하타모토, 상인들은 다누마 집에 속속 몰려들었다. 모두 선물을 들고서. 그 때문에 에도성 안의 그의 집무실이나 집에는 선물을 보내려는 사람들로 가득 찼다. 그 정리를 전문으로 하는 다이묘가 몇 명 있을 정도로 다누마의 방은 일본의 명산, 명품으로 가득 찼다. 약삭빠른 상인은 다누마에게 보내는 선물을 주문받기까지 했다. 그리고 에도 시민들도 '벼슬아치 자식은 아부를 먼저 배워라'라는 노래를 유행시킬 정도였다.

그리고 다누마는 자신이 한 말을 약속대로 실천하였다. 즉 많은 선물을 가져오는 다이묘나 하타모토들에게는 능력에 관계없이 요직을 주거나 영지를 확장시켜 주고, 상인들에게는 이권을 독점케 해주었다. 공전의 뇌물시대가 출현하였다.

스다는 이 상황을 말하고 있었다. 뇌물선이라는 배에 늦지 않게 타라고 권고하는 것이다. 그렇게 하는 것이 얼마나 편한지 모르겠느냐는 투였다. 그러나 하루노리는 단호하게 잘라 말했다.

"나는 가지 않는다."

"예?"

"다누마님에게는 가지 않는다. 뇌물은 좋아하지 않아."

"누구나 다 싫어합니다. 그러나 지금은 그렇게 하지 않으면 안 되는 풍토입니다. '대세에 역행하지 말라'는 말이 이런 때 쓰는 말이지요."

"뇌물이란 일시적인 것이다. 결코 오래 가지 않아."

"그러나 다누마님의 위세는 날로 커지고 있고 이대로 있다 간 뇌물을 바쳐서 땅을 늘려받는 다이묘 때문에 우리 번의 영지가 줄어들지도 모릅니다."

"혹 그리 될지도 모르지만 천리天理는 그런 게 아니다. 설사 뇌물로 요네자와의 재정을 일으킨다 해도 누구나 기뻐하는 건 아니다. 스다, 적어도 불씨를 계속 불고 있는 자들은 기뻐하지 않는다네."

강력하게 스다의 뺨을 후려치는 것 같은 말이었다. 스다는 불쾌한 표정을 지었다. 스다는 요네자와 중신들의 움직임을 뻔히 알고 있었다. 아니 그보다 먼저 그 역시 같은 일당이었다. '불씨파'의 행동은 중신들에게는 눈엣가시였다. 다른 가문에서 양자로 들어온 하루노리라는 처녀의 편이 되어 자신들을 무시하고 형식과 절차를 깨뜨릴 뿐 아니라 무사 신분에 땅을 일구고 뽕나무나 벼를 심고 잉어를 기르는 무리들은 요네자와 번의 수치일 뿐 그 이상 아무것도 아니라고 생각했다.

중신들에겐 그런 무사들의 존재가 창피하고 화도 났다. 게다가 다케마타 등 과거의 찬밥파가 득의만만 번정을 좌지우지하는데다 인사조치를 멋대로 하는 것은 도저히 참을 수 없었다. 그것이 극도에 다다르자 불안과 위기의식이 팽배해졌다.

"이대로 방치해 두면 우리가 설 땅이 없어지게 된다."

중신들은 지금 하루노리 몰래 가공스런 계획을 세우고 있었다. '하루노리를 축출하자'는 결심을 굳히게 된 것이다. 중신들은 자력으로 번을 재건할 수 있음을 믿지 않았다. 관례와 형식을 중시하는 그들에겐 무엇보다도 막부의 의향이 중요했다. 막부가 있고 난 다음 요네자와 번이 있었다. 그 막부는 현재 완전히 뇌물정치가 되어 있었다. 막부가 그렇다면 그대로 따르는 것이 가장 현명하고 안전한 길이었다. 좋고 나쁘고가 없었다. 혼자서 안간힘을 써도 소용이 없었다.

'다이묘는 막부에 의해서 심어진 나무와 같다'고 옛날 누군가가 말했다. 막부의 의향에 따라 어디로든 옮겨심어질 수 있었다. 뽑혀져 버려지는 수도 있었다. 그 나무로서는 자신의 의지를 가질 수가 없었다.

그리고 막부의 의향이란 당시 실력자의 의향과 직결됐다. 당대의 실력자란 노중수좌를 의미한다. 지금까지의 막부정치는 대부분 그런 형태로 유지되어 왔다. 노중이 몇 명씩 있지만 합의를 통해 의견이 조정되는 법은 거의 없고 수좌의 의향이 전체를 지배했다. 그러기에 모두 노중수좌를 노리는 것이었다. 그리고 지금의 노중수좌인 다누마는 "나는 뇌물을 대단히 좋아한다. 따라서 뇌물을 많이 가져오는 자일수록 중히 여기겠다"고 공언하는 터라 이보다 알기 쉬운 방침은 없었다. 요는 그대로 하느냐 마느냐의 문제였다.

요네자와의 중신은 이미 그렇게 하자고 정했다. 그리고 그렇게 해서 번의 위기를 극복해 보자고 합의했었다. 하루노리를 그렇게 만들자고 요네자와나 에도에서 합의를 본 것이다. 만약 하루노리가 응하지 않으면 막부에 하루노리의 실정失政을 보고할 작정이었다.

중신들에게 지금 하루노리의 정책은 실정이라고밖에 할 수 없었다. '막부에서도 그렇게 생각하겠지'라는 자신감도 있었다. 중신들로서는 다누마님한테 가라고 하루노리를 압박하는 것이 마지막 호의였다. 지금 당장 막부에 보고해도 좋지만 다시 한번 하루노리에게 기회를 주려는 것이다.

중신들에게 지금의 하루노리는 요네자와 번이라는 배에서 바닷속으로 떨어진 사람이다. 그래서 밧줄을 던져주자는 식이었다. 그 밧줄은 물론 다누마에게 뇌물을 가지고 가는 것이다. 이 호의를 하루노리는 너무도 간단히 거부하고 있었다. 즉 중신들의 마지막 호의를 수용하지 않는 것이었다.

'내 말을 귀담아듣지 않으면 정말로 요네자와에서 축출되는 수가 있다.'

스다는 거의 굳은 얼굴로 하루노리의 얼굴을 쳐다보며 끈기 있게 다시 한번 권하였다.

"저희들이 볼 때 불씨파들이 하고 있는 것은 헛수고일 뿐 막부의 마음을 조금도 움직일 수 없습니다. 현재 막부의 마음을 움직일 수 있는 것은 뇌물뿐입니다. 결벽한 번주님의 성품으로 보아서는 몸을 오물에 적시는 것 같겠지요. 그렇지만 단 한번 그렇게 함으로써 요네자와 번을 구제하실 수 있습니다.

번을 위해서 제발 다누마님한테 가주십시오."

"가지 않겠다."

하루노리는 같은 대답을 반복할 뿐이었다.

"왜 그러십니까? 왜 그렇게 완고하십니까?"

"완고한 게 아니다. 그런 비정상적인 방법으로는 요네자와 를 구할 수 없기 때문이다."

"그렇게 해야만 지금의 위기를 벗어날 수 있습니다."

"내가 생각하는 것은 지금 당장의 일이 아니다. 좀더 나아가 서의 문제지. 그리고 막부에 의존하려는 생각은 없다."

"막부가 아니면 무엇에 의존하시려는 겁니까?"

"요네자와 번이다. 요네자와 번藩 사람 전부."

"……."

"스다, 너는 착각하고 있다. 내가 바꾸려는 것은 막부가 아 니다. 요네자와 번이지. 노중에게 뇌물을 바쳐 이 위기를 극복 하려는 그런 안이한 생각을 바꾸고 싶은 것이다."

"저는 뇌물을 가지고 가는 것이 안이한 일이라고는 생각지 않습니다. 현재의 번 재정으로는 거액의 뇌물을 조달하는 것 도 큰일입니다."

"안이하다는 말의 의미가 틀리다."

하루노리는 지금까지의 미소를 거두었다. 그러나 말투만은 여전히 부드러웠다. 소리를 지른다거나 꾸짖어서 스다를 화나게 하면 불리했다.

'무력으로 누르는 거만이 능사가 아니다. 납득하지 않으면 의미가 없다.'

하루노리는 항상 그렇게 생각해 왔다.

"스다, 잘 들어주길 바란다. 다이묘는 속언으로 표현하면 화분 속에 심어진 나무다. 그러나 그 나름대로 화분 내부를 관리해야 한다. 관리해야 한다는 것은 동시에 책임이 있다는 것이다. 나는 뇌물로 그 책임을 버리고 싶지 않다."

"책임을 느끼신다면 뇌물을 보내셔야 합니다. 번주님을 위해서가 아닙니다. 번을 위해서입니다. 그것이야말로 번주님이 곧잘 말씀하시는 '번민을 위한' 길입니다."

"그러면 번민은 자신들의 기름과 땀이 그런 식으로 쓰여지는 데 기뻐하겠는가?"

"기뻐할 거라고 생각합니다."

"나는 바로 눈앞의 이익만 생각하는 게 아니다. 우리 자손들이 자랑스럽게 생각할 수 있는 방법으로 개혁을 추진하고 싶다."

"뇌물로 위기를 극복한다고 해서 자손들이 우리를 책망하지는 않을 겁니다. 오히려 잘했다고 감사할 것입니다."

"얘기가 전혀 통하지 않는구나."

하루누리는 서글펐다

'스다, 내가 개혁하고 싶은 것은 우선 너와 같은 인간의 정신상태다.'

하루노리는 그렇게 말하고 싶었으나 거기까지는 말하지 못하였다. 그것은 스다의 인격을 모욕하는 것이 되기 때문이다. 스다는 지금까지도 '생활방식이 비합리적이고 고지식한 사람은 번주 쪽'이라고 굳게 믿고 있었다. 이 완고함은 태어나서 오늘날까지 수십 년이란 세월에 걸쳐 굳어진 태도에서 비롯되었다. 하루노리의 말대로 하루아침에 변할 수 있는 것이 아니었다.

"저로서는 드릴 수 있는 말씀은 다 드렸습니다. 요네자와에 있는 중신들의 생각도 크게 변한 것 같습니다. 그러나 끝까지 들어주시지 않은 이상 어떠한 사태가 일어나더라도 저의 책임은 아닙니다."

스다는 이렇게 말하고 사라졌다.

"마치 협박 같군요."

사토가 기가 막힌 듯이 말하였다. 스다는 그 소리를 들은 듯 돌아보며 흘낏 사토를 노려보았다. 스다의 모습이 사라지자 하루노리가 쓴웃음을 지었다.

"기는 우세스기 기세 오 이께 존끄 위험은 반이 있다."

"번주님!"

사토가 돌아서서 말했다.

"마음을 강하게 잡으십시오. 만약 번주님께서 가슴의 불을 끄신다면 저희들은 어떻게 해야 좋을지 모를 것입니다."

"그럴 작정이다. 그러나 스다 같은 인간을 보면 우리 얘기가 전혀 통할 것 같지 않아. 그 점을 어떻게 해야 할지 가끔 기가 죽고 우울해지지."

"'아군이 천 명이면 적군도 천 명'이란 말이 있지 않습니까? 아무리 번주님께서 훌륭하셔도 요네자와 번사 전부가 번주님 편이 될 거라 기대할 수는 없습니다. 저는 이번 개혁은 번주님 의 말씀을 이해할 수 있는 사람들만으로 추진할 수밖에 없다 고 생각합니다. 그리고 이렇게 처음으로 결실맺은 벼이삭을 가지고 오는 사람들이 생기고 있습니다. 그런 사람들이 있다 는 사실을 믿어주십시오."

"믿고 말고. 사토."

"예."

"오늘은 네가 나를 격려해 주는구나."

"이런 …, 외람됨을 용서해 주십시오."

주종관계의 두 사람은 서로 마주보고 있었다.

하루노리가 일어섰다.

"가자. 말하던 곳으로 안내하라."

"예."

"수행은 혼자 해라."

"그래도 하다못해 가마라도 ….”

"눈에 띄니 필요없다. 꽃만 챙겨라. 정원의 꽃이 좋겠지."

"잘 알겠습니다."

해가 저물어가고 있었다. 사토는 정원에서 국화꽃을 한 줄기 꺾어 하루노리와 뒷문으로 살짝 나갔다. 하루노리는 눈에 띄지 않는 옷으로 갈아입고 두건을 덮어썼다. 소위 미복잠행의 모습이었다. 보초는 사토가 미리 입을 다물게 해두었다.

"장소는?"

"시바芝입니다. 10리도 안 될 겁니다."

둘은 걷기 시작했다. 사토가 하루노리를 안내한 곳은 작은 절이었다. 미타다이치三田台地 일각에 비스듬히 달라붙어 있는 절로 주변에도 절이 많았다. 정책상 한곳에 모여 있는 것이리라. 무단으로 출입할 수는 없어서 사토는 스님이 있는 방으로 가서 이야기를 했다. 그동안 하루노리는 절 안을 둘러보았다.

문으로 들어가보니 정면에 스무 평 정도의 보당과 보당 위쪽으로 이어진 방이 건물의 전부였다. 본당 오른편에 뒷산으로 통하는 길이 있었는데, 길 입구 옆으로는 몇 그루의 벚꽃나무, 단풍나무, 은행나무가 줄지어 서 있었다. 하루노리가 그쪽으로 발길을 옮겨보니 시야가 넓어졌다. 길로 들어서니 본당 뒤쪽은 거대한 묘지였다. 대지의 비스듬한 면 끝까지 묘지가 늘어서 있었다.

도처에 물이 흐르고 있어 용수湧水가 풍부했다. 그 흐르는 물속에 작은 민물게가 건너고 있었다. 하루노리는 몸을 굽혀서 그 민물게를 잡았다. 게의 몸 양측을 손가락으로 집었다. 그냥 무턱대고 잡으면 집게발에 물리게 된다. 아무리 작은 미물이라도 물리면 아프다. 빨간 민물게는 허공을 바둥대며 집게발을 세우고 성을 냈다.

"무엇을 하고 계십니까?"

사토가 물었다.

"게다."

하루노리는 손가락 사이에 낀 게를 보여주었다.

"이런 곳에 게가 다 있군요."

사토는 눈을 크게 떴다. 사토 뒤로 절의 주지가 서 있었다. 사토에게 하루노리가 누구라는 걸 들었기만 너무나 갑작스러워 어떻게 인사를 해야 할지 몰랐다. 아직 젊은 중이었다.

"나무아미타불, 황송하옵니다."

주지는 간단히 인사를 하고 고개를 깊숙이 숙였다. 하루노리는 답례의 말을 건넸다.

"사전에 연락도 못하고 급작스럽게 방문하여 폐를 끼치게 되었소. 묘가 있는 곳을 가르쳐주시오."

"예, 안내해 드리겠습니다."

주지는 앞장 서서 걷기 시작했다. 하루노리가 뒤따라가기 전에 게를 놓아주었다. 사토가 그 게를 밟을 뻔하다 놀라서 발을 번쩍 들었다. 그러나 그 순간 몸의 균형을 잃고 한쪽 발이 물에 빠져버렸다. 철썩 소리를 내며 물이 하루노리의 소매에 튀어올랐다.

"이런 …! 정말 죄송합니다."

"신경쓰지 말게."

자기도 모르게 얼굴색이 변한 사토를 보며 하루노리가 웃었다.

"그것보다도 게의 생명을 구한 너의 고운 마음씨가 갸륵하구나."

사토의 얼굴이 붉어졌다. 주지가 되돌아보았다.

"역시 소문대로 명군이십니다."

"……?"

하루노리가 주지를 쳐다보았으나 주지는 앞을 보고 걷기 시작했다.

"요즈음 에도는 뭐든지 돈, 돈, 돈의 세상입니다. 사람의 마음은 더럽혀질 대로 더럽혀졌고 저희들이 아름답다고 느꼈던, 살아있는 온갖 것에 대한 헤아림이나 자비심 같은 것은 이미 먼 이야기가 되고 말았지요. 오랜만에 가슴이 뜨거워지는 경험을 했습니다. 감사합니다."

주지는 합장을 하며 말했다. 게를 살린 사실보다 하루노리와 사토의 자연스러운 마음의 교류가 아름답게 느껴졌으리라.

"여기입니다."

주지는 한 묘지를 가리켰다.

"천천히 참배하십시오."

그렇게 말하고 주지는 곧 자리를 비켜주었다. 나이에 걸맞지 않게 담담하고 원숙한 행동을 하는 승려였다.

"수고 많았소."

하루노리는 정중하게 인사를 하고 묘지를 마주보았다. 합장을 하고 한참을 눈을 감고 있던 하루노리가 이윽고 눈을 뜨고는 묘지를 향해 말했다.

"기이, 용서해 다오 …."

에도 번저의 하녀로 미스즈의 주인이던 기이의 묘였다. 에도에 입부한 이래 하루노리의 마음에 내내 걸렸던 기이였다. 속마음이야 어쨌든 결과적으로는 미스즈를 감원의 대상으로 삼았기 때문이었다. 그때 기이는 부탁을 했었다.

"개혁의 방침에 따르겠습니다. 그러나 미스즈는 딸과 같고 저에게는 가족이 아무도 없습니다. 제가 미스즈에게 급여를 지불하겠사오니 이대로 제 옆에 있게만 해주십시오."

사리에 그리 벗어나지 않는 그럴듯한 부탁이었기에 하루노리는 처음 허락하겠다고 답했었다. 그러나 곧 이 개혁에 예외를 만들어서는 안 된다는 생각에서 승낙을 취소했다.

"조령모개朝令暮改도 유만부득이십니다. 번주님께서는 마음이 자상하신 분이라고 생각했는데, 한 번 극락의 기쁨을 맛본 자를 어떻게 이리 금방 지옥으로 떨어뜨릴 수 있으십니까? 그처럼 잔인한 분이십니까?"

그 일로 지금 여기 있는 사토 분시로가 얼굴색을 달리하며 달려들었었다.

개혁을 시작하면서 생긴 첫 희생자가 기이였다. 미스즈를 해고한 직후 하루노리는 당시 살아있던 강직한 의사 와라시나 쇼하쿠에게 말했다.

"모쪼록 기이를 잘 부탁한다."

또한 아직 남아 있는 하녀들에게도 언질을 했었다.

"미스즈가 있을 때와 마찬가지로 기이에게 잘해주길 바란다."

하녀들은 반발했었다.

"그렇게까지 심려하신다면 미스즈를 해고하지 않으시면 되지 않습니까?"

모두들 불쾌한 표정이었다.

사토는 그 사실들을 하루노리에게 말했었다. 사정은 잘 알지만 정에 이끌려 예외를 하나라도 만들면 개혁이 성공하지 못한다는 생각에 하루노리는 결코 방침을 바꾸지 않았다. 결국 기이는 죽었다. 그러자 일제히 하루노리에게 비난이 쏟아졌다. 그러나 기이는 쇼하쿠 앞으로 생전에 한 통의 편지를 써놓았다.

쇼하쿠가 기이보다 먼저 죽었지만 살아있을 당시 쇼하쿠는 기이의 편지를 읽었다. 편지에는 이런 말이 쓰여 있었다.

"번주님의 배려에 마음속 깊이 감사하고 있습니다. 쇼하쿠 선생님께 과분한 은혜를 입어 정말 행복합니다. 만약 저에게 무슨 일이 생겨도 기이는 진심으로 번주님께 감사드린다고 전해주십시오."

기이는 자신이 죽은 뒤 생각이 얕은 하녀들에게서 '기이님의 명을 재촉한 것은 미스즈를 해고했기 때문'이라는 소문이 날까봐 염려하는 마음에 미리 써둔 것이었다. 기이의 편지는 쇼하쿠 사후에 그의 가족을 통해 하루노리에게 전해졌다. 줄곧 기이의 일이 마음에 걸리고 씁쓸하던 하루노리는 이 편지를 읽고 조금은 마음의 짐을 덜은 듯하였다. 하루노리는 편지를 사토에게만 보였다.

"제가 경솔했습니다."

소박하게 감동한 사토는 에도 번저에서 하루노리에게 대들던 무례를 사과했다.

"바로 에도 번저 사람들에게 이 편지를 보이시죠."

사토의 권유에 하루노리가 고개를 저었다.

"왜 그러십니까?"

모르겠다는 표정을 짓는 사토에게 하루노리가 대답했다.

"죽은 자의 편지를 변명으로 사용해서는 안 된다. 그리고 이 편지는 기이가 쇼하쿠에게 보낸 것이다. 공개해선 안 된다."

"그래도 ….'

아직 포기하지 않는 사토에게 하루노리는 미소지었다.

"사람의 마음을 무리하게 강요하지 말아라. 하늘이 무심하지 않다면 언젠가는 알아주겠지."

"그래도 알아주지 않으면 ….'

"내 부덕함의 소치이리라."

조용히 대답하는 하루노리였다.

'번주님은 눈을 뻔히 뜨고서 자신을 불리한 입장으로 몰고 있다.'

사토는 마음속으로 한탄했다.

'기이님이 직접 번주님께 편지를 주셨으면 좋았을 텐데.'

동시에 사토는 못내 아쉬웠다.

'쇼하쿠님이 손수 이 편지를 에도 번저 사람들에게 보여주셨으면 좋았을 것을.'

그러나 쇼하쿠 입장에서는 기이가 살아있는 동안에는 아무래도 공개할 수 없었으리라. 이 편지가 기이의 유서와 같았기 때문에. 만약 기이가 먼저 죽었다면 쇼하쿠는 주저없이 모두에게 말했을 것이다.

"이런 편지가 있으니 번주님에 대한 오해를 버려라."

그러나 그 쇼하쿠가 먼저 죽어버렸다. 이것도 운이다. 이렇게 운이 나쁘면 하루노리는 이런 것들을 '하늘의 명'이라고 받아들였다. 그리고 하늘이 이런 명을 내리는 까닭이 자신의 부덕의 소치라고 반성했다.

'너무 좋은 사람이다.' 사토는 솔직히 그렇게 생각했다.

"우선 급한 일을 마치는 대로 기이의 묘에 참배하고 싶구나."

특히 에도에 도착하자마자 하루노리의 이런 심정을 곁에서 지켜보는 것만으로 그 생각은 더해졌다.

에도에서 하루노리를 맞는 하녀들의 표정은 그리 곱지 않았다. 감정이 그대로 표출돼 볼이 하나같이 샐쭉해져 있었다.

'이 하녀들에게 당장이라도 그 편지를 보여주고 싶다.'

사토가 얼마나 마음속으로 안타까워했는지 모른다. 편지는 요네자와에서 하루노리가 서류함 밑에 보관해 두었으니.

기이의 묘에서 무언의 대화를 마친 뒤 하루노리와 사토는 다시 본당 옆으로 내려왔다. 비스듬한 길을 따라 용수가 흐르는 곳을 건너 평지에 다다랐을 때 담 옆의 큰 은행나무 뒤에서 갑자기 한 처녀가 달려나왔다. 처녀는 하루노리를 향해 돌진해 왔으나 하루노리의 앞을 가로막은 사토가 빨랐다.

"무례한 놈!"

소리를 지르며 사토는 방어하듯 달려나와 날렵하게 몸을 가다듬어 돌진하듯 달려드는 처녀를 정면으로 막아섰다. 그러자 처녀가 외쳤다.

"말씀드릴 게 있습니다."

사토에게 저지를 당하자 처녀는 순간 망설였다. 사토는 본당에서 새어나오는 빛속에서 처녀의 얼굴을 보았다.

"미스즈가 아닌가!"

미스즈라고 들은 하루노리도 놀랐다.

"뭣이 미스즈?"

놀라는 둘을 개의치 않고 미스즈는 말을 이었다.

"번주님께 한 말씀 단 한 말씀, 기이님의 원통함을 …."

"기이님의? 기이님의 무엇이오?"

애가 타서 쳐다보는 사토는 그대로 침묵을 지키는 미스즈의 몸을 격하게 흔들었다.

"기이님의 무엇이오?"

미스즈는 대답하지 않았다. 아마 단념한 듯했다.

"사토."

하루노리가 말했다.

"기이의 죽음이 내 탓이라고 원망하고 있는 것이다."

"예?"

사토는 하루노리를 바라보았다.

"저런 바보같이 …."

사토는 고개를 저으며 미스즈를 돌아보고 물었다.

"… 그렇소?"

미스즈는 여전히 말이 없었다. 그러나 하루노리의 말을 부정하는 건 아니었다.

"그것은 아니오, 미스즈. 기이님에 대해서는 정말 잘못 생각하고 있소. 기이님이 돌아가시기 전에 …."

"분시로!"

하루노리로부터 날카로운 제지의 소리가 튀어나왔다.

"말해서는 안 되네."

"그렇지만."

"안 돼."

평상시와 달리 하루노리의 목소리는 엄했다. 말뿐만이 아니라 표정도 심각했다.

"······."

사토는 입을 다물었다. 그러나 굉장히 애통한 표정이었다. '그 편지에 대해 말해 주면 미스즈도 단번에 오해를 풀 텐데'라는 불만의 빛이 역력히 떠올랐다. 미스즈가 이상한 눈으로 사토를 보았다. 하루노리의 태도가 대단히 엄격한 것으로 보아 무언가 있음을 느꼈다. 기이님이 죽기 전이라고 사토가 말했었다.

'기이님이 돌아가시기 전에 무엇을 하셨나?'

이번에는 그것이 마음에 걸렸다.

'고사요는 편지에 아무것도 쓰지 않았던데 ···.'

친구가 보내준 편지문장을 기억해 가면서도 미스즈는 의아한 마음을 버리지 못했다. 마음 같아선 고사요에게 확인하고 싶었지만 이런 무례함을 저지른 이상 이대로 잡혀가 처벌을 받게 될 것임에 틀림없다. 사토의 뒷말을 확인하기란 이제 불가능한 일이라 미스즈는 단념했다.

하루노리가 말했다.

"미스즈라고 했지? 네 이야기는 몇 년 전 사토와 이로베에게 들어서 잘 기억하고 있다. 개혁의 최초 희생자가 된 처녀이기도 하지. 기이는 너를 자비로 고용하고 싶다고 했다. 처음에 나는 그것을 허락했지만 곧바로 취소하였다. 내가 밉겠지. 어머니처럼 할머니처럼 기이를 따랐으니까 그러나 벼명은 않겠다. 단지 나는 오늘 기이에게 참배하러 왔을 뿐이다. 너의 심정은 잘 알고 있다. 사토, 손을 놓아주어라."

"예?"

"연약한 여자의 손을 언제까지 그렇게 비틀고 있을 거냐. 미스즈를 가게 돼라."

"이대로 그냥 말입니까?"

"그래. 이번 일은 없었던 걸로 하자. 너도 잊어라."

"아아⋯."

어쩐 일인지 사토가 기묘한 소리를 냈다. 그리고 미스즈에게서 손을 떼고 어디론가 가라고 일렀다. 그러다 곧 미스즈의 뺨을 손바닥으로 찰싹 때리더니 외쳤다.

"당신은 바보요."

뺨을 감싸쥐고 미스즈는 야밤의 절가를 달렸다. 맞은 뺨이 뜨겁게 달아올랐다. 어금니가 부러졌는지도 몰랐다. 뛰면서 미스즈는 울고 있었다. 울고는 있었지만 이상하게 분하지는 않았다. 왜일까?

미스즈는 그 이유를 알고 있었다. 사토에게 맞았기 때문이다. 미스즈를 칠 때 사토는 자신에게 '바보'라고 했다. 그 말의 여운이 무척이나 슬펐다. 분시로님은 무언가에 화를 내고 있었다. 미워서 때리는 게 아니라는 말이 마음으로 들렸다.

솔직히 사토에게 맞았을 때는 달콤한 기분이 전신으로 퍼져 내리는 느낌이었다. 행복감이라 해도 좋을 것 같았다.

'아아, 나는 분시로님을 사랑하고 있어.'

미스즈는 확실하게 느꼈다. 그리고 분시로가 말한 것은 마치 "내가 이만큼 너를 생각하고 있는데 너는 왜 그걸 모르느냐?"고 화를 내는 것 같았다. 그 화가 자신을 치게 만들었다.

'분시로님도 내가 미워서 때린 게 아니었어. 내가 애처롭긴 하지만 아무리 그래도 어떻게 번주님 앞에서 직접 원망하는 그런 바보 같은 짓을 할 수 있냐는 마음에서 친 거야.'

사토는 진짜로 때렸지만 미스즈는 마음이 아프지 않았다. 오히려 행복해지고 있었다.

'그런데 번주님은 분시로님의 말을 왜 그리 막았을까?'

그것이 마음에 걸렸다.

'무슨 까닭이 분명히 있어.'

그 이유를 고사요에게 꼭 물어보리라 생각했다. 그리고 마음 깊숙한 곳에 있던 하루노리에 대한 증오의 마음도 동요하고 있음을 미스즈는 확실히 느꼈다. 에도에 돌아온 하루노리가 만사를 제치고 기이의 묘를 찾아준 사실이 미스즈의 겸심을 흔들리게 했던 것이다.

그 무렵 하루노리는 절의 주지에게 함구해 줄 것을 부탁하고 절을 나서고 있었다.

"시끄럽게 해서 미안하오. 부디 주지도 이번 일은 잊어주기 바라오."

"염려 마십시오. 절대 발설치 않도록 하겠습니다."

주지는 머리를 조아렸다. 그리고 사라져가는 하루노리, 사토 두 사람에게 합장하며 중얼거렸다.

"참으로 고마운 일이 아닐 수 없군. 부처님께서 점지해 주신 주종의 인연이야."

은행잎이 깊은 밤을 타고 하나 둘 떨어지고 있었다.

중신의 반란

요네자와 성城 밖의 마쓰가와松川에 이르는 다리 중 후쿠다바시福田橋라는 다리는 오래되어 많이 훼손되었다. 대수리가 필요했지만 번 재정이 궁핍해 수리비가 염출되지 않았다. 특히 인부를 고용할 돈이 마땅치 않았다.

안에이安永 2년(1773년) 4월 이 후쿠다바시를 갑자기 20~30명의 무사들이 소매를 걷어부치고 수리하기 시작했다. 참근교대로 에도에 출부중인 번주 하루노리가 1년이 지나 요네자와로 돌아올 시기가 가까워졌다. 그런데 번주님이 건너올 후쿠다바시가 여지껏 파손된 상태로 있으면 곤란하다면서 성 내의 몇몇 무사들이 뛰어든 것이다.

"번청이 수리하지 않으면 우리 손으로 하겠소."

돈은 받지 않고 무료봉사하겠다고 전부 입을 모았다.

이 다리는 많은 사람들이 건너다녀서 이대로 방치해 두면 마을사람들이나 농민들 모두 많은 불편을 겪을 뿐 아니라, 오네자와로 돌아오는 번주님이 우선 그 점을 가슴아파할 것이 틀림 없다는 게 무사들의 의견이었다.

언제나처럼 스다의 자식과 같은 반하루노리파들은 이들의 행동을 비웃기만 할 뿐이었다.

"너희들은 아무것도 모르고 있어. 다리를 그대로 방치해 두는 게 그 양자 번주에게 자신의 개혁이 잘 추진되지 않고 있다는 실태를 확실히 보여주는 게 되지."

사람들이 너무하다고 반박해도 스다는 코웃음만 쳤다.

"뭐가 너무한가? 자네들 설마 인부흉내를 내어 다리를 고치려고 하는 건 아니겠지?"

험악한 얼굴로 하는 말이었다. 그러자 무사들은 그럴 작정이라고 아주 태연하게 답했다. 그 선두에 나선 사람이 야마구치 신스케였다. 작년 가을 기타자와 고로베이의 심부름으로 오노가와의 개간지에서 처음으로 거두어들인 벼이삭을 전하러 에도에 갔던 무사였다.

전부터 진심으로 존경했던 하루노리를 에도에서 직접 대하고 나서부터 완전히 하루노리의 지지자가 되었다.

"이놈들, 너희들은 그렇게 그 양자에게 아부를 하고 싶으냐?"

이모가와의 아들이 밉살스럽게 말했다.

"닥쳐! 우리는 번주님께 아부하려는 게 아니다. 이렇게 하는 게 요네자와 번을 위하는 것이기 때문이다."

야마구치는 이렇게 대답하고 중신의 자제들을 개의치 않고 부지런히 다리를 고치기 시작했다. 개간지에서 불씨를 받아서 작업장에도 놓아두었다. 게으르고 방탕한 중신의 자제들이 옆에서 돌을 던지거나 물을 끼얹는 등 방해했지만 마을사람들은 다리 수리를 도왔다. 도우려는 사람들이 점점 늘어났다. 그렇게 되자 중신의 자제들도 더이상 손쓸 수 없는 상황이 되어 멀리서 욕을 하는 것으로 그칠 수밖에 없었다.

드디어 다리가 복구되었다.

안에이 2년 4월 29일.

"행렬이 보인다!"

소매를 걷은 무사가 저쪽에서 달려왔다. 작업을 하고 있던 무사나 서민들은 급히 소매를 내리고 옷에 묻은 흙을 문질러

털어냈다.

　지금 후쿠다바시 아래로는 강물이 넘칠 듯 세차게 흐르고 있었다. 다리 밑으로 아슬아슬하게 수면이 올라와 때로는 부딪쳐서 떨어지는 물방울이 다리 위를 적셨다. 행렬이 보이기 시작했다. 여느 때와 같이 적은 인원을 이끌고 허름한 옷을 입은 채 하루노리는 말을 타고 있었다. 그럼에도 불구하고 스무 살이 갓 넘은 청년 번주의 얼굴은 빛나고 있었다. 어떠한 고난도 부드럽게 대하고 결코 도망치지 않고 정면으로 부딪혀 나가는 용기가 넘쳐흘렀다.

　다리를 수리하던 무사나 서민들은 모두 자신들의 가슴속에 따뜻한 태양빛이 스며드는 것을 느꼈다. 별다른 이유가 없었다. 하루노리의 얼굴을 보면 용기가 저절로 용솟음쳤다. '나는 해낸다'라는 기분이 들게 하고, '내가 지금 하고 있는 게 결코 틀리지 않다'라는 생각이 들게 하였다.

　세상에는 그런 묘한 힘을 가진 사람이 있다. 다리 옆에서 기다리는 무사나 서민들은 오늘날까지 자주 괴로움을 당했다. 힘들여 수리한 노력이 전부 수포로 돌아갈 뻔한 적도 있었다. "이제는 정말 싫어" 비명을 지르며 도망간 자도 있었다. 그러나 지금 이쪽을 향해 말을 타고 오는 하루노리의 밝은 얼굴을 보았을 때 무사들은 그런 쓰라린 경험이 일거에 사라짐을 느꼈다. 감정의 주름들이 한꺼번에 펴지고 가슴속이 후련하도록 트였다.

"번주님! 어서오십시오."

야마구치 신스케였다. 이런 일은 전례가 없었다. 번주의 행렬을 향해 말을 건네는 무사는 없었던 것이다.

"무례하다!"

예상대로 하루노리의 뒤에서 말을 타고 따라오던 에도 가로 스다 미쓰누시가 날카로운 노성을 지르며 인사를 한 젊은 무사를 노려보았다. 한껏 고조되었던 환영 분위기에 찬물을 끼얹은 듯했다. 그러나 그런 어색한 분위기를 걷어낸 사람은 하루노리였다.

하루노리는 미소를 만면의 웃음으로 바꾸며 말을 건넸다.

"야마구치 신스케, 돌아왔다. 건강한가?"

하루노리는 야마구치의 이름을 기억하고 있었다. 오노가와의 개간지에서 첫 수확한 벼이삭을 가지고 온 젊은 무사의 이름을 확실히 기억하고 있던 것이다. 일개 젊은 무사의 이름을 정확하게 말한 하루노리를 보며 오히려 주위사람들이 깜짝 놀랐다. 야마구치 신스케는 감동하여 울고 말았다. 그뿐이 아니었다. 다리 바로 앞에서 하루노리는 갑자기 말에서 내렸다. 말고삐를 사토에게 건네주고 양손을 무릎에 대고 깊숙이 고개를 숙였다.

"모두 다리를 고치느라고 수고들이 많았네. 하루노리가 진심으로 감사의 뜻을 전하네."

"아니 …."

"당치도 않습니다!"

당황하는 소리가 여기저기서 들리고 무사들은 황송스러워했다. 서민들도 어떻게 할지 몰라 무사들 뒤로 숨어 무릎을 꿇었다. 스다는 이 광경을 불쾌한 듯 쳐다보고 있었다.

'이 양자 번주는 아직도 연극 같은 걸 하고 있구나.'

스다는 심사가 뒤틀렸다.

또 스다를 화나게 하는 일이 일어났다. 말에서 내린 하루노리는 그대로 걸어서 다리를 건너려 하였다. 하루노리의 이런 행동에 야마구치 신스케 무리들도 놀라 애원했다.

"번주님, 얼른 말에 올라 건너십시오."

그러나 하루노리는 조용히 고개를 저었다.

"너희들의 땀과 기름이 흠뻑 배인 이 다리를 도저히 말을 타고 건널 수 없구나. 걷겠다."

하루노리는 그대로 걸어서 건넜다. 야마구치 일행은 아아! 하는 신음소리를 내며 하루노리를 전송하였다. 하루노리의 뒤에서 사토가 말을 끌고 따라왔다.

그런데 하루노리와 사토 두 주종의 이런 모습에 이어 머리에서부터 모래를 끼얹는 것 같은 광경이 연출되었다.

'저런 바보 같은 짓을 흉내낼 수 있단 말인가! 나는 내리지 않겠다!'

몹시 화가 난 듯 스다는 태연히 가슴을 펴고 말에서 내리지 않고 말굽소리를 내며 다리를 건너기 시작했다. 허세를 부리고 있음은 누가 보더라도 명확했으나, 성 근처의 길가에서 그것도 많은 사람이 보는 가운데 벌인 스다의 이런 행동은 확실히 번주 하루노리에게 하는 도전이나 다름없었다.

'이번 일은 그냥 넘어가지 않을 것이다.'

다리 옆에 있던 무사들은 호흡이 멎는 것 같아 얼굴색이 변했다. 그 걱정은 스다가 아닌 하루노리에 대한 것이었다. 길가에서 공공연히 이런 반항을 한 이상 스다도 일시적인 격정에서 한 것이 아니리라. 잘 살펴보면 행렬 중 스다만이 비단으로 정장을 하고 있었다. 젊은이들의 걱정은 적중했다. 이제까지 없던 일이 일어났다.

요네자와 성에 들어오자 곧 하루노리는 전례대로 스다에게 일렀다.

"전 번사를 넓은 방에 집합시켜 주기 바란다. 귀국인사와 에도에서 생각한 바를 얘기하고 싶다."

스다가 말을 타고 후쿠다바시를 건넜던 일은 언급하지 않았다. 그런데 스다는 험악한 표정이 되어 달려들 것 같은 말투로 말했다.

"아니, 그 전에 ….."

그러나 웬일인지 그 다음 말을 금방 삼켜버렸다.

"그 전에 뭔가?"

도리어 하루노리가 물었다.

"아니, 지금은 말씀드릴 수 없습니다. 다른 중신들과 상담한 후에, 다소 염려도 되고 ….."

스다가 이렇게 말을 흐리더니 인사를 하고 물러갔다.

"다소의 염려?"

중얼거리던 하루노리도 신경이 쓰이는 눈치였다.

"무슨 일일까?"

스다는 중신들 방으로 갔다. 치사카 다카야쓰, 이로베 데루나가, 나가오 가게아키, 기요노 스케히데, 이모가와 노부치카,

히라바야시 마사아리 등 여섯 명의 중신들은 모두 무거운 표정을 하고 있었다.

"지금 돌아왔습니다."

스다가 인사했다

"수고하셨소. 1년간 지키시느라 고생 많으셨지요?"

치사카가 노고를 치하했다. 스다는 안도의 마음이 퍼져가는 것을 느꼈다. 다리 옆에 있던 야마구치 신스케 등이 하루노리의 얼굴을 보고 마음이 놓였듯이 스다는 중신들의 얼굴을 보고 그들이 형성하고 있는 분위기 속으로 몸을 맡기고 나서야 안도감이 드는 것이었다.

'아아, 내 집으로 돌아왔구나!'

"고생이고 뭐고 매일 조마조마하여 위가 쑤시는 듯 아파서 참을 수가 없었습니다."

스다는 그렇게 말하고 웃었다.

"그러고 보니 많이 마르셨습니다."

이모가와가 대꾸하니 모두 웃었다. 스다는 바로 조금 전 마쓰가와 근처에서 일어난 후쿠다바시 사건을 보고했다. 중신들은 양미간을 찌푸리며 혀를 찼다.

"다리를 걸어서 건너는 건 번주가 스스로 자신의 지위를 필부로 떨어뜨리는 것이 아닙니까?"

"전대미문의 기가 막힌 소행이지만, 번주의 그런 행동은 어제 오늘 일이 아니지 않습니까?"

"게다가 다리 수리에 참가한 무사들도 괘씸합니다. 자신들이 사슴에서 말로 바뀌어도 창피하다고 생각지 않는 것 같습니다."

"아니, 천만의 말씀입니다. 그런 정도가 아니라 그 중에는 말을 건네니까 눈물마저 글썽이는 놈도 있었습니다."

스다의 말에 중신들은 점점 더 기가 막혔다.

"더이상 참을 수가 없습니다!"

갑자기 이모가와가 화가 나서 소리를 질렀다. 그렇게 함으로써 이모가와는 자기 감정을 터뜨렸다. 그동안 마음속에 담아두었던 것이 한꺼번에 분출되었다.

"그는 우리 사농공상의 정점에 있는 무사들을 말과 같이 부리는 어리석은 자이며, 매일 음식을 올리는 밥그릇에 똥까지 올리는 일을 시킵니다. 나는 이제 더이상 단 하루도 그 양자를 번주로 모시는 것이 싫습니다."

이모가와는 폭언 수준의 말을 토해냈다. 그러나 막는 자도 없었다. 다른 여섯 명도 똑같은 심정이었기 때문이다.

스다는 방금 전 하루노리가 번사를 넓은 방에 집합시키라고 했으나 되는 대로 대답하고 왔다고 말했다.

"아주 잘하셨습니다. 아주 적절한 대응이었습니다."

치사카는 무게있게 칭찬했다, 스다도 수긍을 하며 옆으로 다가와 목소리를 낮추었다.

"실은 그 문제로 ···."

모의가 시작되었다. 중신들의 불만은 하루노리에 대해서만이 아니었다. 오히려 현재 번정을 담당하고 있는 다케마타, 노조키, 기무라 등 하루노리의 측근들에게 강한 불만을 가지고 있었다.

그 내용은 다음과 같았다.

- 다케마타 일파는 요네자와에서 태어나 성장해 우에스기가의 관행을 잘 알고 있음에도 불구하고 그것을 하루노리에게 알리지 않고 오히려 하루노리의 '관례무시, 형식무시'를 부추기며 협력하는 것
- 이 점은 생각하기에 따라 하루노리보다 더욱 죄가 무거운 것으로 아무것도 모르는 하루노리를 앞세워 다케마타 일파가 마음대로 번정을 조종하는 것

- 다케마타 일파는 번의 인사를 마음대로 정해 자기 측근들만 중용하고 반대파는 전부 좌천시킨 것

특히 일 자체보다 인사에 대한 불만이 조직 구성원을 광적인 차원으로 몰고 가는 것은 현대에 국한된 이야기만은 아니었다. 입신출세욕은 인간세상에 조직이 형성된 이래 보편적인 욕망으로 개중에는 그것만을 위해 살고 있는 인간도 있다. 아니 그편이 더 많은지도 모른다. 때문에 사람을 비방하고 반목하여 나쁜 소문을 퍼뜨린다. 서글프게도 인간의 속성은 자신을 높이려기보다는 남을 끌어내리면 자신과 같아질 것이라는 착각속에 산다는 것이다. 남을 끌어내린다고 해서 결코 자신이 올라가는 것이 아닌데도 출세욕에 눈이 먼 사람들은 깨닫지 못하고 그런 방법을 택하는 것이다.

일곱 명의 중신들도 마찬가지였다. 그들은 자신들을 바꾸어보겠다는 노력은 게을리하고 현재 자신들에게 적합하지 않은 것은 전부 적이라는 관념에만 집착하고 있었다. 멀리 보지 못하고 눈앞의 일에만 혈안이 되어 있었다.

일곱 명의 중신들은 모의한 결과 다음과 같이 정리하였다.

- 하루노리가 오늘날까지 추진해온 개혁은 모두 실정失政으로 비판한다. 구체적으로 그 예를 든다.
- 이후 번정의 주도권을 중신들에게 넘긴다. 하루노리는 중신들이 정한 것에 도장만 찍는다. 불필요한 간섭은 일체 금한다.
- 다케마타, 노조키, 기무라 등은 자리에서 물러나게 하고 장기간 휴직시킨다. 인사에 관해서는 중신들에게 일임하고 하루노리는 승인만 한다.
- 만일 이 안을 하루노리가 수용하지 않으면 중신들은 이런 실태를 막부에 보고한다. 그리고 하루노리를 은거시키거나 양자결연을 해제하여 하루노리의 생가인 다카나베로 돌려보낸다.

즉 자신들이 말하는 대로 하든가 아니면 번주의 자리에서 내려오든가 어떤 쪽이든 선택하라는 것이었다.

이 강경책을 실행하기 위해 중신들은 두 가지를 결정했다.

- 어디까지나 일곱 명은 결속할 것
- 하루노리와 담판하는 날은 다케마타 일당을 속여 등성하

지 못하게 할 것

"등성 정지는 다케마타, 노조키, 기무라 세 명이면 되겠나?"
히라바야시가 물었다.

"아니, 시가 스케치카志賀祐親도 위험합니다."

"그자는 단지 사람이 좋을 뿐이지 않습니까?"

"사람이 좋은데 번주한테 성실하지요."

"그러면 등성 정지로 합시다."

"그 외에도 구라사키 세이쿄倉崎清恭, 아사마 다다후사浅間忠房 같은 근신도 위험합니다."

"어쨌든 근신들도 모두 등성하지 못하게 합시다."

"그러나 한 사람도 옆에 없으면 번주가 이상하게 생각하지 않을까요?"

"한 사람, 짐승에게나 사람에게나 무해한 자가 있습니다."

"누구 말입니까?"

"사토, 사토 분시로입니다."

"아아, 그 땅딸막한 자 말입니까?"

"그자는 오로지 번주 편입니다만 머리회전이 둔하고 별로 해는 되지 않습니다."

그 자리에 없었던 것이 다행인지, 사토 분시로는 일곱 명의 중신들로부터 우둔하고 한눈 팔지 않으며 열심히 일만 하는 사람이라는 평을 듣고 결국에는 '인축무해人畜無害'라는 말까지 들었다. 그러나 이것이 커다란 오산이었음을 중신들은 담판 당일 깨닫는다.

일곱 명의 중신들은 모의결과를 문서화하여 서명한 후 하루노리에게 제출하기로 결정하였다. 번이 생긴 이래 없던 강경책이었다. 요즘 말로 하면 쿠데타였다. 방금 중신들은 그것을 결정한 것이다.

그날 성 내에 이상한 분위기가 감돈다는 사실을 처음 감지한 사람은 사토 분시로였다. 우선 언제나 오전 10시경이 되어야 출근하는 중신들이 새벽부터 그것도 일곱 명이 다같이 정무실로 입실하였다. 그리고 하루노리에게 급히 뵙고 싶다고 요청해 왔다.

'이른 아침부터 도대체 무슨 일인가? 이런 적이 없었는데 이상하지 않은가?'

사토는 그렇게 생각했다. 하루노리는 사토를 통해 무슨 일인지 일단 물어보게 하였다. 중신들은 사토에게 말했다.

"정무에 관한 것이다."

"너도 그냥 왔다갔다만 하지 말고 빨리 번주님을 만나게끔 하여라."

사토를 완전히 무시하고 있었다. 단순한 심부름꾼으로밖에 생각하지 않는 것이다 사토는 화가 났으나 오늘 아침 평상시와 다른 중신들이 무언가 심상치 않은 일을 벌일 것이 틀림없다고 생각하며 참았다.

사토는 하루노리에게 돌아와 의견을 말했다.

"정무에 관한 일이라고 합니다. 정무에 관한 일이라면 당연히 다케마타님이나 노조키님이 입회할 필요가 있습니다."

"나도 그렇게 생각한다. 중신들에게 그렇게 이야기하라."

사토는 다시 중신들에게 갔다. 중신들은 곧 험악한 표정이 되었다.

"우리는 다케마타 등을 빼고 직접 번주님께 할 이야기가 있다."

"번주님은 그것을 바라지 않습니다. 집정관님이 나오실 때까지 기다려주십시오."

중신들은 어떻게 할지 갈피를 못 잡고 서로의 얼굴을 쳐다볼 뿐이었다. 이모가와 노부치카가 미묘한 웃음을 엷게 지었다. 스다 미쓰누시도 같은 표정이었다. 사토는 중신들의 심상치 않은 표정변화를 이미 간파하고 있었다.

'뭔가 있구나.'

예감이 점점 맞아들어가는 느낌이었다.

등성하기 전 일곱 중신들은 하루노리 측근들에게 미리 하루노리의 이름으로 '오늘은 출사_{出仕}할 필요 없음'이라는 거짓전갈을 보냈다. 다케마타는 이상하게 생각했다. 이유도 알리지 않고 하루노리가 일방적으로 이런 통고를 보내올 리 없기 때문이다. 전갈과 상관없이 곧 성으로 달려갔다. 그러나 성문은 닫혀 있었고 보초는 들여보내려 하지 않았다.

"죄송합니다."

딱딱하게 굳은 표정으로 강력하게 저지했다.

같은 시각 성 안에서 이모가와가 사토에게 말했다.

"그러면 30분 정도 기다리겠네. 우리도 바쁜 몸이니 그 이상은 기다릴 수 없네."

뭐가 바쁜 몸인란 건지 반발하면서도 사토는 곧 하루노리에게 이들의 방문을 알렸다. 하루노리는 세면을 끝내고 머리를 빗고 의복을 갈아입는 등 중신들을 만날 채비를 끝내고 있었다. 그러나 하루노리는 다케마타 등이 아직도 나오지 않았다는 사실을 알게 되었다. 열심히 일하는 그들은 보통때 같으면 이미 등성해 있을 시간이었다.

"역시 이상하다."

사토의 의심은 불안으로 바뀌었다. 벌써 30분이 지나고 있었다. 하루노리가 애용하고 있는 시계가 그것을 알려주었다. 우에스기 가에 들어올 때 생가의 아버지께서 주신 네덜란드제 시계였다. 아버지께서 손에 넣으셨을 당시에도 이미 오래된 시계로 지금은 더 세월이 흘렀지만, 여전히 시간은 정확하게 맞았다.

하루노리가 일어섰다.

"분시로, 가자!"

"저 …."

사토는 자신의 불안감을 감추지 못하고 있었다.

"분위기가 이상합니다. 다케마타님이 등성할 때까지 기다리셔야 합니다."

"그러나 시간을 약속했다."

"중신들의 모습이 심상치 않습니다. 만일의 경우가 생기면 …."

"분시로."

하루노리는 긴박한 상황에서도 여유있는 미소를 지었다.

"무사에게 위험은 전장뿐이 아니다. 언제 어떤 일이 일어날지 모른다. 가자!"

그렇게 말하고 앞장서서 거실을 거쳐 중신들이 있는 정무실로 들어섰다. 어! 하는 놀란 얼굴의 중신들이 하루노리를 보았다. 그러나 그 눈에는 모두 적의가 담겨 있었다. 하루노리도 민감하게 그들의 적의를 알아채고 밝은 목소리로 말했다.

"노신들이 아침 일찍부터 등성한 것을 보니 긴히 이 하루노리에게 할 얘기가 있는 것 같은데."

"그렇습니다. 이번 기회에 차분히 말씀드릴 것이 있습니다."

간발을 두지 않고 이모가와가 태연하게 응수하였다. 기력으로 밀리지 않겠다는 일종의 시위임이 분명했다.

하루노리는 조용히 이모가와를 바라보고 스다, 치사카, 이로베, 나가오, 기요노, 히라바야시 순으로 얼굴을 둘러보았다. 하루노리의 시선이 닿을 때마다 중신들은 어깨를 펴고 하루노리를 노려보았다. 하루노리는 외로웠다.

'왜 군신이 이렇게까지 대립하지 않으면 안 되는 것인가? 나는 유연하게 대하려고 노력했는데 ….'

서글픈 감정이 북받쳐올랐다.

스다가 앞으로 나섰다.

"그러면 저부터 말씀드리겠습니다."

"그 전에."

하루노리가 손을 들었다.

"사토 분시루를 증인으로 여기에 입회시키겠다. 아무도 없으니까 내가 혹시 잘못 들을 수도 있을 경우에 대비하여."

"그렇게 하십시오."

중신들도 흔쾌히 답했다. 사토는 전혀 문제삼을 인물이 못된다는 투였다. 하루노리는 이윽고 사태를 정확하게 이해하게 되었다. 사토가 말한 것이 옳았다. 여기에 마땅히 있어야 할 다케마타 등에게 이미 손을 써놓은 것이 틀림없다.

'다케마타 등은 중신들에 의해 등성을 저지당했다. 그들은 아무리 기다려봐도 올 수 없으리라. 그렇구나. 오늘 아침 일은 계획적이었구나.'

하루노리는 갑자기 머리를 날카로운 단도로 찔린 것 같았다. 중신들의 반란이란 확신이 분명히 섰다.

스다가 말을 꺼냈다.

"황송합니다만 번주님께서는 상속 이래 자신이 국정을 대단히 훌륭하게 운영하고 있다고 생각하십니다만 결코 그렇지가 않습니다. 요네자와의 번사, 번민은 겉으로는 몰라도 마음속으로는 모두 번주님만 바라보고 있습니다. 아마 하시는 일에만 몰두하고 계신 번주님께선 그러한 번사, 번민들의 심정은 모르실 겁니다. 그 점이 안타깝게도 젊으신 번주님의 취약하신 ….".

하루노리는 가슴속으로 소리를 질렀다. 스다의 말내용과 말투는 뭐라 말할 수 없이 매우 비꼬는 투였다. 말 한 마디 한 마디에 빈정거림과 증오의 침이 도사리고 있었다. 거짓으로나마 중신이 번주를 향해 얘기한다면 그것에 상응하는 품격은 유지해야 하는데, 이것이야말로 무뢰한이 말하는 것과 다를 바 없지 않은가?

자신의 말에 취한 듯 스다는 계속했다.

"이것은 반드시 번주님 한 사람의 책임이 아닙니다. 오히려 번주님 편에 서서 번정을 휘두르는 일부 간신배들이 번주님을 혼란시키고 있는 것으로 사료됩니다."

"……."

"오늘날까지 차마 눈뜨고 볼 수 없을 정도의 소행이 많이 있었지만, 진언을 말씀드려도 어차피 번주님은 그들에게 넘어가 우리 중신들을 오히려 역적으로 간주하실 것이 분명하므로 우리들은 원통함을 참지 못해 사전에 문의드리지 않고 찾아뵙

게 되었습니다. 인내도 한계에 도달하여, 도탄에 빠져 고통스러워하는 번사와 번민들을 더이상 볼 수 없어 오늘 아침 중신 일동이 모두 모여 의견을 말씀드리고자 찾아뵈었습니다.”

긴 서론이라고 사토는 생각했다.

‘이것이 중신들의 역할인가? 그러기에 젊은 사람들이 아무도 따르지 않는다.’

사토는 소리는 내지 않되 속으로 빈정대는 욕을 하였다. 그렇다 하더라도 번주님께선 끈기가 좋고, 정말 인내심이 강한 분이라며 감탄하였다. 자신 같으면 벌써 무엄하다고 윽박지르며 곧 자리를 박차고 나갔을 것이다. 야유와 혐오와 증오에 가득찬 서론이 끝나자 스다는 한 권의 책자를 하루노리에게 건넸다.

“이것을 읽어주십시오.”

하루노리는 미소지었다.

“꽤 두꺼운데!”

“그만큼 번주님의 실정이 많다는 것을 의미합니다. 지금까지의 실정을 모두 적어 열거하였습니다.”

“그런가. 그러면 후에 천천히 읽어보겠네.”

“아닙니다.”

스다는 고개를 저었다.

"이 자리에서 읽으셔야 됩니다."

"뭐라고?"

급기야 눈썹을 치켜올리며 하루노리가 스다를 쳐다보았다. 아까부터 사토도 화가 치밀어올랐다. 스다의 하루노리에 대한 말투에서 점점 하루노리를 무시하는 본성을 나타내고 있었다. 하루노리도 그런 무례함을 느끼고 분노가 일었으나 참고 있는 듯했다.

"지금 읽으라 해도 이렇게 방대한 분량을 언제 다 읽는단 말이냐?"

"우리는 염려하지 마십시오. 얼마든지 기다리겠습니다."

"무슨 말이냐?"

스다의 강한 여운을 남기는 대답에 하루노리는 다시 실내를 둘러보았다. 언제 자리를 옮겼을까. 여섯 명이 어느 틈에 자리를 이동하여 교묘히 출입구 옆에 앉아 있었다. 허리에 칼을 차고 있지는 않았지만 그래도 노련한 무사들이었다. 검술뿐만 아니라 무술도 뛰어난 자들이었다. 아니 이 무리들은 정무지식보다는 오히려 그편이 더욱 뛰어나다고 해야 옳았다. 아무래도 자리이동은 심상치 않게 보였다.

'이 방에 나를 붙잡아둘 작정이다.'

순간 하루노리는 깨달았다. 사토도 방 안을 휘감는 강압적 분위기를 감지하며 얼굴을 달리하고 긴장했다. 출입구 쪽에 돌처럼 앉은 이모가와가 사토를 힐끗 노려보며 날카롭게 마쳤다.

"이 건의서를 읽은 후에 우리가 요구하는 부분을 수용할 것인지 또는 지금 이대로의 실정을 계속할 것인지 즉시 대답을 듣고 싶소."

하루노리가 미처 대답할 틈도 없이 사토가 소리를 질렀다.

"무례합니다. 번주님께 그런 태도로!"

"닥쳐라. 젊은 놈이!"

이모가와는 위협적인 목소리로 되받았다. 개혁의 이념은 하나도 이해하지 못하면서 이런 수라장에서 이 늙은 무사들은 생기를 띤다. 사람을 자기 마음대로 부리는 재미가 유일한 삶의 보람이었던 자들이다. 그러기에 그들의 행동은 사생결단을 하려는 듯 결연할 수밖에 없었다. 분노의 흙빛으로 마구 떨던 사토가 곧장 일어서서 이모가와에게 달려들려고 하였다.

"분시로!"

하루노리가 말렸다.

"그래도."

사토는 분하여 핏발이 선 눈으로 하루노리를 돌아보았다.

"기다려라."

하루노리는 눈으로 사토를 제지했다.

"그럼 우선 읽어나 보자."

그리고 침착하게 책자를 폈다.

"우리 우에스기 가는 오랜 세월 동안 정통을 바탕으로 상속해 오던 관습이 있으며, 번 역시 가문이나 번에 대해 잘 아시는 분을 주군으로 모셔왔습니다…."

예상했던 대로의 서문이었다.

"이와 반대로, 말하기 거북스럽지만 번주님은 정손正孫이 아닌 다른 가문에서 맞아들인 분으로 아래위로 인연이 아주 얕은 분입니다. 그렇다면 정손 이상으로 국정을 중요시하여 백성을 안도시키지 않는다면 선조님들께나 번에나 명분이 서지 않는 일입니다."

'음, 이 중신들이라면 이렇게 말할 수도 있겠구나.'

하루노리는 생각했다. 지금까지도 자주 들어온 말이기에 별로 놀랄 것도 없었다.

그러나 이것은 서두에 불과했다. 다음 문장부터 일곱 명이 말하는 '지금까지의 실정失政'이 첫째, 둘째 하는 식으로 샅샅이 열거되어 있었다. 문장 서두에 적혀 있는 내용은 다케마타 마사쓰나에 대한 공격이 대부분이었다.

"원래 그 다케마타라는 자는 어릴 때부터 성격이 비뚤어져, 말하자면 간교하고 사악한 성품 때문에 동년배들로부터 미움을 받아왔습니다. 선대 번주님께서 특별히 자비를 베푸셔서 본인도 다소 마음을 바꾸어 참인간으로 돌아섰습니다."

'당치도 않은 말을 하고 있구나.'

하루노리는 실소하지 않을 수 없었다. 어릴적부터 성격이 비뚤어져 있었다고 하는 표현은 품격을 중시하는 중신들이 사용하는 말이 아니었다.

'다케마타가 단단히 미운 게로구나.'

"원래 마음속으로 입신의 야망을 강하게 품고 있던 중 때마침 국정에 어두운 다른 가문으로부터 양자로 오신 분과 만나게 되었습니다."

또 '다른 가문으로부터의 양자' 타령인가 하는 생각이 들자 이번에는 하루노리의 얼굴에 씁쓸한 미소가 떠올랐다. 이때 갑자기 이상하다는 듯 묘한 표정이 중신 일곱 명의 얼굴에 나타났다. 그것을 무시한 채 하루노리는 계속 읽어내려 갔다.

"다른 가문에서 들어온 번주님이 학문을 선호한다는 사실을 이용해서 자신이 다소 소양을 갖고 있던 분야부터 즉시 도입해 급기야 현직에까지 올랐습니다. 현직에 오른 뒤 번주님의 기풍에 맞추는 시늉을 하면서 실은 중요한 내용은 하나도 번주님 귀에 들어가지 않게 하여 국정도 자기 마음에 드는 인간들만으로 도맡아 관리하고 있습니다. 그 구체적인 예는 다음과 같습니다."

그런데 중신들이 열거한 구체적인 예란 게 전부 하루노리의 지시와 합의에 따라 추진한 개혁정책으로 별로 다케마타만의 죄가 되는 사례는 없었다. 그것도 중신들이 개혁에 반대하는 입장에서 보기 때문으로 공격은 어디까지나 악의로만 가득 찬 것이었다. 다음 공격목표가 된 사람은 노조키 요시마사였다.

"노조키 요시마사도 마찬가지로 간사한 인간입니다. 다케마타에게 처음부터 접근하여 기분을 맞추고 다케마타 또한 이런 아부가 좋아서 그를 중용하기에 이르렀습니다. 노조키는 품행이 형편없는 인간입니다."

'품행이 형편없다는 건 또 무슨 소린가?'

번득 뇌리에 스치는 것이 있었다. 중신들의 건의서는 거의 다케마타파에 대한 인물론이다. 그 자는 이런 나쁜 점이 있고,

이 자는 이런 결점투성이라는 식으로 사람의 흉을 잡아 늘어놓는 것이다. 말하자면 이들은 정책논쟁을 하자는 것이 아니었다. 정적들의 험담을 열거하면서 자신들의 울분을 발산하고 있는 것이 틀림없었다. 건의서의 성격을 하루노리는 그렇게 판단하였다.

하루노리가 느낀 대로 건의서에는 이들이 증오하고 미워하는 인물에 대한 험담으로 처음부터 끝까지 채워져 있었다. 하루노리의 에도 은사인 호소이 헤이슈에 대해서도 언급되어 있었다. 그것도 헤이슈라는 인간에 관한 험담이었다.

"… 헤이슈는 방심할 수 없는 인간입니다. 에도에서 가깝게 지내시는 것을 뭐라 할 수는 없습니다만, 요네자와에까지 불러들이시려고 하신다면 크게 잘못 생각하시는 겁니다. 만일 그런 것을 다케마타가 번주님께 권유하고 있다면 즉시 생각을 거두어주십시오."

하루노리는 충동적으로 신음소리를 낼 것 같았다.

'인간이란 이렇게까지 비열해질 수 있는 건가.'

암담한 기분도 들었다. 스승인 호소이 헤이슈에 대해 방심할 수 없는 인간이라니 이 무슨 뚱딴지 같은 말인가.

'선생의 학문이 얼마나 크고 깊은지 알지도 못하고 천박한

인간이라고 매도해 버리는 이들은 도대체 무서움을 모르는구나.'

한숨을 쉬었다.

'이러한 폭언을 하자와 하무에 대한 최대의 무용이다.'

또다시 화가 치밀어올랐다. 그리고 일곱 중신들의 머릿속에는 탄탄한 돌이 꽉 채워져, 그 돌로 쌓아올린 선입관과 고정관념의 석탑이 쉽게 부서질 수 없다는 것도 깨닫게 되었다.

호소이 헤이슈 다음으로는 사토 분시로에 대해 쓰여 있었다. 사토가 바로 옆에 있어서 하루노리는 사토가 눈치채지 않도록 읽었다.

"사토 분시로는 성격이 솔직한 괜찮은 인간입니다. 그러나 번주님 주위에는 너무나도 간신이 많으니 분시로의 좋은 성질을 해치지 않게 충분히 주의해 주실 것을 부탁드립니다 …."

하루노리는 쿡 하고 웃을 뻔하다가 중신들의 눈에 띌까 참았다. 그러나 사토를 나쁘게 말하지 않은 것만으로 그나마 다행이었다.

그리고 다음 줄부터 하루노리에 대한 본격적인 공격이 시작되었다.

"원래 정치의 요체는 가신들에 대한 상벌이라 할 수 있습니다. 그런데도 번주님의 상벌은 모두 착각입니다."

하루노리에 대한 공격 제1조였다. 그러나 여기에 적혀 있는 상벌이란 보통 말하는 상벌을 의미하는 것이 아닌 '인사'를 의미함을 하루노리는 곧 깨달았다. 다케마타를 중심으로 하는 인물의 등용이 모두 마음에 들지 않는다는 것이 그 요체였다.

"다음으로, 상속 이래 번주님께서는 좋은 일은 하나도 하지 않고 있습니다. 요네자와 사람들에게는 번주님께서 좋다고 생각하는 일은 전부 나쁘고, 번주님께서 나쁘다고 생각하는 것이 실은 좋은 일이기 때문입니다. 즉 번주님과 요네자와 사람이 생각하는 것이 완전히 반대입니다."

'과연 그럴까?'

하루노리는 고개를 갸우뚱하지 않을 수 없었다. 공격의 논조가 다시 강해졌다.

"잇달아서 분부하시는 것, 특히 문장으로 지시하는 내용은 일견 지당하신 줄로 생각합니다. 그러나 요네자와 사람들이 액면 그대로 받아들일 수 없는 까닭은 말씀하시는 명령에는 전부 다른 속셈이 있고 또 번주님께서 전혀 성의가 없으시기 때문입니다."

'아아!'

하루노리는 가슴속의 개혁의지가 엉망진창으로 무너져내리는 것 같았다.

'내가 하는 일에 다른 속셈이 있다는 것은 무슨 말인가?'

'나에게 일말의 성의도 없다는 것은 도대체 무슨 말인가?'

'나의 명령과 행동이 얼마나 미웠으면 이 정도로 왜곡된 해석이 나올 수 있을까?'

어쨌든 사람을 한 번 나쁘게 보기 시작하면 다른 사람이 보았을 때 정의로운 것도 불의가 되고 성의도 무성의가 된다. 즉 사사건건 반대로 비치는 것이다.

'참으로 무서운 일이다.'

하루노리는 새삼 사람의 마음에 대하여 까닭모를 안타까움을 느꼈다. 어떤 행위도 모든 것이 보는 이의 마음가짐에 따라 평가되고 마는 것이다.

비난과 지적은 아직 계속되고 있었다.

· 지난해 세키덴 의식마저 치르고 번 내 각지에 새로운 전답을 마련했으나 대체 어느 정도의 수확을 거두었습니까?

· 자신이 국 한 그릇 반찬 한 가지의 식사나 목면의류로 일

관하고 계시는데 그런 것은 작은 일 중의 작은 일로 정치와는 아무 관련이 없습니다.

· 오노가와의 개간지에서 술을 돌리신 것이나 전일 후쿠다바시에서 수리하던 무사나 서민들에게 인사말을 건네고 하물며 말에서 내려 건너온 것 등은 흔히 쓰는 말로 '어린애 속임수' 같은 격입니다.

무사가 땅을 일구고 다리를 수리한다는 것은 요네자와 번뿐만 아니라 당시 일본에 2백60여 개나 있는 번 전체를 통틀어서도 전대미문의 일이었다. 그러한 전대미문의 지원활동에 대해 하루노리는 참으로 미안하고 면목이 없다며 감사했다. 그러기에 땅을 일구는 무사들에게 술잔을 돌렸고 다리를 수리하던 무사들에게 고개를 숙였다. 그것이 어찌 나쁜 행동이란 말인가, 어디가 '어린애 속임수'란 말인가, 아니 어떻게 그런 발상을 할 수가 있는가?

번정의 요직에서 밀려났기 때문에 하루노리나 다케마타 등을 미워하는 것은 그런대로 괜찮다. 그러나 증오의 표현에도 품격이 있을 것이다. 지금까지 본 문장은 하급무사 이하의 시정 무뢰한이 쓰는 것이나 다름없었다. 그 어디에 우에스기 가

家 중신으로서의 품위와 격조가 있는가? 하루노리는 실로 애석하였다. 원통하다기보다는 오히려 깊은 상처를 입고 마음에 얼룩이 졌다.

건의서는 마지막에 와 있었다. 줄곧 야유와 빈정거림 일색이던 문서의 끝부분에서 일곱 명의 중신은 자신들의 요구를 다음과 같이 항목별로 열거하였다.

- 생활을 에치고풍으로 다시 어른스럽게 해주십시오.
- 건실하고 엄정한 자를 등용시켜 주십시오.
- 지금 하고 있는 일을 일체 중지하고 성실한 번정으로 복구시켜 주십시오.
- 입에 발린 이론을 버리고 중후한 정책을 세워주십시오.
- 잘못된 상벌 개념을 깊이 반성해 주십시오.
- 지금 요네자와의 국풍은 느슨해졌고 쓸데없는 일에 수군대고 있습니다. 활기도 없고 술렁대는 통에 별 도리가 없습니다. 사람들도 무엇인가 하고자 하는 마음이 없고 모두들 갈피를 못 잡고 있습니다. 충신이 사라지고 전부 아부로 끝나버렸습니다. 이것은 전부 다케마타를 위시한 간신배들의 나쁜 영향 때문입니다.

- 다케마타, 노조키를 위시한 간신배들을 면직시켜 주십시오. 저희들만큼 국정에 정통하며 나라를 중흥시키는 신하는 없습니다. 저희는 말주변이 없고 학문도 짧아 지금은 뒤로 물러나 있지만 현재 버젓 시행 같은 간교함은 전혀 없습니다. 저희들을 등용하시면 정도政道를 올바르게 회복시킬 수 있다고 생각합니다.

이러한 요구를 열거한 후 그들은 끝으로 다음의 내용을 첨부하였다.

"만일 저희들이 말씀드린 건의가 사리에 어긋난다고 생각하신다면 이것은 부득이한 일로 어쩔 수가 없습니다. 저희들은 모두 앞으로의 역할을 감당할 수 없기에 어떻게 해서든지 휴가를 얻고 싶습니다. 저희들은 그런 각오를 하고 있습니다. 두 가지 중 어느 것을 선택하실지 그 간신배들에게 상담하지 말고 결정해 주시기 바랍니다. 이곳에서 번주님 자신의 생각을 결정해 주실 것을 부탁드립니다."

요구의 핵심은 이 끝부분에 있었다. 즉 다케마타와 노조키들을 선택할 것인지, 아니면 자신들을 선택할 것인지 양자택일하라는 것이다. 정책에 대한 비난은 구실이었고 실은 시종

일관 인사에 대한 불만이었다. 하루노리는 민주적인 사람이므로 이러한 요망서를 첨부하면 당연히 다케마타들에게 상담할 것으로 예견하고 사전에 봉쇄한 것이었다.

스다를 곁면에 남겨두고 나머지 여섯 명을 교묘하게 사방에 배치한 것도 그런 이유였다. 회답을 얻을 때까지 이 방에서 나가지 못하게 할 작정임을 하루노리는 깨달았다. 그러나 자신마저 긴장한다면 사태는 점점 험악해진다. 하루노리는 다 읽은 책자를 덮고 미소지었다.

"여러가지로 중대한 것이 적혀 있군. 혼자 결정할 수 없는 것도 있다. 선대 시게타다님께도 잘 상담하여 후에 다시 대답하겠다."

"안 됩니다."

그 자리에서 스다의 대답이 거칠게 돌아왔다.

"상담하실 것도 없습니다. 시게타다님께서는 저희들 생각에 이미 동의하셨고 번사 일동도 동감입니다. 번주님의 생각을 지금 들려주십시오."

스다의 말에 다른 여섯 명도 같은 눈을 하고 하루노리를 보고 있었다. 하루노리는 다시 물어 확인하였다.

"시게타다님께서 이미 동의하셨다는 말인가?"

"그렇습니다."

"그리고 번사 일동도 이것에 동감한다고?"

"그렇습니다."

일곱 명은 태연히 대답했다. 그러나 하루노리는 일곱 명이 대답에서 거짓을 감지했다. 하루노리는 끈기있게 다시 한번 말했다.

"조금 전에도 말했듯이 너희들의 건의는 매우 중요하다. 시게타다님에게 신중하게 지시를 받을 수 있게 지금 곧 은거소에 갔다 오겠다. 그때까지 여기서 기다려주게."

사리에 맞는 답이었고 하루노리도 그렇게 할 작정이었다.

"도망치시려는 겁니까?"

중신들은 마침내 험악한 표정을 지었다.

"도망가는 게 아니다. 시게타다님의 의견을 듣고 오겠다고 말하지 않았는가?"

"황송하오나 다른 가문에서 들어왔다 하더라도 현재는 당신께서 번주이기 때문에 시게타다님에게까지 물으실 것은 없습니다."

스다의 말에 조금 떨어진 곳에서 이모가와가 거들었다.

"개혁인지 무엇인지는 오늘까지 시게타다님과 한번도 상의

없이 마음대로 하셨는데 이제 와서 급히 상담이라니 이해하지 못하겠습니다. 이번에도 혼자서 결정해 주십시오."

상당한 빈정거림이 포함되어 있었다. 하루노리는 그래도 참았다. 사토는 이게 폭발 직전의 사태였다. 그것을 눈으로 제지 시키며 하루노리가 일어섰다.

"이대로 너희들과 노려보고 있어도 소용없다. 나는 은거소로 가겠다."

하루노리가 일어나 출입구 쪽으로 걸어가자 그곳에 있던 이모가와가 곧 하루노리의 소매를 잡았다.

"그렇게는 못합니다. 도망가지 못합니다."

다른 여섯 명도 우르르 달려왔다. 사토 분시로가 드디어 폭발했다.

"거두어주십시오! 번주님께 무슨 무례한 …."

사토가 외치며 손으로 이모가와의 팔을 쳤다. 무술이 뛰어나서 사람들에게 힘이 강하다고 알려진 사토가 내리쳤기 때문에 이모가와는 팔이 저렸다. 이모가와가 화가 나서 외쳤다.

"사토, 이놈! 중신에게 이 무슨 무례한 짓인가!"

그러나 사토도 지지 않았다.

"중신들이야말로 번주님께 손을 대는 행동이 무례하신 것 아닙니까?"

"네 이놈, 중신에게 말대꾸를 하는 것이냐?"

그러나 이때 사토는 이미 죽음을 각오했다. 한몸을 희생시켜서라두 하루노리를 여기서 피신시켜야 한다고 마음먹었다. 사토는 몰려드는 일곱 명의 중신을 출입구에서 팔을 벌려 막으며 큰소리로 하루노리에게 말했다.

"번주님. 이곳은 사토가 막겠습니다! 빨리 은거소로 가십시오!"

하루노리는 순간 망설였다. 사토가 말하는 대로 할까도 생각했지만 그러기엔 사토가 너무 안타까웠다. 그때 출입구 밖에서 문이 활짝 열렸다. 문을 연 것은 선대 시게타다의 근신이었다. 그리고 복도에 시게타다가 서 있었다. 평상시 온후하던 시게타다의 눈이 노여움으로 가득 차 있었다.

"아니!"

그대로 무릎을 꿇는 중신들에게 시게타다가 꾸짖었다.

"중신이란 것들이 연소한 번주에게 무슨 짓을 하는 거냐! 어서 물러가라! 정무가 정체되고 있지 않느냐!"

"예."

모두가 머리를 다다미에 숙였으나 스다만이 고개를 들고 무언가 또 얘기하려 하였다.

"황송하옵니다만 ⋯."

그러나 시게타다는 스다를 노려보며 무서운 모습으로 다시 그하을 질렀다

"불충한 신하가 하는 말 따위는 들을 필요도 없다! 물러가라!"

"예."

스다는 아무 말도 못하고 엎드렸다. 시게타다의 태도가 서슬이 시퍼렜기 때문이다. 다른 가문에서 온 하루노리에게 고압적인 자세를 보이던 중신이라 하더라도 선대 번주 앞에서는 감히 머리를 들지 못했다. 그들은 곧 기세를 누그러뜨리고 물을 뒤집어쓴 개처럼 숙연해졌다. 일곱 명의 중신들은 방금 전까지 당당했던 기세가 다 어디로 갔는지 백팔십도 변해버린 태도로 방에서 나갔다. 그러나 나가면서도 모두 하루노리를 깊은 증오의 눈으로 쳐다보았다.

'나는 또다시 미움을 샀다.'

하루노리는 밀려오는 생각을 마음속에 접어두고 한걸음 물러나 양부에게 깊이 고개를 숙였다.

"선대님께 이렇게 심려를 끼쳐드린 데 대해 무어라 사과의

말씀을 드려야 할지 모르겠습니다."

"사과해야 할 사람은 나요."

하루노리 앞에 시게타다는 똑바로 앉았다.

"지금까지 당신이 괴로움을 당하고 있으리라고는 생각하지 않았소. 이건 정말 쾌씸하기 그지없소. 저런 자들이 나라에서 많은 녹을 받고 있는 중신들이라고 생각하면 한심스럽소."

다른 가문에서 들어와 바닥이 드러난 요네자와 번의 재정 재건이라는 짐을 어깨에 짊어진 젊은 양자에게 시게타다는 정중하게 말했다. 그것은 장애아로 커온 딸 요시에게 누구도 따라할 수 없는 애정을 쏟아주는 데 대한 감사의 뜻도 내포되어 있었다.

"번주!"

시게타다는 아직 눈에 화가 가시지 않은 채 말했다.

"예."

"번정에 대한 모든 것을 당신에게 맡겼소. 나는 일체 신경 쓰지 말고 소신껏 밀고 나가주시오."

"그렇게 하고 있습니다."

"아니오."

시게타다는 고개를 저었다.

"내가 말하는 것은 정치에 관한 것도 포함해서요. 특히 오늘 중신들의 처벌을 의미함이오. 마음대로 처리해 주시오."

"……."

커루ㄴ리ㄴ 시계타다르 또바루 다시 ㅂ아다

단죄

하루노리도 마음을 굳혔다.

'일곱 명의 중신들을 이대로 둘 수는 없다.'

그러나 하루노리는 신중했다. 당장 일곱 명을 처벌하면 모두 수군댈 것이다.

"번주님은 선대 시게타다님의 위광을 빌어 보복에 나섰다."

그런 결과를 만들지 않기 위해서는 절차를 밟아야 할 필요가 있었다.

'내가 생각하는 것을 전 번사에게 알리기 위한 계기로 이 사건을 이용하자.'

'불씨'를 암호로 하루노리의 생각에 동조하고 협조하는 자가 있다 해도 아직은 소수다. 주류파가 아니다. 번의 대부분은 보수적이며 과거의 사고방식과 관습에 젖어 있다. 그러기에 '불씨파'에 대한 반감이나 미움이 만연해 있었다.

일곱 중신들이 그 전형적인 예다. 이날 중신들의 강경한 호소는 새벽에서 정오까지 대략 7~8시간에 걸쳐 계속되었으나 시게타다가 호통을 쳐서 퇴성한 중신들은 그대로 등성을 멈추었다. 자택에 들어앉아 밖으로도 나오지 않고 있었다. 이것만으로도 대죄였다. 처벌해도 이상할 것 없었지만 하루노리는 그러지 않았다. 절차를 밟아 처리하자고 결심한 하루노리는 그 절차를 착실히 진행해 나갔다.

우선 하루노리는 자신의 사자를 그들의 집으로 보냈다. 그리고 부탁의 편지를 전했다.

"하루노리의 부탁이다. 어쨌든 등성은 해주기 바란다."

일곱 명은 모두 한결같이 코웃음을 쳤다. 하루노리의 편지를 그 자리에서 찢어버렸다. 스다와 이모가와는 심한 말까지 보탰다.

"우리의 말을 즉시 수용하지 않으면 에도에 가서 막부에 직접 번주의 실정을 보고하겠다고 전하라."

사실 하루노리는 사자에게 일곱 명으로부터 어떤 사실을 확인하라는 밀명을 내렸다. 일곱 중신들의 건의서에 있던 '여기에 쓰인 내용은 모든 번사의 의견'이란 부분이 사실인지 그 여부를 가리는 것이었다.

"당연하지. 적힌 것은 모두 번사의 생각이다."

일곱 명은 태연하게 망설이지도 않고 답했다. 사자는 사실 그대로를 하루노리에게 보고했다.

성에는 이날 오후나 되어서 달려온 다케마타, 노조키, 기무라를 비롯해 거짓 지시로 등성이 저지되었던 근신들이 모여 모두 격분하고 있었다.

"번주님의 명령이라고 거짓말을 하다니 정말 괘씸한 중신들입니다."

모두 하루노리에게 그들을 단죄할 것을 요구했다.

"즉시 처벌을 ⋯."

하지만 하루노리는 진지한 얼굴로 타일렀다.

"기분은 충분히 이해하지만 서두르지 말아라. 감정으로 사람을 재판해서는 안 된다."

하루노리는 엄숙하게 말을 이었다.

"그러나 나도 이번에는 그냥 넘어가지 않겠다."

지금까지 한 번도 보여준 적 없는 엄중한 태도여서 측근들은 서로의 얼굴을 쳐다보았다. 그때 사자가 돌아왔다. 하루노리는 사자에게 모든 번사들 앞에서 중신들의 말을 그대로 보고하도록 했다. 그것도 하루노리가 생각하고 있는 절차의 하나였다. 하루노리는 일곱 명의 주시들을 처벌하는 데 있어서도 거기까지 이르게 된 절차를 명확하게 모든 번사에게 알려야 한다고 생각했다.

그러려면 자신이 하는 일을 전부 공개하는 것이 가장 빠른 길이라고 판단했다. 그렇기 때문에 사자가 일곱 명의 중신들과 주고받은 대화를 혼자 듣지 않고 측근들에게도 같이 듣게 한 것이다. 사자의 이야기를 듣고 측근들은 다시 격분하지 않을 수 없었다.

"이것은 반란입니다. 공공연하게 번주님을 거역하고 있습니다."

한 근신이 흥분해서 말했다. 다른 이들도 공감했다. 그러나 하루노리는 이제껏 주위 측근들과 같은 분노를 느끼지는 않았다. 하루노리가 느끼는 감정은 오히려 서글픔이었다. 하루노리의 머릿속에는 한 장면이 강렬하게 떠올랐다. 완강하게 자택에 틀어박혀 아내와 가족들에게 하루노리의 실정을 욕하며 자신이 얼마나 정당한 행동을 했는지 득의양양하게 말하고 있을 일곱 중신들의 모습이었다.

"다 되어가는 판에 선대 시게타다님께서 나타나셨다. 간신들이 꾸며낸 계략이 틀림없어."

"아무리 사자가 와서 간청해두 우리가 번주한데 요구한 것이 관철되지 않으면 절대 성에는 들어가지 않을 것이다."

"사자를 보내는 것을 보면 이미 번주는 마음이 꺾였다. 조금만 더 기다리면 반드시 굴복할 것이다."

아마도 이렇게 목소리를 높여 말하고 있을 것이다. 그런 완고한 중신들의 마음을 도대체 어떻게 하면 바꿀 수 있을까? 영원히 이해해 주지 않을 것 같은 두꺼운 마음의 벽을 마주하자 하루노리는 깊은 비애를 느꼈다. 그러나 언제까지 그런 슬픔에 빠져 있을 수는 없었다.

안에이 2년(1751년) 6월 29일 새벽 돌연 성의 성루에서 큰북소리가 들렸다. '번사 총등성'을 명하는 소리였다. 여름이었기에 번사들은 아직도 깊은 잠에서 깨어나지 못한 때였다. 무슨 일인가 하고 벌떡 일어나 눈을 비비며 또 번주의 악취미가 시작됐다며 투덜투덜 불평을 하는 자가 많았다. 신분이 낮은 자일수록 성에서 먼 곳에 살고 있는 것이 에도 시대의 풍습이었다. 요네자와도 마찬가지였다. 거기까지는 하루노리도 손을 대지 못하고 있었다. 따라서 낮은 신분의 번사는 뛰어와야만 했다. 땀투성이가 되어 뛰어들어오는 사람은 대개 신분이 낮은 번사라고 해도 과언이 아니었다. 오타루가와 부근의 오노기이 게간기이 무사르드 뛰어왔다

일곱 명의 중신들도 물론 큰북소리를 들었다. 중신들은 성과 아주 가까운 곳의 집을 받았기 때문에 큰북소리도 크고 명확하게 들렸다.

"무슨 일이냐?"

비상소집 신호를 듣고 중신들 역시 귀를 기울였다. 곧 스다 미쓰누시의 집으로 다른 중신들의 심부름꾼들이 몰려들었다.

"무엇 때문일까요?"

"어떻게 할까요?"

묻는 것이었다. 그러자 스다는 빙긋이 웃으며 대답했다.

"일전에 사자를 되돌려보냈으니 다른 번사를 방편 삼아 그 구실로 우리를 등성시키려는 책략이다. 아마 주변의 간신들이 생각해 낸 것이 틀림없어."

그리고 호언장담했다.

"물론 등성 같은 건 안 한다. 번주의 굴복을 끝까지 기다린다."

"잘 알겠습니다. 주인님께 그렇게 전하겠습니다."

사자들이 되돌아가고 아들인 헤이구로가 물었다.

"아무리 그래도 무슨 일일까요? 우리 젊은이 중 한 사람 정도 상황파악을 위해 등성해 볼까요?"

스다는 필요없다며 불쾌한 얼굴로 대꾸했다. 밖에서는 번사들이 뛰거나 종종걸음을 치면서 속속 성을 향해 가고 있었다. 헤이구로는 왠지 커다란 불안감이 엄습해 오는 것을 느꼈다.

대부분의 번사가 안으로 들어가고 더이상 뛰어오는 사람이 없음을 확인하고 보초들은 성문을 무거운 자물쇠로 잠가버렸다. 그리고 봉을 쥐고 삼엄한 경계자세로 성문을 지키고 있었다. 성 내의 넓은 방에는 무사들로 가득 찼다. 방에는 바람이 들지 않아 사람들의 훈기로 금방 더워졌다. 이 더위는 사람을 불쾌하게 만들었다.

"도대체 뭐야? 이렇게 아침 일찍."

"또 번주가 꿈에서 뭔가 생각해 냈겠지. 나도 경험이 있지만 꿈에서 좋은 게 생각났어도 깨어서 잘 생각하면 웃기는 게 많지. 그런 거 아니겠어? 어쨌든 중요한 얘기일 리는 없어."

번주를 비아냥거리는 이야기로 수군대고 있었다. 쉿! 하는 소리가 나며 하루노리가 들어왔다. 그러나 오늘은 언제나와 같이 웃고 있는 모습이 아니었다. 오히려 굳고 엄숙한 표정을 짓고 있었다. 그 모습에 번사들은 갑자기 가슴이 철렁거리며 긴장감을 느꼈다. 이런 일은 지금까지 없던 일이었다.

그것도 하루노리 혼자 들어온 것이 아니었다. 서대 시게타다를 위시해 오메쓰케大目付, 나카노마 도시요리中間年寄, 쓰카이반使番 등 번의 감찰계 관리들이 뒤따랐다.

'이번 회의는 전과는 분명 다르다. 심상치 않은 일이 있다.'

번사들은 직감했다. 감찰계 관리들은 번사의 사법·행형을 담당하는 사람들이기 때문이었다.

넓은 방의 상좌에 앉은 하루노리는 자신보다 상좌에 시게타다를 모시고 입을 열었다.

"모두 아침 일찍 불러내어 미안하다."

긴장감으로 가득 찬 엄숙함이 넓은 방 구석구석까지 꽉 차 있는 것을 본 하루노리는 조용하지만 모두가 잘 들을 수 있게 단호한 목소리로 말하였다.

"어제 스다 미쓰누시 외 여섯 명의 중신들로부터 내 앞으로 건의서가 제출됐다."

아무런 반응은 없었다. 번사들은 하루노리의 다음 말을 기다렸다. 궁금함으로 가득 찬 얼굴들을 골고루 쳐다보며 하루노리는 계속 다음 말을 이어나갔다.

"건의서의 내용이 어떤지는 후에 자세히 읽어주겠다. 그러나 먼저 알려둘 것이 있다. 중신들이 이 건의서에 관해서 이런 말을 하였다. 두 가지가 있는데 하나는 여기에 적힌 요구가 너희들 전원의 의지라는 것이다."

적지 않은 소요가 일었다. 하루노리는 때를 놓치지 않고 목소리를 높였다.

"중신들이 제시하는 두 번째는 이후 내가 이 건의서대로 하지 않으면 막부에 직접 보고하여 나를 번주의 자리에서 쫓아내겠다는 것이다."

하루노리는 일단 여기서 말을 끊었다. 이번에야말로 넓은 방이 소란스러워졌다. 서로의 얼굴을 쳐다보며 웅성웅성대는 소리가 여기저기에서 터져나왔다. 그러나 하루노리를 염려하거나 근심하는 모습은 아니었다. 번사들 대부분은 '하! 그것 재미있구나' 하는 호기심에서 다음 이야기에 귀를 기울여보자는 분위기였다.

이것도 하루노리가 예상한 대로였다. 하루노리는 번사 중 자신에게 협조하는 이는 적고, 많은 이가 반대자이며 또 더 많은 이가 관망자란 사실을 알고 있었다. 그러나 오늘 이야기는 어떤 부류에 속하건 번사 모두가 심각하고 진지하게 들어주지 않으면 의미가 없다. 언제나처럼 반 건성으로 들으면 곤란했다. 그래서 하루노리는 이렇게 시작했다.

"이 건의서는 너희들 전원이 찬성한 것 같다."

"만약 이 건의서대로 하지 않으면 나는 번주의 자리에서 물러나야 할지도 모른다."

어떤 의미에서는 엄포로 느껴지게끔 처음에 알린 것이다.

하루노리는 그런 엄포나 허세를 싫어한다. 그러나 처음부터 그 점을 명백히 짚은 것은 오늘 이야기가 번사들 모두와 관련 있음을 강조하고 싶어서였다. 그런 긴장감을 가지고 들으라는 의미였지 결코 번주인 나를 동정해 달라는 비굴한 발상은 아니었다. 우선 그러한 궁지에 몰린 하루노리를 어느 누가 그것 참 안타까운 일이라고 생각할지 의문이기 때문이었다.

잘된 일이라고 생각하는 자가 많을지도 몰랐다. 이것으로 매일 설교만 듣는 번정이 중지되고 예전처럼 '쉬지 않고, 늦지 않고, 일하지 않고'의 편한 관료생활로 돌아갈 수 있다고 기뻐하는 무리들도 있을지 몰랐다. 그런 점들을 하루노리는 충분히 인식하고 있었다.

'내가 말하는 것을 그냥 조용히 들어주기 바란다.'

지금은 단지 이런 의도만 있었다.

일부 번사들의 마음에 내재해 있는 해이한 감정이나 무성의한 태도가 사라지고 일제히 긴장하는 모습을 보고 하루노리는 일곱 명의 중신들이 서명한 거의서 책자를 집어들었다.

"그렇게 두툼한 분량을 번주님께서 읽으시는 것은 좋지 않습니다. 저희가 대신 낭독하겠습니다."

이미 오늘 하루노리의 의도를 알고 있던 다케마타 등은 간청하였으나 하루노리는 자신이 읽겠다고 하였다. 뿐만 아니라 다케마타 등에게 불출석을 명령했다.

"그건 또 왜입니까?"

다케마타 등은 노골적으로 불만을 표시하였다.

"만약 전날 같은 사태가 다시 벌어질 경우에는 번주님께서 위험하십니다. 적어도 저라도 ….'"

그 중에서도 사토는 이렇게 말하며 참석을 주장했다. 하루노리는 안 된다고 고개를 저으며 미소지었다.

"이 건의서에는 너희들에 관한 것도 있기 때문이다. 당사자가 눈앞에 있으면 번사들도 정직한 의견을 말할 수 없다."

"그래도 ….'"

측근들은 만류했으나 하루노리는 고개를 저으며 듣지 않았다. 그래서 넓은 방에는 이른바 '하루노리파'는 아무도 없었다. 오노가와 개간지의 기타자와 고로베이 일파가 한 무리를 이루고 있었으나 기타자와의 배려로 멀리 있었다.

하루노리가 출석을 금지시킨 것도 아닌 오히려 출석해 주길 바란 일곱 중신들은 그들 쪽에서 출석을 거부했다. 따라서 형태상으로는 서로 대립해 있는 중신파와 하루노리파 양쪽이 모두 불참한 결과가 되었다.

'이편이 낫다. 오히려 번사들이 자유롭게 의견을 말할 수 있겠지.'

하루노리는 그렇게 생각하며 건의서를 읽기 시작했다. 서론에 해당하는 중신들의 혐오에 찬 번의 현상인식 부분에 대해 저 넓은 방의 반응이 별다를 게 없었다. 오히려 공감하는 분위기였다.

'중신들이 말하는 대로다.'

간신이라 몰아세운 뒤 다케마타의 독단적인 행동거지를 언급하는 부분에도 같은 반응이었다. 그렇지 않다는 얼굴표정은 아직 두드러지게 보이지 않았다. 기타자와 일파는 일종의 무표정으로 전체를 조용히 관망하고 있었다. 문상이 노조키에 대한 공격으로 옮겨갔을 때였다.

"그렇다."

"바로 그대로다."

제법 낮은 속삭임이 들려왔다. 오메쓰케가 무엇인가 말하려했으나 이번에는 하루노리가 이를 막았다.

노조키에 대한 공격이 끝나고 호소이 헤이슈에 대한 공격이 시작되었을 때 장내는 공공연히 지지를 표명하는 공기가 짙어졌다. 보지 않아도 그러한 번사들의 반응은 정확하게 하루노리에게 전해졌다.

'역시 내가 지는 것인가 …?'

하루노리는 점점 마음이 무거워졌다. 중신들이 사전에 했던 선전이 구석구석까지 미쳐 지금 모인 대부분의 번사들에게 선입관으로 심어졌고, 결국 중신들의 건의서에 적힌 감정을 하루노리파에게 가지고 있다는 기분이 강하게 들었기 때문이다.

사토 분시로 부분이 넘어가고 드디어 하루노리 자신에 대한 부분에 도달하니 넓은 방은 물을 끼얹은 듯 조용했다. 하루노리가 읽는 말을 한 마디라도 놓치지 않겠다는 분위기가 하루노리를 압박하였다.

자신에 관해 쓴 부분을 직접 읽어야 하는 건 무슨 경우인가? 그것도 많은 가신들 앞에서. 또한 적힌 내용도 하루노리로서는 모두 승복할 수 없는 것들이다. 그렇다고 해도 조금 전과 아주 달라진 넓은 방의 이 조용함은 무엇인가? 하루노리는 그것이 마음에 걸렸다. 점점 패배감이 더해갔다. 그러나 그 패배감에 위축되어 거의서 낭독을 멈추는 짓은 하지 않았다. 마지막까지 읽어내려 갔다.

마침내 다 읽었다.

하루노리는 눈을 뜨고 넓은 방을 둘러보았다. 무어라 해석해야 좋을지 모를 복잡한 표정의 무리들이 눈앞에 있었다. 하나하나 시선을 맞추면 망설이듯 시선을 피했다.

'어떻게 받아들여야 하는가?'

하루노리는 전혀 판단이 서지 않았다. 그래도 오늘 집회는 건의서 공개만이 목적이 아니었다. 하루노리에게는 아직 하지 않으면 안 되는 일이 있었다. 그 때문에 번사를 모두 집합시킨 것이다.

"그러면."

하루노리가 말했다. 마음속으로 반은 포기하고 있었다. 그러나 확인해야만 했다.

"너희들에게 한 가지 확인하고 싶은 것이 있다."

다시 한번 눈을 뜨고 전체를 둘러보면서 하루노리는 지금까지 가슴속에 품어두었던 말을 일거에 터뜨렸다.

"중신들은 이 건의서에 쓰인 말에 너희들도 모두 동의하였다고 했다. 그것이 사실인가? 나는 그것을 알고 싶다."

그렇게 말하고 하루노리는 말을 끊었다. 말할 수 없이 무겁고 괴로운 분위기가 계속되었다.

"만약 이 건의서에 너희들이 동의한 것이 사실이라면 나는 깨끗하게 요네자와 번주의 자리에서 물러나겠다. 그리고 휴가 다카나베로 돌아가겠다 …."

무거운 공기를 뚫고 하루노리는 그렇게 말했다.

"어떤가? 누구라도 좋으니 정직하게 대답해 주기 바란다."

대답하는 자는 없었다. 한참을 하루노리를 바라보고 있었다. 그러나 하루노리와 눈이 마주치면 당황하여 얼른 눈을 피했다. 뒤쪽에서 기타자와 고로베이와 야마구치 신스케가 일어섰다. 바로 발견한 하루노리가 눈으로 저지했다. 기타자와나 야마구치가 하루노리를 지지한다는 건 누구나 다 아는 일이다. 그러기에 그들이 말해서는 안 된다. 사전에 서로 계획한 일이라고 수군거릴 것이 틀림없다.

넓은 방이 조용했다. 그 무거운 분위기를 깨뜨리듯 선대 시게타다가 말했다.

"만약 전 번주였던 나를 의식하는 거라면 그럴 필요 없다. 사양하지 말고 생각하는 바를 말해 보라. 번주가 묻고 있다. 지금 읽은 중신들의 건의서에 그대들도 동의하는가 말이다."

시게타다의 박언은 큰방에 있는 무언의 벽에 돌파구를 만들어주었다. 넓은 방의 뒤편에서 소리가 났다.

"황송스럽지만 말씀드리겠습니다. 다른 분들 속은 잘 모르겠습니다. 아무도 대답을 않으시는데 신분 낮은 제가 말석에서 제일 먼저 말씀드리는 것이 대단히 외람되고 주제넘는 일인 줄은 압니다. 하지만 미천한 저에게는 어떻게든 말씀을 드려야 할 일이 가슴에 차 있어 용기 내었습니다. 근년의 정치경향은 모두 지극히 지당하여 저에게는 한 점의 부정적인 견해가 없습니다.

지난날의 저는 솔직히 말씀드리면 성에 출근하는 것이 싫었습니다. 매일 뭐를 해야 좋을지 몰랐고 또 하고 있는 일의 의미를 잘 몰랐기 때문입니다. 그러나 지금은 성에 나오는 것이 크나큰 즐거움입니다. 그것은 번주님의 개혁이 무엇을 위한 개혁인지 확실히 가르쳐주셨기 때문입니다. 번주님은 저에게 하늘의 별을 가르쳐주셨습니다. 저는 그 별을 목표로 걸어가고 있습니다. 여러가지 괴로운 일이 있으실 줄 사료되오나 꺾이지 마시고 지금 그대로의 정도正道를 계속해 주시기를 바랍니다."

눌변이긴 했으나 간절한 말이었다. 그의 이름이 가시와기이가柏木伊賀라고 하였다. 가시와기의 발언이 도화선이 되어 같은 의견이 줄을 이었다.

"이가의 의견과 같습니다. 그대로 개혁을 추진시켜 주십시오. 저희도 미력이나마 힘껏 노력하겠습니다."

그리고 이러한 의견은 대부분 넓은 방 뒤쪽에서 나왔다. 즉 신분이 낮은 층에서 터져나온 것이다. 이에 이끌려 가운데쯤의 중급번사들도 한결같이 말했다.

"중신들의 의견은 틀렸다고 생각합니다. 저희들은 결코 동의하지 않았습니다. 개혁을 계속 추진해 주십시오."

앞쪽에 있는 중신 무리는 무겁고 괴로운 표정을 하고 있었다. 물론 일곱 명은 오지 않았다. 앞쪽에 있는 중신들은 오늘까지 '쉬지 않고, 늦지 않고, 일하지 않고'라는 태도로 이른바 중립을 지켜온 사람들이다. 그러나 하루노리는 뒤쪽 하급번사의 목소리와 그것에 촉발된 중급번사의 목소리에 힘을 얻어 앞에 있는 중신 무리를 지그시 응시하였다. 중신들은 숨이 막히는 듯 얼굴을 숨겼다.

너무 지루하게 시간을 끌어서는 안 되겠다고 생각한 하루노리가 말했다.

"오늘은 이 정도로 하겠다. 내일 다시 한번 이 회의를 열겠다. 그 자리에서 오늘 얘기한 것이 틀렸다고 생각하는 자는 그 요점을 솔직하게 얘기해 주기 바란다. 잘못을 시정하는 데 있어 주저해서는 안 된다는 것이 나의 신조다."

끝에는 약간의 농담을 섞어가며 하루노리가 미소지었다. 때문에 잔뜩 긴장되었던 방의 분위기가 풀리는 듯했다.

"오메쓰케님께 여쭈어보겠습니다."

이 정도면 이제 괜찮겠지 하며 야마구치 신스케가 일어나 큰소리로 말했다. 야마구치는 기타자와를 따라 오타루가와 근처의 개간에 종사하고 있으므로 반은 보통 번사생활에서 벗어나 있다. 그런 생활방식이 큰소리를 내게 한 것이다. 무서운 것이 없었다.

"뭔가?"

지명당한 오메쓰케는 약간 험악한 표정을 하고 야마구치를 보았다. 야마구치가 물었다.

"오메쓰케님을 위시하여 나카노마 도시요리님, 쓰카이반님들은 말하자면 항시 번의 정무 전반과 정무를 담당하는 요직들을 감찰하시는 직책이라고 생각합니다. 그런 입장에서 지금 중신들의 건의서를 다 들으신 후 어떤 생각을 가지고 계십니까? 자세히 가르쳐주셨으면 합니다."

야마구치의 질문은 그 자리에서 하루노리를 지지하는 목소리에 힘을 덧붙여 밀어붙이려는 의도였다. 직책상 번의 정무나 주요관리의 업무상태를 감찰하는 오메쓰케들에게 하루노리를 지지하는지 아닌지 여기서 분명히 표명해 달라는 것이었다. 생각하기에 따라 야마구치 신스케의 태도가 상당히 불손하다고 비난받을 수 있었다. 그러나 개간지에서 매일 흙투성이로 반은 무사로 반은 농민으로 생활하고 있기에 그런 대담한 질문을 할 수 있었다.

오메쓰케는 근엄한 표정 그대로 당당하게 대답했다.

"오메쓰케로서 번주님의 정무방식이 좋지 않다고 생각한 적은 한 번도 없다. 그리고 다케마타님을 위시한 요직에 있는 분들이 간신배라고 할 수 있는 근거도 전혀 없다. 만일 그런 것이 사실이라면 내가 지금까지 번주님께 말씀을 안 드렸을 리가 없다."

엄숙하고 단호하게 말을 끝낸 오메쓰케에게 넓은 방의 번사들 대부분이 와! 하고 환성을 질렀다.

"대단히 감사합니다."

그 환성속에서 야마구치 신스케가 큰소리로 인사를 하고 익살맞게 머리를 숙이며 앉았다. 환성은 웃음으로 바뀌었다. 하루노리가 요네자와에 입국해 처음으로 듣는 번사들의 웃음이었다. 번사들에게도 오랫동안 잊혀졌던 웃음이었다. 어떤 감동이 넓은 방에 잔잔하게 퍼져갔다. 그것이 무엇인지 정확하게 말할 수는 없으나 '이 젊은 번주를 따라가자'는 마음의 탄생 같은 것이었다. 그러한 무언의 의지가 하루노리의 손에 확실하게 쥐어지는 것 같았다.

'전부 불씨를 가지고 있었다.'

그리고 발견했다.

'모두의 마음에 불이 붙었다.'

산도 죽고 강도 죽어버린 이 재의 나라에 사람이 있었다. 성의를 다하면 반드시 받아들여 소리를 내는 마음의 종을 모두 가지고 있었다.

"고맙다. 정말 고맙다."

소란스러운 자리를 향해 하루노리는 깊숙이 고개를 숙였다. 옆에서 시게타다도 고개를 숙였다. 시게타다는 눈물을 글썽이고 있었다. 그런 두 사람을 보고 곧 번사들은 모두 무릎을 꿇었다. 그리고 많은 번사들의 어깨가 오열로 들썩였다.

다음날 하루노리는 말한 대로 다시 한번 대회의를 열었다.

"어제는 많은 사람들이 가시와기 이가의 의견과 같다는 대답을 해주어 나도 매우 기뻤다. 그러나 하룻밤이 지났다. 하룻밤이 지난 뒤 모두의 의견이 어떤지, 생각이 바뀐 자는 바뀐 것을 이 자리에서 확실히 해주기 바란다. 나는 겸허하게 듣겠다. 그리고 그 의견이 어제와 상반되는 즉, 나의 개혁에 반대하는, 나에게 휴가 다카나베로 돌아가라고 하는 의견이라도 좋다. 나는 많은 사람이 그렇게 생각한다면 깨끗이 따르겠다."

하루노리의 선언에 곧 반응이 있었다. 어제와 같은 괴로운 침묵은 없었다.

"어제의 의견과 다름없습니다. 하룻밤이 지나도 결코 생각이 바뀌지 않았습니다."

이구동성으로 하는 말에 하루노리는 크게 고개를 끄덕였다. 자기도 모르는 사이에 감동의 눈물이 흘러내렸다.

하루노리는 기뻤다. 실제로 개혁을 추진하는 현장에서 먼저 찬성의 목소리가 올라온 것이다. 그리고 그 현장의 목소리가 중급번사를 움직였고 또 상급번사를 움직여준 것에 하루노리는 감동하였다. 개혁은 뭐라 해도 현장이 주축이 된다. 현장이 잘 이해하지 못하고 투덜대며 의심하는데 위에서 무리하게 강요해서 일을 시키면 결코 납득할 만한 작업결과를 기대할 수가 없다. 불만이 쌓이고 불평이 터져나와 그것은 언젠가는 불이 붙고, 엉뚱한 방향으로 화염을 일으키게 될 것이다.

하루노리가 제일 걱정한 것이 바로 이것이었다. 그러나 어제 가시와기 이가의 발언은 그런 불안을 깨끗이 씻어주었다. 현장의 번사들은 하루노리의 개혁을 문자 그대로 지지하고 있었다. 신분이 낮을 층일수록 하루노리를 지지하고 있었던 것이다. 그것이 하루노리에게는 무엇보다 기뻤다. 하루노리는 요네자와에 들어와 처음으로 자기와 마음이 맞는 동지를 얻은 기분이었다. 그것은 번주와 번사라는 주종관계가 아니었다. 백성을 위해서 번을 풍요롭게 만든다는 뜻을 같이하는 동지였다. 동지적 연대감이 그날 어떤 형태론가 나타나서 확실히 결속된 것이다.

그러나 번사 전원의 승낙을 얻었다고 해서 그것으로 끝난 것은 아니었다.

*

"즉각 등성하라!"

7월 1일 일곱 명의 중신들은 하루노리의 엄명을 받았다. 사자로서 정사, 부사 두 명과 수행원 이십여 명 합해서 서른 명 가까운 무사들이 일곱 명의 중신들 집으로 갔다. 수행원들은 모두 무장하고 있었다. 등성을 거부하면 곧 강제여행이라도 할 기세였다.

'심상치 않은 소환이다.'

일곱 명의 중신들은 처음으로 깨달았다. 그 중에서도 스다, 이모가와 두 사람은 그날 제법 강경한 태도를 취했기에 순간 번 밖으로 도망칠까 하는 생각이 뇌리를 스쳤으나 사자는 민감하게 그 기미를 알아차렸다.

"국경의 출입구 즉 이타야, 신주쿠新宿, 모니와茂庭, 나카야마中山, 고타키小滝, 시오지다이라, 쓰나기綱木, 오세大瀬, 다마가와 등에는 이미 사졸을 열 명씩 파견하여 배치시켜 놓았습니다. 동시에 성 내 일대도 계엄태세를 선포했습니다. 도망가려고 해도 불가능합니다."

사자들은 모두 날카로운 눈매를 하고 있었다. 어제까지만 해도 개처럼 스다나 이모가와의 말을 고분고분 듣던 무사들이었다. 오늘은 태도가 전혀 달라 스다도 이모가와도 어깨에 힘이 빠졌다. 이미 번 내부가 계엄체제하에 들어가 있다는 사실 때문이 아니었다. 이 사자들이 대표하고 있는 것처럼 이미 무사들의 마음이 자신들에게서 확실히 멀어졌다는 데 대한 절망감이었다. 그것이 무엇보다도 가슴에 와닿았다.

일곱 명의 중신들은 준비를 했다. 그들에게도 충실한 하인이 있었다.

"따르겠습니다."

하인들은 사자들을 노려보았다.

'어제까지만 해도 우리 주인님께 아부를 떨던 놈들이 손바닥 뒤집듯 도대체 이게 뭔가?'

아무리 중신들이 잘못했다 하더라도 그들을 배신할 수 없었다. 중신들을 따라가겠다는 결심은 사자들에 대한 확실한 도전이었다. 그러나 수석사자는 '마음대로'라며 허락하였다. 중신들을 성으로 데리고 가는 것이 목적이었으므로, 별볼일 없는 몸싸움은 극구 피하고 싶었기 때문이다.

일곱 명의 중신들은 각기 하인들을 동반한 채 병사들에 둘러싸여 성으로 향했다. 성까지 걸어가는 동안 일곱 명은 사태의 긴박함을 깨달았다. 성 내외의 경비상황이 전과는 다르게 어설프지 않았다.

성 내의 길은 모노가시라物頭 두 명을 선두로 그 밑으로 봉행부하인 하급병졸 스무 명씩이 무리지어 정확하게 순찰하고 있었다. 성 안에는 하루노리의 명령으로 이미 다카이에슈高家衆 · 헤이분료平分領 · 죠다이城代 · 시코支候 · 가로 · 고손쓰기토두리卿村次頭取 · 오쿠토리쓰기奧取次 · 오메쓰케 · 도시요리 · 반가시라番頭 · 쓰카이반 · 유희쓰右筆 · 산테사이하이가시라三手宰配頭 · 모노가시라 등 모든 관리직들이 등성하였다.

정오가 되자 하루노리는 서원으로 나왔다. 오메쓰케 · 나카노마도시요리 · 쓰카이반 · 바죠야쿠馬上役 · 산테사이하이가시라를 그곳에 집합시켜 침통한 표정으로 말했다.

"치사카 다카아쓰를 포함한 일곱 명의 중신들은 사사로운 원한으로 비방을 꾸며대어 도당을 조직하였다. 또한 정사를 비난하고 군주를 업신여긴 고로 그 죄가 괘씸하기 이를 데 없어 오늘밤 각각의 처벌을 정하려 하니 그런 줄 알라!"

한발도 물러서지 않을 태도였다. 직후 계엄령을 선포한 것이다. 중신들이 차례차례 성에 도착했다. 성문 앞에 있던 무사는 중신들을 따라온 하인들을 '여기까지만'이라며 제지했다. 하인들은 항의하며 안으로 들어가려 했으나 무사들은 무서운 얼굴로 허락하지 않았다.

중신들조차 대문이 아닌 쪽문으로 들여보내며 일렀다.

"짚신을 든 하인만 같이 가도 좋다."

하인들에게서 떨어진 중신 한 명당 몇 명의 무사가 동행했다. 현관에는 봉행 두 명이 기다리고 있었다. 한 명씩 앞뒤로 끼리며 대기실로 가 칼, 지갑 등을 내놓고 벼풀으로 둘러싸인 빈 방에 따로따로 구류하였다.

날이 어두워졌다. 오후 8시 일곱 명은 서원으로 호출되었다. 다케마타 마사쓰나 이하 번사들이 주욱 서 있었다. 하루노리가 나와서 곧 판결을 내렸다.

"너희들이 제출한 건의서에 관하여 모든 번사들에게 확인하였다. 그러나 너희들이 말한 바는 사실이 아니었다. 번민 모두 번의 방침을 수행하고 있는 걸로 안다. 그런데도 너희는 중신의 신분을 잊고 자신들의 사원私怨에 따라 도당을 조직하고 군주를 업신여기고 아랫사람들을 기만하였다. 따라서 처벌을 내리려 한다."

그렇게 선언한 뒤 다음과 같이 처벌을 내렸다.

- 할복 : 스다 미쓰누시, 이모가와 노부치카
- 은거, 폐문, 반몰수 : 치사카 다카아쓰, 이로베 데루나가
- 은거, 폐문, 지교知行(무사들에게 지급되는 봉토·봉록) 중 3

백 석 몰수 : 나가오 가게아키, 기요노 스케히데, 히라바야
시 마사아리

무거운 파격이었다. 할복이라는 판견이 두 사람에게 ㅣㅣ온
데는 모든 번사들이 동요하기에 충분했다. 그리고 하루노리가
마음을 먹으면 과감하게 엄중한 형을 내리는 일면이 있음을
뼈져리게 느꼈다.

하루노리를 얕잡아보던 일곱 명들을 망연자실하게 만드는
엄한 처벌이었다. 하루노리 같은 젊고 부드러운 인간이 두 명
의 가로에게 할복을 명령하리라고는 아무도 짐작하지 못했기
때문이다. 그러나 하루노리는 엄했다.

하루노리로서는 일곱 명이 올린 건의서가 부당하더라도 그
배후에 많은 지지자가 있고 적어올린 내용이 많은 번사들의
의견이라면 자신이 깨끗이 자리에서 물러나 다카나베로 돌아
가려고 했다. 번사 여론의 지지가 없는 개혁은 추진될 리 없었
다. 그것이 정말 번사들의 여론이라면 아무 미련없이 잠자코
사라지려고 마음을 정했었다. 그러나 사실이 아니었다.

하루노리는 화가 났다. 위에 있는 자가 아랫사람들의 마음
을 대변한다며 완전히 거짓말을 하고 자신의 입맛에 맞게끔

꾸며댄 것이 하루노리를 화나게 만들었다. 그것도 절차를 멈추지 않고 하루노리가 다시 자세를 숙이며 일곱 중신들에게 출근할 것을 몇 번이나 요청했었다. 그러나 그들은 오지 않았다. 뻔민 이기 기 하루노리를 비서 처근하였다. 그리고 두 차례의 대회의를 거친 뒤 번사들의 여론이 결정되었을 때도 하루노리는 다시 한번 일곱 명에게 출근을 요청했었다. 그래도 그들은 오지 않았다. 여기까지 절차를 밟았는데도 나오지 않으니 하루노리는 처음 화가 났던 그 심정으로 돌아가 그들을 처벌할 수밖에 없었다. 하루노리는 그들을 용서하지 않았다.

과감한 인사조치라고도 할 수 있는 처벌에 전 번사들이 놀랐다. 그리고 새삼 하루노리의 부드러움 속에 깔린 강인함을 발견한 것이다.

'저 젊은 번주님은 절대로 경시할 수 있는 사람이 아니다. 무서운 사람이야.'

모두가 놀랐다. 부드러운 사람은 무조건 좋은 사람이라고 생각되기 쉽지만 하루노리는 결코 그렇지만은 않음을 스스로 보여준 것이다. 생각하면 이것은 하나의 도박이었고 모험이었다. 하루노리가 일거에 신뢰를 잃고 번사들이 등을 돌려버릴 가능성도 있었다. 그러나 번사들은 등을 돌리지 않았다. 오히려 일곱 명을 처벌한 처분에 박수를 보낸 것이다. 하루노리는 위기를 과감하게 벗어났다.

훗날 무거운 처벌을 실시한 지 2년째 되는 안에이 4년 7월 3인 하루노리는 스다, 이모가에미 집을 재신인 헤이고고의 이소에몬에게 승계토록 한다. 그리고 양가의 계보나 가보인 검을 돌려주고 신지新知(새로운 지료) 2백 석을 내린다. 또한 폐문 중인 이로베, 치사카, 나가오, 기요노, 히라바야시의 죄를 사하고 제각기 장자에게 집을 승계시킨다. 그러나 그러기까지 2년간 그들의 가족들은 하루노리에게 원한을 품었다. 그들은 도저히 자신들이 잘못했다고 생각하지 않고 있었던 것이다.

스다와 이모가와의 할복은 그날 바로 성의 대나무 뒷마루에서 거행되었다. 게이리警吏가 양가로 뛰어가 가재처분에 들어갔을 때 스다의 집에서는 한 통의 밀서가 발견되었다. 과거 번의 학두였고 번의였던 와라시나 류타쿠藁科立沢가 스다 미쓰누시에게 보낸 것이었다.

같은 와라시나임을 자처하면서도 류타쿠는 마음이 부정하고 시기심이 많았다. 특히 죽은 와라시나 쇼하쿠의 학문 문인이던 다케마타, 노조키, 기무라 등이 번정의 요직을 맡게 되면 자신의 학두·번의로서의 지위가 위험할 줄로만 믿었다. 다케마타들은 쇼하쿠와 절친한 에도의 호소이 헤이슈를 요네자와에 초청할 것이라며 의심암귀疑心暗鬼의 마음에 시달렸다. 일종의 피해망상증이었다. 그래서 에도 가로였던 스다에게 있는 것 없는 것, 어쩌 있을 수도 없는 것까지 주목주목 적어서 보내며 번주님을 종용해 다케마타 일파를 쫓아내기를 간청했던 것이다.

밀서가 하루노리의 손에 들어왔다. 읽다 보니 문장과 표현이 전에 일곱 중신들이 제출한 건의서와 매우 흡사했다. 특히 다케마타, 노조키, 기무라 또는 호소이 헤이슈에 대한 인신공격은 류타쿠의 문장을 그대로 인용하고 있었다. 하루노리는 이들의 강경한 건의가 실제로는 자신의 지위를 염려한 한 번의의 의심암귀에서 시작된 것임을 알게 되었다.

물론 이들 일곱 명에게 그런 감정이 잠재되어 있었기에 가능했겠지만 그래도 스다가 류타쿠에게 넘어간 셈이었다.

'다케마타 일파를 그냥 둘 수 없다.'

직감적으로 생각하고 일부러 에도에서 요네자와로 달려와 하루노리에게 강경하게 건의하기에 이른 것이다.

하루노리는 다시금 이들 중신들의 단순한 완고함을 통탄했다. 에도 번저 화재 때 혼신을 다해 번사를 지휘하며 불을 끄려 했던 스다는 정직한 무사였다. 그러나 그런 스다는 이제 없다. 하루노리는 스다를 죽음으로 몬 류타쿠에 대해 과거에는 느끼지 못했던 분노가 치솟음을 느꼈다. 9월 26일 번 정부는 충분한 증거를 확보한 후에 와라시나 류타쿠를 봉행소에 소환하였다.

봉행소에 나온 류타쿠는 그곳에 오메쓰케가 동석하고 있는 것을 보고 곧 얼굴색이 변했다.

"오늘은 오메쓰케님의 입회하에 심문하겠다."

봉행은 이렇게 선포한 뒤 곧 류타쿠의 밀서를 꺼냈다. 류타쿠는 파랗게 질려서 가슴의 고동이 빨라졌고 호흡이 멎을 것만 같았다.

"이것이 그대가 쓴 것인가?"

눈을 번뜩이며 봉행이 물었다.

"아니, 아니 …."

"그대가 쓴 것이 아니라고 하는 게냐?"

"아니, 아니 …."

"어느 쪽이냐?"

봉행의 추궁은 심해졌다. 오메쓰케는 눈도 깜짝하지 않고 류타쿠의 얼굴을 주시하고 있었다. 류타쿠는 전신이 굳게 얼어붙어 더이상 살아있다는 느낌조차 없었다. 꼭 실신할 것만 같았다. 봉행은 일곱 명의 중신들이 하루노리에게 제출한 건의서를 꺼냈다. 그리고 류타쿠의 밀서와 부합되는 문장을 하나하나 류타쿠에게 제시하였다. 일곱 명의 중신들은 중요한 부분은 한 자도 바꾸지 않고 류타쿠의 문장을 인용했기 때문에 건의서는 류타쿠가 쓴 것이나 마찬가지였다.

"죄송합니다."

이윽고 류타쿠는 손을 짚었다.

오메쓰케는 류타쿠에게 '참수형'을 내리라고 하루노리에게 진언하였다. 하루노리는 곧바로 허락했다. 일곱 명의 중신들에게는 아직 일말의 애석함이 있었다. 옛것에 대한 완고한 신봉은 그들에게는 공인으로서의 신념이었다. 그것이 올바른 번정이라는 사고방식이었다. 그러나 류타쿠에게는 눈꼽만큼의 공인의식이 없었다. 그에게 있었던 것은 오직 사욕과 다케마타 등에 대한 미움뿐이었다.

하루노리는 그런 류타쿠를 용서할 수 없었다.

"류타쿠야말로 일곱 명 강소사건의 원흉이다. 목을 쳐라."

하루노리는 엄중히 명령했다. 그것이 할복한 스다, 이모가와에 대한 하루노리 나름의 회향回向(불공을 드려 죽은 사람의 명복을 기원함)이었다.

심문 다음날인 9월 27일 류타쿠에게 판결이 내려졌다.

"류타쿠가 스다 미쓰누시에게 음모를 교사한 서면이 증거로 나타나 추궁해 본 결과 사실임이 입증되었기에, 마천하에 고하여 대악무도한 중죄자로서 참수형에 처하노라."

그리고 그날 목을 쳤다.

개혁을 시작하고 세 명이 피를 흘렸다. 하루노리는 마음이 어두웠다. 그러나 개혁은 막 시작되었다. 하루노리는 그 피 속에서 다시 일어서지 않으면 안 되었다.

(2권에 계속)

옮긴이 김철수 金哲秀

한국외국어대학 통역번역대학원 및 서강대학교 공공정책대학원 졸업.
이화여자대학 통역번역대학원과 외국어대학 통역번역대학원에서 강사를 맡았으며
NHK(일본방송협회)뉴스 동시통역 담당, 전문통역번역가로 활동하였다.

UESUGI YOZAN Vol. 1 by Fuyuji Domon

Copyright © 1983 by Fuyuji Domon
All rights reserved
Original Japanese edition published by Gakuyo Shobo
Korean translation rights arranged with Gakuyo Shobo
through Japan Foreign-Rights Centre/Bookpost Agency
Translation Copyright © 2002 by Good Information Publishing Co.

불씨 1

지은이 도몬 후유지 | 옮긴이 김철수
초판 1쇄 펴낸날 2002년 4월 15일 | 리커버개정판 3쇄 펴낸날 2024년 1월 5일
펴낸곳 굿인포메이션 | 펴낸이 정혜옥 | 출판등록 1999년 9월 1일 제1-2411호
주소 04779 서울시 성동구 뚝섬로1나길 5(헤이그라운드) 7층
전화 02)929-8153 | 팩스 02)929-8164 | E-mail goodinfobooks@naver.com

ISBN 97889-88958-84-1 03830
ISBN 97889-88958-83-4(전2권)

■ 잘못된 책은 본사나 구입하신 서점에서 바꾸어 드립니다.

굿인포메이션(스쿨존, 스쿨존에듀)은 작가들의 투고를 기다립니다.
책 출간에 대한 문의는 이메일 goodinfobooks@naver.com으로 보내주세요.